HISTOIRE

DE

GIL BLAS

DE SANTILLANE.

Par M. LE SAGE.

TOME IV.

A PARIS,

Chez PIERRE-JACQUES RIBOU, vis-à-vis
la Comedie Françoise, à l'Image S. Loüis.

M. DCC. XXXV.

Avec Approbation & Privilege du Roy.

TABLE
DES CHAPITRES
Contenus en ce quatriéme
Tome.

LIVRE DIXIEME.

ã iij

TABLE

LIVRE ONZIE'ME.

TABLE

LIVRE DOUZIEME.

TABLE DES CHAPITRES.

Fin de la Table des Chapitres.

HISTOIRE

HISTOIRE
DE
GIL BLAS
DE SANTILLANE.
LIVRE DIXIE'ME.

✿✿✿✿✿✿✿✿✿✿✿✿✿✿✿✿✿✿✿✿✿

CHAPITRE PREMIER.

Gil Blas part pour les Asturies ; il passe par
Valladolid, où il va voir le Docteur San-
grado son ancien Maître ; il rencontre
par hazard le Seigneur Manuel Ordo-
gnez Administrateur de l'Hôpital.

ANS le tems que je me dis-
posois à partir de Madrid avec
Scipion pour me rendre aux
Asturies, Paul V. nomma le
Duc de Lerme au Cardinalat. Ce Pape
voulant établir l'Inquisition dans le

Tome IV.   A

Royaume de Naples, revêtit de la Pourpre ce Ministre pour l'engager à faire
agréer au Roi Philippe un si loüable dessein. Tous ceux qui connoissoient parfaitement ce nouveau membre du Sacré
College, trouverent comme moi que
l'Eglise venoit de faire une belle acqui-
sition.

Scipion qui auroit mieux aimé me
revoir dans un poste brillant à la Cour,
qu'enterré dans une solitude, me conseilla
de me présenter devant le Cardinal : peut-
être, me dit-il, que son Eminence vous
voyant hors de prison par ordre du Roi,
ne croira plus devoir affecter de paroître
irrité contre vous, & pourra vous reprendre à son service. Monsieur Scipion, lui
répondis-je, vous oubliez apparemment
que je n'ai obtenu la liberté qu'à condition que je sortirai incessamment des deux
Castilles. D'ailleurs, me croyez vous déja
dégoûté de mon Château de Lirias ? Je
vous l'ai dit & je vous le repete, quand le
Duc de Lerme me rendroit ses bonnes
graces, quand il m'offriroit la place même
de Don Rodrigue de Calderone, je la re-
fuserois. Mon parti est pris ; je veux aller
à Oviedo chercher mes parents, & me
retirer avec eux auprès de la Ville de

Valence. Pour toi, mon ami, si tu te
repens d'avoir lié ton fort au mien, tu
n'as qu'à parler; je suis prêt à te donner la
moitié de mes efpeces, & tu demeureras à
Madrid où tu pousseras ta fortune le plus
loin qu'il te sera possible.

Comment donc, reprit mon Secretaire,
un peu touché de ces paroles, pouvez-
vous me soupçonner d'avoir quelque repugnance à vous suivre dans vôtre retraite : ce soupçon blesse mon zele & mon
attachement. Quoi, Scipion ce fidelle serviteur, qui pour partager vos peines auroit
volontiers passé le reste de ses jours avec
vous dans la Tour de Segovie, ne vous
accompagneroit qu'à regret dans un séjour
qui lui promet mille délices ! Non, non
je n'ai pas envie de vous détourner de votre résolution. Il faut que je vous avoüe
ma malice : lorfque je vous ai conseillé de
de vous montrer au Duc de Lerme, c'eft
que j'ai été bien aise de vous sonder, pour
sçavoir s'il ne reftoit point encore en vous
quelques femences d'ambition. Hé bien,
puifque vous êtes si détaché des grandeurs,
abandonnons donc promptement la Cour,
pour aller joüir de ces plaisirs innocens
& délicieux dont nous nous formons une
si charmante idée.

A

Nous partîmes en effet bientôt après tous deux dans une chaise tirée par deux bonnes mules conduites par un Garçon dont je jugeai à propos d'augmenter ma suite. Nous couchâmes le premier jour à Alcala de Henarès, & le second à Segovie, d'où sans m'arrêter à voir le généreux Châtelain Tordesillas, je gagnai Penafiel sur le Duero, & le lendemain Valladolid. A la vûe de cette derniere Ville, je ne pus m'empêcher de pousser un profond soupir. Mon Compagnon qui l'entendit m'en demanda la cause : Mon enfant, lui dis-je, c'est que j'ai long-tems exercé ici la Medecine. Ma conscience m'en fait de secrets reproches dans ce moment ; il me semble que tous les malades que j'ai tués sortent de leurs tombeaux pour venir me mettre en pieces. Quelle imagination, dit mon Secretaire ! en verité, Seigneur de Santillane, vous êtes trop bon. Pourquoi vous repentir d'avoir fait votre métier ? Voyez les plus vieux Medecins ; ont-ils de pareils remords ? oh que non ! Ils vont toujours leur train le plus tranquillement du monde, rejettant sur la nature les accidents funestes, & se faisant honneur des évenemens heureux.

Il est vrai, repris-je, que le Docteur

Hebercelle In. et Fecit.

Sangrado de qui je fuivois fidellemen t la
méthode, étoit de ce caractere là. Il avoit
beau voir périr tous les jours vingt perfonnes entre fes mains : il étoit fi perfuadé
de l'excellence de la faignée du bras, & de
la frequente boiffon, qu'il appelloit fes
deux fpecifiques pour toute forte de maladies, qu'au lieu de s'en prendre à fes
remedes, il croyoit que fes Malades ne
mouroient que faute d'avoir affez bû &
d'avoir été affez faignés. Vive Dieu ! s'écria
Scipion en faifant un éclat de rire, vous
me parlez là d'un perfonnage incomparable. Si tu es curieux de le voir & de l'entendre, lui dis-je, tu pourras dès demain
fatisfaire ta curiofité, pourvû que Sangrado vive encore, & qu'il foit à Valladolid;
ce que j'ai de la peine à croire ; car il étoit
déja vieux quand je le quittai, & il s'eft
écoulé bien des années depuis ce tems-
là.

Notre premier foin en arrivant dans
l'hotellerie où nous allâmes defcendre, fut
de nous informer de ce Docteur. Nous
apprîmes qu'il n'étoit pas encore mort ;
mais que ne pouvant plus à fon âge faire
de vifites ni fe donner de grands mouvemens, il avoit abandonné le pavé à trois

mis en réputation par une nouvelle pratique, qui ne valloit guére mieux que la
sienne. Nous resolumes donc de nous
arrêter à Valladolid le jour suivant, tant
pour laisser reposer nos mules que pour
voir le Seigneur Sangrado. Nous nous
rendîmes chez lui sur les dix heures du
matin ; nous le trouvâmes assis dans un
fauteüil un livre à la main. Il se leva sitôt
qu'il nous apperçut, vint au-devant de
nous d'un pas assez ferme pour un septua-
genaire, & nous demanda ce que nous lui
voulions. Monsieur le Docteur, lui dis-je,
est-ce que vous ne me remettez point ?
J'ai pourtant l'honneur d'être un de vos
Eleves. Ne vous souvient-il plus d'un certain Gil Blas qui étoit autrefois votre
Commensal & votre Substitut ? Quoi,
c'est vous Santillane, me répondit-il en
m'embrassant ? Je ne vous aurois pas reconnu. Je suis bien-aise de vous revoir.
Qu'avez-vous fait depuis notre séparation ?
vous avez sans doute toujours pratiqué la
Médecine. C'est à quoi, repris-je, j'avois
assez de penchant ; mais de fortes raisons
m'en ont empêché.

Tant pis, reprit Sangrado, avec les principes que vous aviez reçus de moi, vous
seriez devenu un habile Médecin, pourvû

que le Ciel vous eût fait la grace de vous
preferver de l'amour dangereux de la Chymie. Ah, mon fils, pourfuivit-il d'un air
douloureux, quel changement dans la
Médecine depuis quelques années! on ôte
à cet Art l'honneur & la dignité. Cet Art
qui dans tous les tems a refpecté la vie des
hommes, eft préfentement en proye à la
témérité, à la préfomption & à l'*imperitie*:
car les faits parlent & bientôt les pierres
crieront contre le brigandage des nouveaux Praticiens : *lapides clamabunt.* On
voit dans cette Ville des Médecins ou foi-
difant tels, qui fe font attelés au char de
Triomphe de l'Antimoine : *currus trium-
phalis Antimonii.* Des échappez de l'Ecole
de Paracelfe, des adorateurs du *Kermès*, des
Gueriffeurs de hazard, qui font confifter
toute la fcience de la Médecine à fçavoir
préparer des drogues Chymiques. Que
vous dirai-je ? Tout eft méconnoiffable
dans leur méthode ; la Saignée du pied, par
exemple, jadis fi rare, eft aujourd'hui prefque la feule qui foit en ufage. Les Purgatifs,
autrefois doux & benins, font changés en
Emétique & en Kermès. Ce n'eft plus qu'un
cahos où chacun fe permet ce qu'il veut,
& franchit les bornes de l'ordre & de la
fageffe que nos premiers Maîtres ont
pofées.   A iiij

Quelque envie que j'euſſe de rire en entendant une ſi comique déclamation, j'eus la force d'y réſiſter ; je fis plus, je déclamai contre le Kermès ſans ſçavoir ce que c'étoit, & donnai au Diable à tout hazard ceux qui l'ont inventé. Scipion remarquant que je m'égayois dans cette ſcene, y voulut mettre auſſi du ſien. Monſieur le Docteur, dit-il à Sangrado, comme je ſuis petit-neveu d'un Médecin de la vieille Ecole, qu'il me ſoit permis de me révolter avec vous contre les remedes de la Chymie. Feu mon grand Oncle, à qui Dieu faſſe miſericorde, étoit ſi chaud partiſan d'Hypocrate, qu'il s'eſt ſouvent battu contre des Empiriques qui ne parloient pas avec aſſez de reſpect de ce Roi de la Médecine. Bon ſens ne peut mentir ; je ſervirois volontiers de bourreau à ces Novateurs ignorans, dont vous vous plaignez avec tant de juſtice & d'éloquence. Quel déſordre ces miſerables ne cauſent-ils pas dans la ſocieté civile ?

Ce déſordre, dit le Docteur, va plus loin encore que vous ne penſez. Il ne m'a ſervi de rien de publier un livre contre le brigandage de la Médecine, au contraire il augmente de jour en jour. Les Chirurgiens dont la rage eſt de vouloir faire

les Médecins, se croyent capables de l'être,
dès qu'il ne faut que donner du Kermès
& de l'Emétique, à quoi ils joignent des
saignées du pied à leur fantaisie. Ils vont
même jusqu'à mêler le Kermès dans les
Apozemes & les Potions Cordiales, & les
voilà de pair avec les grands Faiseurs en
Médecine. Cette contagion se répand
jusques dans les Cloîtres. Il y a parmi les
Moines des Freres qui sont tout ensemble
Apotiquaires & Chirurgiens. Ces Singes
de Médecins s'appliquent à la Chymie, &
font des drogues pernicieuses avec lesquelles ils abregent la vie de leurs Re-
verends Peres. Enfin il y a dans Valladolid plus de soixante Monasteres tant
d'hommes que de filles : jugez du ravage
qu'y fait le Kermès uni avec l'Emétique &
la Saignée du pied. Seigneur Sangrado,
lui dis-je alors, vous avez bien raison
d'être en colere contre ces Empoison-
neurs ; je gémis avec vous & partage vos
allarmes sur la vie des hommes manifeste-
ment menacée par une méthode si différente de la vôtre. Je crains fort que la
Chymie n'occasionne un jour la perte de
la Médecine, comme la fausse monnoye
cause la ruine des Etats. Fasse le Ciel que ce
jour fatal ne soit pas près d'arriver.

Dans cet endroit de notre conversation, nous vîmes paroître une vieille Servante qui apportoit au Docteur une soucoupe sur laquelle il y avoit un petit pain mollet, un verre avec deux caraffes, dont l'une étoit pleine d'eau & l'autre de vin. Après qu'il eut mangé un morceau, il but un coup où il y avoit à la verité les deux tiers d'eau, mais cela ne le sauva point des reproches qu'il me donnoit sujet de lui faire. Ah, ah, lui dis-je, Monsieur le Docteur, je vous prends sur le fait. Vous buvez du vin ! vous qui vous êtes toujours déclaré contre cette boisson : vous qui pendant les trois quarts de votre vie n'avez bû que de l'eau : Depuis quand êtes-vous devenu si contraire à vous même ? Vous ne sçauriez vous excuser sur votre âge, puisque dans un endroit de vos écrits vous définissez la vieillesse une phtisie naturelle qui nous desseche & nous consume ; & que sur cette définition vous déplorez l'ignorance des personnes qui appellent le vin le lait des vieillards. Que direz-vous donc pour vous justifier ?

Vous me faites la guerre bien injustement, me répondit le vieux Medecin. Si je buvois du vin pur, vous auriez raison

de me regarder comme un infidelle obfer
vateur de ma propre méthode ; mais vous
voyez que mon vin eft bien trempé. Autre
contradiction, lui repliquai-je, mon cher
Maître ; fouvenez-vous que vous trou-
viez mauvais que le Chanoine Sedillo bût
du vin, quoiqu'il y mêlât beaucoup d'eau.
Avoüez de bonne grace que vous avez
reconnu votre erreur, & que le vin n'eft
pas une funefte liqueur, comme vous
l'avez avancé dans vos ouvrages, pourvû
qu'on n'en boive qu'avez moderation.

Ces paroles embarrafferent un peu notre Docteur. Il ne pouvoit nier qu'il eût
défendu dans fes livres l'ufage du vin ;
mais la honte & la vanité l'empêchant de
convenir que je lui faifois un jufte reproche, il ne fçavoit que me répondre. Pour
le tirer d'un fi grand embarras, je chan-
geai de matiere ; & un moment après je pris
congé de lui en l'exhortant à tenir toujours bon contre les nouveaux Praticiens :
Courage, lui dis je, Seigneur Sangrado,
ne vous laffez point de décrier le Kermès,
& frondez fans ceffe la Saignée du pied. Si
malgré votre zéle & votre amour pour
l'*Orthodoxie* Médecinale, cette engeance
Empirique vient à bout de ruiner la difci-
pline, vous aurez du moins la confolation

d'avoir fait tous vos efforts pour la maintenir.

Comme nous nous en retournions à l'hôtellerie mon Secretaire & moi, nous entretenant tous deux du caractere rejouïssant & original de ce Docteur, il passa près de nous dans la ruë un homme de cinquante-cinq à soixante ans, qui marchoit les yeux baissés tenant un gros chapelet à la main. Je le considerai attentivement, & le reconnus sans peine pour le Seigneur Manuel Ordognez, ce bon Administrateur d'Hôpital dont il est fait une mention si honorable dans le premier tome de mon Histoire. Je l'abordai avec de grandes démonstrations de respect, en disant : Serviteur au venerable & discret Seigneur Manuel Ordognez, l'homme du monde le plus propre à conserver le bien des Pauvres. A ces mots, il me regarda fixement, & me répondit que mes traits ne lui étoient pas inconnus, mais qu'il ne pouvoit se rappeller où il m'avoit vû. J'allois, repris-je, chez vous dans le tems que vous aviez à votre service un de mes amis, nommé Fabrice Nugnez. Ah ! Je m'en souviens présentement, repartit l'Administrateur avec un soûris malin, à telles enseignes que vous étiez tous deux de

; ons enfans ; vous avez fait enſemble bien
des tours de jeuneſſe. Hé, qu'eſt-il devenu
ce pauvre Fabrice? Toutes les fois que je
penſe à lui, j'ai de l'inquietude ſur ſes
petites affaires.

C'eſt pour vous en apprendre des nouvelles, dis-je au Seigneur Manuel, que j'ai
pris la liberté de vous arrêter dans la ruë.
Fabrice eſt à Madrid où il s'occupe à faire
des œuvres mêlées. Qu'appellez-vous des
œuvres mêlées, me repliqua-t-il ? je veux
dire, lui répartis-je, qu'il écrit en vers & en
proſe. Il fait des Comédies & des Romans.
En un mot, c'eſt un garçon qui a du génie,
& qui eſt reçu fort agréablement dans les
bonnes maiſons. Mais dit l'Adminiſtrateur,
comment eſt-il avec ſon Boulanger? Pas ſi
bien, lui répondis-je, qu'avec les perſonnes
de condition ; entre nous, je le crois auſſi
pauvre que Job. Oh je n'en doute nullement, reprit Ordognez. Qu'il faſſe ſa cour
aux grands Seigneurs tant qu'il lui plaira,
ſes complaiſances, ſes flatteries, ſes baſſeſ-
ſes lui rapporteront encore moins que ſes
ouvrages. Je vous le prédis, vous le verrez
quelque jour à l'Hôpital.

Cela pourra bien être, lui repliquai-je ;
la Poëſie en a mené là bien d'autres. Mon
ami Fabrice auroit beaucoup mieux fait

de demeurer attaché à votre Seigneurie ;
il rouleroit aujourd'hui sur l'or. Il seroit
du moins fort à son aise, dit Manuel; je
l'aimois, & j'allois en l'élevant de poste en
poste lui procurer dans la maison des Pauvres un établissement solide, lorsqu'il lui
prit fantaisie de donner dans le bel esprit.
Il composa une Comédie qu'il fit représenter par des Comédiens qui étoient
dans cette Ville ; la Piece réussit, & la tête
tourna dès ce moment à l'Auteur. Il se crut
un nouveau Lope de Vega, & préférant
la fumée des applaudissemens du Public
aux avantages réels que mon amitié lui
préparoit, il me demanda son congé. Je
lui remontrai vainement qu'il laissoit l'os
pour courir après l'ombre, je ne pus retenir ce fou que la fureur d'écrire entraînoit.
Il ne connoissoit pas son bonheur, ajoûta-
t il; le Garçon que j'ai pris après lui pour
me servir, en peut rendre un bon témoignage : plus raisonnable que Fabrice avec
moins d'esprit, il ne s'est uniquement ap-
pliqué qu'à bien s'acquitter de ses commissions & qu'à me plaire. Aussi l'ai-je
poussé comme il le meritoit ; il remplit
actuellement à l'Hôpital deux emplois
dont le moindre est plus que suffisant
pour faire subsister un honnête homme
chargé d'une grosse famille.

CHAPITRE II.

Gil Blas coutinuë son voyage, & arrive
heureusement à Oviedo. Dans quel état
il retrouva ses parens. Mort de son pere;
suites de cette mort.

DE Valladolid nous nous rendîmes
en quatre jours à Oviedo, sans avoir
fait en chemin aucune mauvaise rencontre,
malgré le proverbe qui dit que les voleurs
sentent de loin l'argent des voyageurs. Il
y auroit eu pourtant un assez beau coup à
faire; & deux habitans seulement d'un
soûterrain nous auroient sans peine enlevé
nos doublons; car je n'avois pas appris à
la Cour à devenir brave, & Bertrand mon
Moço de mulas ne paroissoit pas d'humeur à se faire tuër pour défendre la bourse de son maître. Il n'y avoit que Scipion
qui fût un peu Spadassin.

Il étoit nuit quand nous arrivâmes dans
la Ville. Nous allâmes loger dans une hôtellerie tout auprès de chez mon oncle le
Chanoine Gil Perez. J'étois bien aise de
m'informer dans quel état se trouvoient
mes parens avant que de me présenter

devant eux ; & pour le sçavoir je ne pouvois mieux m'adresser qu'à l'Hôte ou qu'à
l'Hôtesse de ce cabaret, que je connoissois
pour des gens qui ne pouvoient ignorer
les affaires de leurs voisins. En effet, l'Hôte
m'ayant reconnu après m'avoir envisagé
avec attention, s'écria : Par S. Antoine de
Pade ! voici le fils du bon Ecuyer Blas de
Santillane. Oui vraiement, dit l'Hôtesse,
c'est lui-même ; il n'a presque point changé. C'est ce petit éveillé de Gil Blas qui
avoit plus d'esprit qu'il n'étoit gros. Il me
semble que je le vois encore qui vient avec
sa bouteille chercher ici du vin pour le
souper de son oncle.

Madame, lui dis-je, vous avez une
heureuse mémoire ; mais, de grace, ap-
prenez-moi des nouvelles de ma famille ;
mon pere & ma mere ne sont pas sans
doute dans une agréable situation. Cela
n'est que trop véritable, répondit l'hôtesse ; dans quelque état fâcheux que vous
puissiez vous les représenter, vous ne sçauriez vous imaginer des personnes qui
soient plus à plaindre qu'eux : Le bon
homme Gil-Perez est devenu paralytique
de la moitié du corps, & n'ira pas loin
selon toutes les apparences : votre pere
qui demeure depuis peu chez ce Chanoine,

a

à une fluxion de poitrine, ou pour mieux
dire, il eſt dans ce moment entre la vie &
la mort; & votre mere, qui ne ſe porte
pas trop bien, eſt obligée de ſervir de Garde
à l'un & à l'autre.

Sur ce rapport, qui me fit ſentir que
j'étois fils, je laiſſai Bertrand avec mon
équipage à l'hôtellerie; & ſuivi de mon
Secretaire qui ne voulut point m'abandonner, je me rendis chez mon oncle.
D'abord que je parus devant ma mere,
une émotion que je lui cauſai lui annonça
ma préſence avant que ſes yeux euſſent
démêlé mes traits : Mon fils, me dit-elle
triſtement, après m'avoir embraſſé, venez
voir mourir votre pere ; vous venez aſſez
à tems pour être frappé de ce cruel ſpectacle. En achevant ces paroles, elle me mena
dans une chambre où le malheureux Blas
de Santillane couché dans un lit qui marquoit bien la pauvreté d'un Ecuyer, touchoit à ſon dernier moment. Quoiqu'environné des ombres de la mort, il avoit
encore quelque connoiſſance : Mon cher
ami, lui dit ma mere, voici Gil Blas votre
fils, qui vous prie de lui pardonner les chagrins qu'il vous a cauſées, & qui vous demandé votre benediction. A ce diſcours,
mon pere ouvrit des yeux qui commen-

Tome IV.

çoient à se fermer pour jamais; il les attacha
sur moi , & remarquant malgré l'accablé-
ment où il se trouvoit que j'étois touché
de sa perte , il fut attendri de ma douleur.
Il voulut parler , mais il n'en eut pas la
force. Je pris une de ses mains ; & tandis
que je la baignois de larmes , sans pouvoir
prononcer un mot , il expira , comme s'il
n'eût attendu que mon arrivée pour rendre le dernier soupir.

Ma mere étoit trop préparée à cette
mort pour s'en affliger sans moderation ;
j'en fus peut-être plus penetré qu'elle ,
quoique mon pere ne m'eût donné de sa vie
la moindre marque d'amitié. Outre qu'il
suffisoit pour le pleurer que je fusse son
fils , je me reprochois de ne l'avoir point
secouru ; & quand je pensois que j'avois
eu cette dureté , je me regardois comme
un monstre d'ingratitude ou plûtôt
comme un parricide. Mon oncle que
je vis ensuite étendu sur un autre grabat
& dans un état pitoyable , me fit éprouver
de nouveaux remords. Fils dénaturé , me
dis-je à moi même , considere pour ton
supplice la misere où sont tes parens. Si
tu leur avois fait quelque part du superflu
des biens que tu possedois avant ta prison,
tu leur aurois procuré des commodités

que le revenu de la Prébende ne peut leur
fournir, & tu aurois peut-être prolongé
la vie de ton pere.

L'infortuné Gil Perez étoit retombé en
enfance. Il n'avoit plus de mémoire, plus
de jugement. Il ne me servit de rien, de
le presser entre mes bras & de lui donner
des témoignages de ma tendresse, il n'y
parut pas sensible. Ma mere avoit beau lui
dire que j'étois son neveu Gil Blas, il
m'envisageoit d'un air imbecille sans répondre rien. Quand le sang & la reconnoissance ne m'auroient pas obligé à plaindre un oncle à qui je devois tant, je n'aurois pû m'en défendre en le voyant dans
une situation si digne de pitié.

Pendant ce tems-là Scipion gardoit un
morne silence, partageoit mes peines &
confondoit par amitié ses soupirs avec les
miens. Comme je jugeai que ma mere
après une si longue absence voudroit
m'entretenir, & que la présence d'un homme qu'elle ne connoissoit pas pourroit la
gêner, je le tirai à part & lui dis : Va,
mon enfant, va te reposer à l'hôtellerie
& me laisse ici avec ma mere ; elle te croi-
roit peut être de trop dans une conversation qui ne roulera que sur des affaires de
famille. Scipion se retira de peur de nous

B ij

contraindre; & j'eus effectivement avec
ma mere un entretien qui dura toute la
nuit. Nous nous rendîmes mutuellement
un compte fidelle de ce qui nous étoit
arrivé à l'un & l'autre depuis ma sortie
d'Oviedo. Elle me fit un ample détail des
chagrins qu'elle avoit essuyés dans les
maisons où elle avoit été Duegne, & me
dit là-dessus une infinité de choses que je
n'aurois pas été bien-aise que mon Secretaire eût entendues, quoique je n'eusse
rien de caché pour lui. Avec tout le respect
que je dois à la mémoire de ma mere, la
bonne Dame étoit un peu prolixe dans
ses récits; elle m'auroit fait grace des trois
quarts de son Histoire, si elle en eût sup-
primé les circonstances inutiles.

Elle finit enfin sa narration, & je commençai la mienne. Je passai legerement
sur toutes mes aventures; mais lorsque je
parlai de la visite que le fils de Bertrand
Muscada Epicier d'Oviedo m'étoit venu
faire à Madrid, je m'étendis fort sur cet
article. Je vous l'avouerai, dis-je à ma
mere, je reçus tres-mal ce Garçon, qui
pour s'en venger vous aura fait sans doute
un affreux portrait de moi. Il n'y a pas
manqué, répondit elle. Il vous trouva,
nous dit-il, si fier de la faveur du premier

Miniftre de la Monarchie, qu'à peine
daignâtes-vous le reconnoître ; & quand
il vous détailla nos miferes, vous l'écou-
tâtes d'un air glacé. Comme les peres &
les meres, ajoûta-t-elle, cherchent toujours à excufer leurs enfans, nous ne pû-
mes croire que vous euffiez un fi mauvais
cœur. Votre arrivée à Oviedo juftifie la
bonne opinion que nous avions de vous,
& la douleur dont je vous vois faifi
acheve de faire votre apologie.

Vous jugez de moi trop favorablement,
lui répliquai je ; il y a du vrai dans le rapport du jeune Mufcada. Lorfqu'il vint me
voir, je n'étois occupé que de ma fortune ;
& l'ambition qui me dominoit ne me permettoit guere de penfer à mes parens.
Il ne faut donc pas s'étonner fi dans cette
difpofition je fis un accueil peu gracieux
à un homme qui m'abordant d'un air
groffier, me dit brutalement qu'ayant appris que j'étois plus riche qu'un Juif, il
venoit me confeiller de vous envoyer de
l'argent, attendu que vous en aviez grand
befoin ; il me reprocha même dans des termes peu mefurés mon indifference pour
ma famille. Je fus choqué de fa franchife,
& perdant patience je le pouffai par les
épaules hors de mon cabinet. Je conviens

que j'eus tort dans cette rencontre ; j'aurois dû faire reflexion que ce n'étoit pas votre faute, si l'Epicier manquoit de politesse, & que son conseil ne laissoit pas d'être bon à suivre, quoiqu'il eût été donné malhonnêtement.

C'est ce que je me représentai un moment après que j'eus chassé Muscada. La voix du sang se fit entendre ; je me rappellai tous mes devoirs envers mes parens, & rougissant de honte de les remplir si mal, je sentis des remords dont je ne puis néanmoins me faire honneur auprès de vous, puisqu'ils furent bientôt étouffés par l'avarice & par l'ambition. Mais dans la suite ayant été enfermé par ordre du Roi dans la Tour de Segovie, j'y tombai dangereusement malade, & c'est cette heureuse maladie qui vous a rendu votre fils. Oui, c'est ma maladie & ma prison qui ont fait reprendre à la nature tous ses droits, & qui m'ont entierement détaché de la Cour. Je ne respire plus que la solitude, & je ne suis venu aux Asturies que pour vous prier de vouloir bien partager avec moi les douceurs d'une vie retirée. Si vous ne rejettez pas ma priere, je vous conduirai à une Terre que j'ai dans le Royaume de Valence, & nous vivrons là très-com-

modemment. Vous jugez bien que je me
proposois d'y mener auffi mon pere ; mais
puifque le Ciel en a ordonné autrement ;
que j'aie du moins la fatisfaction de poffeder chez moi ma mere , & de pouvoir réparer par toutes les attentions imaginables
le tems que j'ai paffé fans lui être utile.

Je vous fçais très-bon gré de vos louables
intentions, me dit alors ma mere , & je
m'en irois avec vous fans balancer , fi je
n'y trouvois des difficultés ; je n'abandonnerai pas votre oncle mon frere dans
l'état où il eft ; & je fuis trop accoutumée à
ce pays-ci pour m'en éloigner ; cependant
comme la chofe mérite d'être murement
examinée, je veux y rêver à loifir. Ne nous
occupons préfentement que du foin des
funerailles de votre pere. Chargeons-en,
lui dis-je, ce jeune homme que vous avez
vû avec moi ; c'eft mon Secretaire , il a
de l'efprit & du zele ; nous pouvons nous
en repofer fur lui.

A peine eus-je prononcé ces paroles,
que Scipion revint ; il étoit déja jour. Il
nous demanda fi nous n'avions pas befoin
de fon miniftere dans l'embarras où nous
étions. Je répondis qu'il arrivoit fort à
propos pour recevoir un ordre important
que j'avois à lui donner. Dès qu'il fçut de-
quoi il s'agiffoit ; cela fuffit , me dit-il ,

j'ai déja toute cette ceremonie arrangée
dans ma tête; vous pouvez vous en fier à
moi. Prenez garde, lui dit ma mere, de
faire un enterrement qui ait un air pom-
peux. Il ne sçauroit être trop modeste
pour mon époux, que toute la ville a connu pour un Ecuyer des plus malaisés.
Madame, répartit Scipion, quand il auroit été encore plus pauvre, je n'en raba-
trois pas deux maravedis. Je ne regarde là
dedans que mon Maître; il a été favori
du Duc de Lerme, son pere doit être
enterré noblement.

J'approuvai le dessein de mon Secretaire; je lui recommandai même de ne point
épargner l'argent; un reste de vanité que
je conservois encore se reveilla dans cette
occasion. Je me flattai qu'en faisant de la
dépense pour un pere qui ne me laissoit
aucun héritage, je ferois admirer mes
manieres généreuses. De son côté, ma
mere quelque contenance de modestie
qu'elle affectât, n'étoit point fachée que
son mari fût inhumé avec éclat. Nous
donnâmes donc carte-blanche à Scipion,
qui sans perdre de tems alla prendre toutes les mesures necessaires pour rendre les
funerailles superbes.

Il n'y réüssit que trop bien. Il fit des
obseques

obfeques fi magnifiques, qu'il révolta contre moi la ville & les fauxbourgs ; tous les
habitans d'Oviedo , depuis le plus grand
jufqu'au plus petit , furent choqués de
mon oftentation. Ce Miniftre fait à la
hâte , difoit l'un , a de l'argent pour enterrer fon pere , mais il n'en avoit point
pour le nourrir : il auroit mieux vallu,
difoit l'autre , qu'il eut fait plaifir à fon
pere vivant , que de lui faire tant d'honneur après fa mort. Enfin , les coups de
langue ne me furent point épargnés ; chacun lança fon trait. Ils n'en demeurerent
pas là : ils nous infulterent Scipion , Bertrand & moi quand nous fortîmes de
l'Eglife ; ils nous chargerent d'injures ,
nous accablerent de huées, & conduifirent
Bertrand à l'hôtellerie à coups de pierres.
Pour diffiper la canaille qui s'étoit attrou-
pée devant la maifon de mon oncle ; il
fallut que ma mere fe montrât, & proteftât
publiquement qu'elle étoit fort contente
de moi. Il y en eut d'autres qui coururent
au cabaret où étoit ma chaife , dans le
deffein de la brifer , ce qu'ils auroient fait
indubitablement , fi l'Hôte & l'Hotelfe
n'euffent trouvé moyen d'appaifer ces
efprits furieux & de les détourner de leur
réfolution.

Tome IV. C

Tous ces affronts qu'on me faisoit &
qui étoient autant d'effets des discours que
le jeune Epicier avoit tenus de moi dans
la Ville, m'inspirerent tant d'aversion pour
mes compatriotes, que je me déterminai
à quitter bientôt Oviedo, où sans cela
j'aurois fait peut-être un assez long séjour.
Je le déclarai tout net à ma mere, qui se
sentant elle-même très-mortifiée de l'accueil dont le peuple m'avoit regalé, ne
s'opposa point à un si prompt départ. Il
ne fut plus question que de sçavoir de
quelle sorte j'en userois avec elle : Ma
mere, lui dis-je, puisque mon oncle a
besoin de votre assistance, je ne vous
presserai plus de m'accompagner; mais
comme il ne paroît pas éloigné de sa fin,
promettez-moi de venir me rejoindre à
ma Terre aussitôt qu'il ne sera plus.

Je ne vous ferai point cette promesse,
répondit ma mere, je veux passer le reste
de mes jours dans les Asturies & dans
une parfaite indépendance. Ne serez-
vous pas toujours, lui repliquai-je, maîtresse absolue dans mon Château ? Je n'en
sçais rien, repartit-elle ; vous n'avez qu'à
devenir amoureux de quelque petite fille;
vous l'épouserez ; elle sera ma bru ; je
serai sa belle-mere ; nous ne pourrons vi-

&
qu
ans
our
na
cla
ur
fe
ac
ne
ll
de
Ma
a
ous
ais
n
e
fte
ins
af
en
i
le
fe
ir

Niquercelle In. et Fecit.

vre enfemble. Vous prévoyez, lui dis-je,
les malheurs de trop loin. Je n'ai aucune
envie de me marier ; mais quand la fantaifie m'en prendroit, je vous réponds que
j'obligerois bien ma femme à fe foumet-
tre aveuglément à vos volontés. C'eft répondre témerairement, reprit ma mere ;
& je demanderois caution de la caution.
Je ne voudrois pas même jurer que dans
nos brouilleries vous ne priffiez plûtôt
le parti de votre époufe que le mien,
quelque tort qu'elle pût avoir.

Vous parlez à merveille, Madame,
s'écria mon Secretaire, en fe mêlant à la
converfation ; je crois, comme vous, que
les brus dociles font bien rares. Cependant pour vous accorder vous & mon
Maître, puifque vous voulez abfolument
demeurer, vous dans les Afturies, & lui
dans le Royaume de Valence, il faut qu'il
vous faffe une penfion de cent piftoles
que je vous apporterai ici tous les ans.
Par ce moyen la mere & le fils vivront
fort fatisfaits à deux cens lieues l'un de
l'autre. Les deux parties intereffées ap-
prouverent la convention propofée ; après
quoi je payai la premiere année d'avance ;
& je fortis d'Oviedo le lendemain avant le
jour, de peur d'être traité par la populace
C ij

comme un saint Etienne. Telle fut la reception que l'on me fit dans ma Patrie.
Belle leçon pour les hommes du com-
mun, lesquels aprés s'être enrichis hors
de leur pays, y veulent retourner pour y
faire les gens d'importance.

CHAPITRE III.

Gil Blas prend la route du Royaume de Va-
lence & arrive enfin à Lirias: descrip-
tion de son Château, comment il y fut
reçû, & quelles gens il y trouva.

NOus prîmes le chemin de Leon,
ensuite celui de Palencia; & con-
tinuant notre voyage à petites journées,
nous arrivâmes au bout de la dixiéme à la
Ville de Segorbe, d'où le lendemain dans
la matinée nous nous rendîmes à ma Terre, qui n'en est éloignée que de trois lieues.
A mesure que nous nous en approchions,
je remarquois que mon Secretaire obser-
voit avec beaucoup d'attention tous les
Châteaux qui s'offroient à sa vûe à droite
& à gauche dans la campagne. Lorsqu'il
en appercevoit un de grande apparence,
il ne manquoit pas de me dire en me le

montrant du doigt : Je voudrois bien que
ce fût là notre retraite.

Je ne fçais, lui dis-je, mon ami, quelle
idée tu as de notre habitation ; mais fi tu
t'imagines que c'eſt une maiſon magnifique, une Terre de grand Seigneur, je t'a-
vertis que tu te trompes furieuſement.

Si tu veux n'être pas la dupe de ton
imagination, repreſente-toi la petite maiſon qu'Horace avoit dans le pays des Sa-
bins près de Tibur, & qui lui fut donnée
par Mecenas. D. Alphonſe m'a fait à peu
près le même preſent. Je ne dois donc
m'attendre qu'à voir une chaumiere, s'é-
cria Scipion. Souviens-toi, lui repliquai-
je, que je t'en ai toujours fait une deſcrip-
tion très-modeſte ; & dès ce moment tu
peux juger par toi-même fi j'en ai fait
une fidelle peinture : Jette les yeux du
côté du Guadalaviar, & regarde ſur ſes
bords auprès de ce hameau de neuf à dix
feux cette maiſon qui a quatre petits
pavillons ; c'eſt mon Château.

Comment diable, dit alors mon Secretaire d'un ton de voix admiratif, c'eſt
un bijou que cette Maiſon ! outre l'air de
nobleſſe que lui donnent ſes pavillons,
on peut dire quelle eſt bien ſituée, bien
bâtie, & entourée de pays plus charmans

C iij

que les environs même de Seville, appellés par excellence le Paradis terrestre. Quand nous aurions choisi ce séjour, il ne seroit pas plus de mon goût; une riviere l'atrose de ses eaux; un bois épais prête son ombrage quand on veut se promener au milieu du jour. L'aimable solitude! Ah, mon cher Maître, nous avons bien la mine de demeurer ici longtems. Je suis ravi, lui répondis je, que tu sois si content de notre azile dont tu ne connois pas encore tous les agrémens.

En nous entretenant de cette sorte, nous nous avançâmes vers la Maison, dont la porte nous fut ouverte aussi-tôt que Scipion eut dit que c'étoit le Seigneur Gil Blas de Santillane qui venoit prendre possession de son Château. A ce nom si respecté des personnes qui l'entendirent prononcer, on laissa entrer ma chaise dans une grande court où je mis pied à terre; puis m'appuyant pésamment sur Scipion, & faisant le gros dos, je gagnai une salle où je fus à peine arrivé que sept à huit domestiques parurent. Ils me dirent qu'ils venoient me présenter leurs hommages comme à leur nouveau Patron: Que Don Cesar & Don Alphonse de Leyva les avoient choisis pour me

D. Piercelle In. et F.cit.

servir, l'un en qualité de Cuiſinier, l'autre d'Aide de Cuiſine, un autre de Marmiton, celui-ci de Portier & ceux-là de
Laquais, avec défenſe de recevoir de moi
aucun argent, ces deux Seigneurs préten-
dant faire tous les frais de mon ménage. Le
Cuiſinier, nommé Maître Joachin, étoit
le principal de ces domeſtiques & portoit
la parole. Il m'apprit qu'il avoit fait une
ample proviſion des vins les plus eſtimés en
Eſpagne, & me dit que pour la bonne chere, il eſperoit qu'un Garçon comme lui, qui
avoit été ſix ans Cuiſinier de Monſeigneur
l'Archevêque de Valence, ſçauroit compoſer des ragoûts qui piqueroient ma ſenſualité : je vais, ajoûta-t-il, me préparer à
vous donner un échantillon de mon ſça-
voir-faire. Promenez-vous, Seigneur, en
attendant le dîner ; viſitez votre Château,
voyez ſi vous le trouvez en état d'être
habité par votre Seigneurie.

Je laiſſe à penſer ſi je négligeai cette viſite ; & Scipion encore plus curieux que
moi de la faire, m'entraîna de chambre
en chambre. Nous parcourumes toute la
maiſon depuis le haut juſqu'en bas ; il n'é-
chappa pas, du moins à ce que nous crû-
mes, le moindre endroit à notre curioſité intereſſée ; & j'eus par tout occaſion.

d'admirer la bonté que Don Cefar & fon
fils avoient pour moi. Je fus frappé, entre autres chofes, de deux appartemens,
qui étoient auffi bien meublés qu'ils pouvoient l'être, fans magnificence. Il y
avoit dans l'un une tapifferie des Pays-bas,
avec un lit & des chaifes de velours, le
tout propre encore, quoique fait du tems
que les Maures occupoient le Royaume
de Valence. Les meubles de l'autre appartement étoient dans le même goût; c'é-
toit une vieille tenture de Damas de Genes jaune avec un lit & des fauteuils de la
même étoffe garnis de franges de foie
bleue. Tous ces effets qui dans un inven-
taire auroient été peu prifés, paroiffoient
là très-confiderables.

Après avoir bien examiné toutes chofes, nous revinmes mon Secretaire & moi
dans la falle, où étoit dreffée une table
fur laquelle il y avoit deux couverts; nous
nous y affimes; & dans le moment on
nous fervit une *Olla prodrida* fi délicieufe,
que nous plaignimes l'Archevêque de
Valence de n'avoir plus le Cuifinier qui
l'avoit faite. Nous avions à la vérité beaucoup d'apétit, ce qui ne nous la faifoit
pas trouver plus mauvaife. A chaque morceau que nous mangions, mes Laquais

de nouvelle datte nous préfentoient de grands verres qu'ils rempliſſoient juſqu'aux bords d'un vin de la Manche exquis. Scipion n'oſant devant eux faire éclater la ſatisfaction interieure qu'il reſſentoit, me la témoignoit par des regards parlans, & je lui faiſois connoître par les miens que j'étois auſſi content que lui. Un plat de roſti, compoſé de deux cailles graſſes qui flanquoient un petit levraut d'un fumet admirable, nous fit quitter le pot-pourri, & acheva de nous raſſaſier. Lorſque nous eumes mangé comme deux affamés & bû à proportion, nous nous levâmes de table pour aller au jardin faire voluptueuſement la fieſte dans quelque endroit frais & agréable.

Si mon Secretaire avoit paru juſques là fort ſatisfait de ce qu'il avoit vû, il le fut encore davantage quand il vit le jardin. Il le trouva comparable à celui de l'Eſcurial. Il eſt vrai que Don Ceſar qui venoit de tems en tems à Lirias, prenoit plaiſir à le faire cultiver & embellir. Toutes les allées bien ſablées & bordées d'Orangers, un grand baſſin de marbre blanc, au milieu duquel un Lyon de bronze vomiſſoit de l'eau à gros bouïllons, la beauté des fleurs, la diverſité des fruits, tous ces

objets ravirent Scipion ; mais il fut particulierement enchanté d'une longue allée qui conduifoit en defcendant toujours
au logement du Fermier, & que des arbres
touffus couvroient de leur épais feuilla-
ge. En faifant l'éloge d'un lieu fi propre
à fervir d'azile contre la chaleur, nous
nous y arrêtâmes, & nous nous affimes au
pied d'un ormeau où le fommeil eut peu
de peine à furprendre deux gaillards qui
venoient de bien dîner.

Nous nous réveillâmes en furfaut deux
heures après au bruit de plufieurs coups
d'efcopettes, lefquels fe firent entendre
fi près de nous que nous en fûmes effrayés.
Nous nous levâmes brufquement ; & pour
nous informer de ce que c'étoit, nous
nous rendîmes à la maifon du Fermier.
Nous y rencontrâmes huit ou dix Villageois, tous habitans du Hameau, qui
s'étant affemblés là, tiroient & dérouil-
loient leurs armes à feu pour celebrer mon
arrivée dont ils venoient d'être avertis. Ils
me connoiffoient pour la plûpart, m'ayant
vû plus d'une fois dans le Château exercer
l'emploi d'Intendant. Ils ne m'apperçurent pas plûtôt, qu'ils crierent tous enfemble : Vive notre nouveau Seigneur !
qu'il foit le bien venu à Lirias. Enfuite ils

rechargerent leurs escopettes, & me régalerent d'une décharge generale. Je leur fis l'accueil le plus gracieux qu'il me fut possible, avec gravité pourtant, ne jugeant pas devoir trop me familiariser avec eux. Je les assurai de ma protection ; je leur lâchai même une vingtaine de pistoles, & ce ne fut pas, je crois, celle de mes manieres qui leur plût le moins. Après cela, je leur laissai la liberté de jetter encore de la poudre au vent, & je me retirai avec mon Secretaire dans le bois où nous nous promenâmes jusqu'à la nuit sans nous lasser de voir des arbres, tant la possession d'un bien nouvellement acquis a d'abord de charmes pour nous.

Le Cuisinier, l'Aide de Cuisine & le Marmiton n'étoient pas oisifs pendant ce tems-là ; ils travailloient à nous préparer un repas superieur à celui que nous avions fait ; & nous fumes dans le dernier étonnement lorsqu'étant rentrés dans la même salle où nous avions dîné, nous vîmes mettre sur la table un plat de quatre perdreaux rôtis, avec un civé de lapin d'un côté & un chapon en ragoût de l'autre. Ils nous servirent ensuite pour entremets des oreilles de cochon, des poulets marinés, & du chocolat à la crê-

me. Nous bûmes copieusement du vin de
Lucene & de plusieurs autres sortes de
vins excellens ; & quand nous sentîmes
que nous ne pouvions boire davantage
sans exposer notre santé, nous songeâ-
mes à nous aller coucher. Alors mes Laquais prenant des flambeaux me condui-
sirent au plus bel appartement où ils
s'empresserent à me déshabiller ; mais
quand ils m'eurent donné ma robe de
chambre & mon bonnet de nuit, je les
renvoyai en leur disant d'un air de Maître : retirez vous, Messieurs, je n'ai pas
besoin de vous pour le reste.

Je les fis sortir tous ; & retenant Scipion pour m'entretenir un peu avec lui,
je lui demandai ce qu'il pensoit du traitement qu'on me faisoit par ordre des
Seigneurs de Leyva. Ma foi, me répondit-il, je pense qu'on ne peut vous en
faire un meilleur ; je souhaite seulement
que cela soit de longue durée: Je ne le
souhaite pas moi, lui repliquai-je ; il ne
me convient pas de souffrir que mes Bienfaicteurs fassent pour moi tant de dépense ; ce seroit abuser de leur générosi-
té. De plus, je ne m'accommoderois
point de Valets aux gages d'autrui : je
croirois n'être pas dans ma maison. D'ail-

teurs, je ne suis point venu ici pour vivre avec tant de fracas ; avons-nous besoin d'un si grand nombre de Domestiques ? non ; il ne nous faut avec Bertrand qu'un Cuisinier, un Marmiton & un
Laquais. Quoique mon Secretaire n'eut
pas été fâché de subsister toujours aux
dépens du Gouverneur de Valence, il ne
combattit point ma délicatesse là-dessus ;
& se conformant à mes sentimens, il ap-
prouva la reforme que je voulois faire.
Cela étant décidé, il sortit de mon appartement & se retira dans le sien.

CHAPITRE IV.

Il part pour Valence, & va voir les Sei-
gneurs de Leyva ; de l'entretien qu'il eut
avec eux, & du bon accueil que lui fit
Seraphine.

J'Achevai de me déshabiller & je me
mis au lit, où ne me sentant aucune
envie de dormir, je m'abandonnai à mes
reflexions. Je me representai l'amitié dont
les Seigneurs de Leyva payoient l'attachement que j'avois pour eux ; & péné-
tré des nouvelles marques qu'ils m'en

donnoient, je pris la réfolution de les
aller trouver dès le lendemain, pour fatisfaire l'impatience que j'avois de les en
remercier. Je me faifois auffi par avance un
plaifir de revoir Seraphine ; mais ce plaifir n'étoit pas pur ; je ne pouvois penfer fans peine que j'aurois en même tems
à foûtenir les regards de la Dame Lorença Sephora, qui fe fouvenant peut-
être encore de l'avanture du foufflet, ne
feroit pas fort réjoüie de ma vûe. L'efprit fatigué de toutes ces idées différen-
tes, je m'affoupis enfin, & ne me réveil-
lai le jour fuivant qu'après le lever du
Soleil.

Je fûs bien-tôt fur pied ; & tout occupé du voyage que je méditois, je m'habillai à la hâte. Comme j'achevois de
m'ajufter, mon Secretaire entra dans ma
chambre. Scipion lui dis-je, tu vois un
homme qui fe difpofe à partir pour Valence : je ne puis aller trop tôt faluer les
Seigneurs à qui je dois ma petite fortune ;
chaque moment que je differe à m'acquitter de ce devoir femble m'accufer
d'ingratitude. Pour toi, mon ami, je te
difpenfe de m'accompagner, demeure ici
pendant mon abfence ; je reviendrai te
joindre au bout de huit jours. Allez,

Monſieur, répondit-il, faites bien votre cour à Don Alphonſe & à ſon pere; ils me paroiſſent ſenſibles au zele qu'on a pour eux & très-reconnoiſſans des ſervices qu'on leur a rendus; les perſonnes de qualité de ce caractere-là ſont ſi rares qu'on ne peut aſſez les ménager. Je fis avertir Bertrand de ſe tenir prêt à partir; & tandis qu'il préparoit les mules je pris mon Chocolat. Enſuite je montai dans ma chaiſe, après avoir recommandé à mes gens de regarder mon Secretaire comme un autre moi-même, & de ſuivre ſes ordres ainſi que les miens.

Je me rendis à Valence en moins de quatre heures; j'allai deſcendre tout droit aux Ecuries du Gouverneur. J'y laiſſai mon équipage, & je me fis conduire à l'appartement de ce Seigneur, qui y étoit alors avec Don Céſar ſon pere. J'ouvris la porte ſans façon, j'entrai; & les abordant tous deux : Les Valets, leur dis je, ne ſe font point annoncer à leurs Maîtres; voici un de vos anciens ſerviteurs qui vient vous rendre ſes reſpects. A ces mots, je voulus me proſterner devant eux; mais ils m'en empêcherent & m'embraſſerent l'un & l'autre avec tous les témoignages d'une veritable affection. He

bien, mon cher Santillane, me dit Don
Alphonse, avez-vous été a Lirias prendre possession de votre Terre ? Oui, Seigneur, lui répondis-je ; & je vous prie
de trouver bon que je vous la rende.
Pourquoi donc cela, repliqua-t-il ? A-
t-elle quelque desagrément qui vous en
dégoute ? Non par elle même, lui repartis-je ; au contraire, j'en suis enchanté ; tout ce qui m'en déplaît, c'est d'y
voir des Cuisiniers d'Archevêque avec
trois fois plus de Domestiques qu'il ne
m'en faut, & qui ne servent là qu'à vous
faire faire une dépense aussi considera-
ble qu'inutile.

Si vous eussiez, dit D. Cesar, accepté
la pension de deux mille ducats que nous
vous offrîmes à Madrid, nous nous se-
rions contentés de vous donner le Château
meublé comme il est, mais vous sçavez
que vous la refusâtes ; & nous avons crû
devoir faire en recompense ce que nous
avons fait. C'en est trop, lui répondis-je,
votre bonté doit s'en tenir au don de cette
Terre, qui a de quoi combler mes desirs.
Indépendamment de ce qu'il vous en coûte pour entretenir tant de monde à grands
frais, je vous proteste que ces gens-là me
gênent & m'incommodent. En un mot,
ajoûtai-je,

ajoutai je, Meſſeigneurs, reprenez votre bien, ou daignez m'en laiſſer joüir à ma fantaiſie. Je prononcai d'un air ſi vif ces dernieres paroles, que le pere & le fils qui ne prétendoient nullement me con-traindre, me permirent enfin d'en uſer, comme il me plairoit dans mon Château.

Je les remerciois de m'avoir accordé cette liberté, ſans laquelle je ne pouvois être heureux, lorſque Don Alphonſe m'interrompit en me diſant : Mon cher Gil Blas, je veux vous préſenter à une Dame qui ſera charmée de vous voir. En parlant de cette ſorte, il me prit par la main & me mena dans l'appartement de Seraphine, qui pouſſa un cri de joye en m'appercevant : Madame, lui dit le Gou-verneur, je crois que l'arrivée de notre ami Santillane à Valence ne vous eſt pas moins agréable qu'à moi. C'eſt de quoi, répondit elle, il doit être bien perſuadé ; le tems ne m'a point fait perdre le ſouve-nir du ſervice qu'il m'a rendu ; & j'ajoûte à la reconnoiſſance que j'en ai celle que je dois à un homme à qui vous avez obli-gation. Je dis à Madame la Gouvernante que je n'étois que trop payé du péril que j'avois partagé avec ſes liberateurs en expoſant ma vie pour elle ; & après force

Tome IV.   D

complimens de part & d'autre, Don
Alphonse m'emmena hors de l'appartement de Seraphine. Nous rejoignimes
Don Cesar, que nous trouvâmes dans une
salle avec plusieurs personnes de qualité
qui venoient dîner là.

Tous ces Messieurs me saluerent fort
poliment ; ils me firent d'autant plus de
civilitez que D. Cesar leur dit que j'avois
été un des principaux Secretaires du Duc
de Lerme. Peut-être même que la plûpart
d'entre eux n'ignoroient pas que c'étoit
par mon crédit que D. Alphonse avoit
obtenu le gouvernement de Valence, car
tout se sçait. Quoiqu'il en soit, quand
nous fûmes à table, on ne parla que du
nouveau Cardinal ; les uns en faisoient ou
affectoient d'en faire de grands éloges ;
& les autres ne lui donnoient que des
louanges, pour ainsi dire, à mi-sucre. Je
jugeai bien qu'ils vouloient par-là m'engager à me répandre sur le compte de son
Eminence, & à les égayer à ses dépens.
J'aurois dit volontiers ce que j'en pensois ;
mais je retins ma langue ; ce qui me fit
passer dans l'esprit de la compagnie pour
un Garçon fort discret.

Les conviés après le dîner se retirerent chez eux pour faire la siefte ; D. Ce-

far & fon fils preſſés de la même envie, s'enfermerent dans leurs appartemens. Pour moi, plein d'impatience de voir une Ville dont j'avois ſouvent entendu vanter la beauté, je ſortis du Palais du Gouverneur dans le deſſein de me promener dans les ruës. Je rencontrai à la porte un homme qui vint m'aborder en me diſant : Le Seigneur de Santillane veut bien me permettre de le ſaluer. Je lui demandai qui il étoit ; je ſuis, me répondit-il, Valet de Chambre de Don Ceſar, j'étois un de ſes Laquais dans le tems que vous étiez ſon Intendant ; je vous faiſois tous les matins ma cour, & vous aviez bien des bontez pour moi. Je vous informois de ce qui ſe paſſoit au logis. Vous ſouvient-il qu'un jour je vous appris que le Chirurgien du Village de Leyva s'introduiſoit ſecrettement dans la chambre de la Dame Lorença Sephora ? C'eſt ce que je n'ai point oublié, lui répliquai-je ; mais à propos de cette Duegne, qu'eſt-elle devenuë ? Helas, repartit-il, la pauvre créature après votre départ tomba en langueur, & mourut plus regrettée de Seraphine que de D. Alphonſe qui parut peu touché de ſa mort.

Le Valet-de-Chambre de Don Ceſar

D ij

m'ayant inftruit ainfi de la trifte fin de
Sephora, me fit des excufes de m'avoir
arrêté, & me laiffa continuer mon chemin.
Je ne pus m'empêcher de foupirer en me
rappellant cette Duegne infortunée; &
m'attendriffant fur fon fort, je m'imputai
fon malheur, fans fonger que c'étoit plûtôt à fon cancer qu'à mon merite qu'il
falloit s'en prendre.

J'obfervois avec plaifir tout ce qui me
fembloit digne d'être remarqué dans la
Ville. Le Palais de marbre de l'Archevêché occupa mes yeux agréablement, auffi
bien que les beaux portiques de la Bourfe;
mais une grande maifon que j'apperçus
de loin, & dans laquelle il entroit beaucoup de monde attira toute mon attention. Je m'en approchai pour apprendre
pourquoi je voyois là un fi grand
concours d'hommes & de femmes, &
bientôt je fus au fait en lifant ces paroles écrites en lettres d'or fur une table
de marbre noir qu'il y avoit au-deffus de
la porte: *La* ª *Pofada de los Reprefentantes.*
Et les Comédiens marquoient dans leur
affiche qu'ils joûeroient ce jour là pour la
premiere fois une Tragedie nouvelle de
Don Gabriel Triaquero.

ª L'Hôtel des Comédiens.

CHAPITRE V.

Gil Blas va à la Comédie où il voit joüer une Tragédie nouvelle. Succès de la Piece. Génie du Public de Valence.

JE m'arrêtai quelques momens à la porte pour confidérer les perſonnes qui entroient, J'en remarquai de toutes les façons. Je vis des Cavaliers de bonne mine & richement habillés, & des figures auſſi plattes que mal-vêtuës. J'apperçus des Dames titrées qui deſcendoient de leurs caroſſes pour aller occuper les loges qu'elles avoient fait retenir, & des avanturieres qui alloient amorcer des duppes. Ce concours confus de toute ſorte de Spectateurs, m'inſpira l'envie d'en augmenter le nombre. Comme je me diſpoſois à prendre un billet, le Gouverneur & ſon épouſe arriverent. Ils me démêlerent dans la foule, & m'ayant fait appeller, ils m'entraînerent dans leur loge où je me plaçai derriere eux de maniere que je pouvois facilement parler à l'un & à l'autre.

Je trouvai la ſalle remplie de monde depuis le haut juſqu'en bas, un parterre très ſerré & un Théâtre chargé de Che-

valiers des trois Ordres militaires. Voilà,
dis-je à Don Alphonse, une nombreuse
assemblée. Il ne faut pas vous en étonner,
me répondit-il ; la Tragédie qu'on va
représenter est de la composition de Don
Gabriel Triaquero surnommé le Poëte à
la mode. Dès que l'affiche des Comédiens
annonce une nouveauté de cet Auteur,
toute la Ville de Valence est en l'air :
Les hommes ainsi que les femmes ne
s'entretiennent que de cette Piece : toutes les loges sont retenuës, & le jour de
la premiere représentation on se tuë à
la porte pour entrer, quoique toutes les
places soient au double, à la reserve du
Parterre qu'on respecte trop pour oser le
mettre de mauvaise humeur. Quelle rage,
dis-je au Gouverneur! cette vive curiosité
du Public, cette furieuse impatience
qu'il a d'entendre tout ce que Don Gabriel produit de nouveau, me donne une
haute idée du génie de ce Poëte.

Dans cet endroit de notre conversation
les Acteurs parurent. Nous cessâmes aussitôt de parler pour les écouter avec attention. Les applaudissemens commencerent dès la Protase ; à chaque vers c'étoit
un *brouhaha*, & à la fin de chaque Acte
un battement de mains à faire croire que

la Salle s'abîmoit. Après la Piece, on me montra l'Auteur qui alloit de loge en loge présenter modestement sa tête aux lauriers dont les Seigneurs & les Dames se préparoient à la couronner.

Nous retournâmes au Palais du Gouverneur, où bientôt arriverent trois ou quatre Chevaliers. Il y vint aussi deux vieux Auteurs estimés dans leur genre, avec un Gentilhomme de Madrid qui avoit de l'esprit & du goût. Ils avoient tous été à la Comédie. Il ne fut question pendant le souper que de la Piece nouvelle : Messieurs, dit un Chevalier de S. Jacques, que pensez-vous de cette Tragedie ? N'est-ce pas là ce qui s'appelle un ouvrage achevé ? pensées sublimes, tendres sentimens, versification virile, rien n'y manque. En un mot, c'est un Poëme sur le ton de la bonne compagnie. Je ne crois pas que personne en puisse penser autrement, dit un Chevalier d'Alcantara. Cette piece est pleine de tirades qu'Appollon semble avoir dictées, & de situations filées avec un art infini. Je m'en rapporte à Monsieur, ajoûta-t il en adressant la parole au Gentilhomme Castillan ; il me paroît connoisseur ; je parie qu'il est de mon sentiment. Ne pariez point, Monsieur le

Chevalier , lui répondit le Gentilhomme,
avec un souris malin. Je ne suis pas de ce
pays-ci : nous ne décidons point à Madrid
si promptement. Bien loin de juger d'une
Piece que nous entendons pour la premiere fois , nous nous défions de ses
beautés tant qu'elle n'est que dans la
bouche des Acteurs ; quelque bien affec-
tés que nous en soyons, nous suspendons
notre jugement jusqu'à ce que nous
l'ayons lûë ; & véritablement elle ne nous
fait pas toujours sur le papier le même
plaisir qu'elle nous a fait sur la scene.

Nous examinons donc scrupuleuse-
ment , poursuivit-il , un Poëme avant
que de l'estimer ; la réputation de son
Auteur , quelque grande qu'elle puisse
être , ne peut nous éblouïr ; quand Lope
de Vega même & Calderon donnoient
des nouveautés , ils trouvoient des Juges
féveres dans leurs admirateurs , qui ne les
ont élevés au comble de la gloire qu'a-
près avoir jugé qu'ils en étoient dignes.

Oh , parbleu , interrompit le Chevalier de Saint-Jacques , nous ne sommes
pas si timides que vous. Nous n'attendons
point pour décider qu'une Piece soit imprimée. Dès la premiere représentation
nous en connoissons tout le prix. Il n'est
pas

pas même befoin que nous l'écoutions
fort attentivement. Il fuffit que nous fça-
chions que c'eft une production de Don
Gabriel, pour être perfuadé qu'elle eft fans
défaut. Les ouvrages de ce Poëte doivent
fervir d'époque à la naiffance du bon goût.
Les Lope & les Calderon n'étoient que
des apprentifs en comparaifon de ce
grand Maître du Théâtre. Le Gentilhomme, qui regardoit Lope & Calderon comme les Sophocles & les Euripides des Ef-
pagnols, fut choqué de ce difcours teme-
raire. Quel facrilege dragmatique, s'écria-
t-il! Puifque vous m'obligez, Meffieurs,
à juger comme vous fur une premiere
repréfentation, je vous dirai que je ne
fuis pas content de la Tragédie nouvelle
de votre Don Gabriel. C'eft un Poëme
farci de traits plus brillans que folides.
Les trois quarts des vers font mauvais ou
mal-rimés, les caracteres mal-formés ou
mal-foutenus, & les penfées fouvent très-
obfcures.

Les deux Auteurs qui étoient à table,
& qui par une retenuë auffi loüable que
rare, n'avoient rien dit de peur d'être foup-
çonnés de jaloufie, ne purent s'empêcher
d'applaudir des yeux au fentiment du Gentilhomme ; ce qui me fit juger que leur

silence étoit moins un effet de la perfection de l'Ouvrage que de leur politique. Pour Messieurs les Chevaliers, ils recommencerent à loüer Don Gabriel. Ils le placerent même parmi les Dieux. Cette apothéose extravagante & cette aveugle idolâtrie firent perdre patience au Castillan, qui levant les mains au Ciel, s'écria tout-à coup par enthousiâme : O divin Lope de Vega, rare & sublime génie, qui avez laissé un espace immense entre vous & tous les Gabriels qui voudront vous atteindre ! & vous, moëlleux Calderon dont la douceur élegante & purgée d'épique est inimitable, ne craignez point tous deux que vos Autels soient abbatus par ce nouveau Nourrisson des Muses. Il sera bienheureux si la posterité dont vous serez les délices, comme vous faites les nôtres, entend parler de lui.

Cette plaisante apostrophe, à laquelle personne ne s'étoit attendu, fit rire toute la compagnie, qui se leva de table & s'en alla. On me conduisit par ordre de Don Alphonse à l'appartement qui m'avoit été préparé. J'y trouvai un bon lit où ma Seigneurie s'étant couchée, s'endormit, en déplorant aussi bien que le Gentilhomme Castillan, l'injustice que les ignorans faisoient à Lope & à Calderon.

CHAPITRE VI.

Gil Blas en se promenant dans les rues de
Valence rencontre un Religieux qu'il croit
reconnoître ; quel homme c'étoit que ce
Religieux.

COmme je n'avois pû voir toute la
Ville le jour précédent, je me levai
& fortis le lendemain dans l'intention
de m'y promener encore. J'apperçûs dans
la rue un Chartreux qui sans doute alloit vacquer aux affaires de sa Communauté. Il marchoit les yeux baiffés &
avoit l'air si dévot qu'il s'attiroit les regards de tout le monde. Il paffa fort près
de moi, Je le regardai attentivement, &
je crus voir en lui Don Raphaël, cet
Avanturier qui tient une place si honorable dans les deux premiers volumes de
non Hiftoire.

Je fus si étonné, si émû de cette rencontre, qu'au lieu d'aborder le Moine,
je demeurai immobile pendant quelques
momens, ce qui lui donna le tems de
s'éloigner de moi. Jufte Ciel, dis-je, y
eut-il jamais deux vifages plus reffem-

blans ! Que faut-il que je pense ? dois-je
croire que c'eſt Raphaël ? puis-je m'imaginer que ce n'eſt pas lui ? Je me ſentis
trop curieux de ſçavoir la vérité, pour en
reſter là. Je me fis enſeigner le chemin
du Monaſtere des Chartreux, où je me
rendis ſur le champ dans l'eſperance d'y
revoir mon homme quand il y revien-
droit, & bien réſolu de l'arrêter pour lui
parler. Je n'eus pas beſoin de l'attendre
pour être au fait : En arrivant à la porte du Convent, un autre viſage de ma
connoiſſance tourna mon doute en certitude ; je reconnus dans le Frere Portier
Ambroiſe de Lamela, mon ancien Valet.

Notre ſurpriſe fut égale de part &
d'autre, de nous retrouver dans cet endroit. N'eſt-ce pas une illuſion, lui dis-
je en le ſaluant ? Eſt-ce en effet un de
mes amis qui s'offre à ma vûe ? Il ne me
reconnut pas d'abord, ou bien il feignit
de ne me pas remettre ; mais conſidérant
que la feinte étoit inutile, il prit l'air d'un
homme qui tout-à-coup ſe reſſouvient
d'une choſe oubliée : Ah Seigneur Gil
Blas, s'écria-t-il ! pardon, ſi j'ai pû vous
méconnoître. Depuis que je vis dans ce
lieu ſaint, & que je m'attache à remplir
tous les devoirs preſcrits par nos Regles, je

perds infensiblement la memoire de ce que j'ai vû dans le monde.

J'ai, lui dis-je, une veritable joie de vous revoir après dix ans fous un habit fi refpectable. Et moi, répondit-il, j'ai honte d'en paroitre revêtu devant un homme qui a été témoin de la vie coupable que j'ai menée. Cet habit me la reproche fans cesse; helas! ajoûta-t-il en pouffant un foupir, pour être digne de le porter, il faudroit que j'eusse toujours vêcu dans l'innocence. A ce difcours qui me charme, lui repliquai-je, mon cher Frere, on voit clairement que le doigt du Seigneur vous a touché. Je vous le répete, j'en fuis ravi & je meurs d'envie d'apprendre de quelle maniere miraculeufe vous êtes entrez dans la bonne voie, vous & Don Raphaël; car je fuis perfuadé que c'eft lui que je viens de rencontrer dans la Ville habillé en Chartreux. Je me fuis repenti de ne l'avoir pas arrêté dans la rue pour lui parler, & je l'attens ici pour réparer ma faute quand il rentrera.

Vous ne vous êtes point trompé, me dit Lamela; c'eft Don Raphaël lui-même que vous avez vû; & quant au détail que vous demandez, le voici : Après nous être feparés de vous auprès de Segorbe, nous

E iij

prîmes le fils de Lucinde & moi la route
de Valence dans le deffein d'y faire quelque nouveau tour de notre métier. Le
hazard voulut un jour que nous entraf-
fions dans l'Eglife des Chartreux dans le
tems que les Religieux pfalmodioient
dans le Chœur. Nous nous attachâmes à les confiderer, & nous éprouvâ-
mes que les méchans ne peuvent fe défendre d'honorer le vertu. Nous admi-
râmes la ferveur avec laquelle ils prioient
Dieu, leur air mortifié & détaché des
plaifirs du fiécle, de même que la fe-
renité qui regnoit fur leurs vifages, & qui
marquoit fi bien le repos de leurs con-
fciences.

En faifant ces obfervations, nous tom-
bâmes dans une rêverie qui nous devint falutaire: Nous comparâmes nos
mœurs avec celles de ces bons Religieux,
& la difference que nous y trouvâmes,
nous remplit de trouble & d'inquiétude.
Lamela, me dit Don Raphaël lorfque
nous fûmes hors de l'Eglife, comment
es-tu affecté de ce que nous venons de
voir? Pour moi, je ne puis te le celer:
je n'ai pas l'efprit tranquille. Des mouvemens qui me font inconnus m'agitent;
& pour la premiere fois de ma vie je me

reproche mes iniquités. Je fuis dans
la même difpofition, lui répondis-je ; les
mauvaifes actions que j'ai faites fe foule-
vent dans cet inftant contre moi ; & mon
cœur qui n'avoit jamais fenti de remords
en eft préfentement déchiré. Ah cher
Ambroife, reprit mon Camarade, nous
fommes deux Brebis égarées que le Pere
celefte par pitié veut ramener au bercail.
C'eft lui, mon enfant, c'eft lui qui nous
appelle. Ne foyons pas fourds à fa voix ;
renonçons aux fourberies, quittons le libertinage où nous vivons, & commen-
çons dès aujourd'hui à travailler ferieufe-
ment au grand ouvrage de notre falut ;
il faut paffer le refte de nos jours dans
ce Convent, & les confacrer à la pénitence.

J'applaudis au fentiment de Raphaël,
continua le Frere Ambroife ; & nous for-
mâmes la généreufe réfolution de nous
faire Chartreux. Pour l'exécuter, nous
nous adreffâmes au Pere Prieur, qui ne
fçût pas fi-tôt notre deffein, que pour
éprouver notre vocation il nous fit donner des Cellules & traiter comme les Religieux pendant une année entiere. Nous
fuivîmes les regles avec tant d'exacti-
tude & de conftance qu'on nous reçut

parmi les Novices. Nous étions si contens de notre état & si pleins d'ardeur, que nous soutinmes courageusement les travaux du Noviciat. Nous fîmes ensuite profession ; après quoi Don Raphaël ayant paru doüé d'un genie propre aux affaires, fut choisi pour soulager un vieux Pere qui étoit alors Procureur. Le fils de Lucinde auroit mieux aimé employer tout son tems à la priere ; mais il fut obligé de sacrifier son goût pour l'Oraison au besoin qu'on avoit de lui. Il acquit une si parfaite connoissance des interêts de la maison, qu'on le jugea capable de remplacer le vieux Procureur qui mourut trois ans après. D. Raphaël exerce donc actuellement cet emploi, & l'on peut dire qu'il s'en acquitte au grand contentement de tous nos Peres, qui louent fort sa conduite dans l'administration de notre temporel. Ce qu'il y a de plus surprenant, c'est que malgré le soin dont il est chargé de recueillir nos revenus, il ne paroît occupé que de l'éternité. Les affaires lui laissent-elles un moment de repos, il se plonge dans de profondes méditations. En un mot, c'est un des meilleurs sujets de ce Monastere.

J'interrompis dans cet endroit Lame-

la par un transport de joie que je fis éclater à la vûe de Raphaël qui arriva. Le
voici, m'écriai-je, le voici ce saint Procureur que j'attendois avec impatience.
En même tems je courus au-devant de
lui, & je l'embrassai. Il se prêta de bonne grace à l'accolade; & sans témoigner
le moindre étonnement de me rencontrer, il me dit d'un ton de voix plein de
douceur: Dieu soit loué, Seigneur de
Santillane, Dieu soit loué du plaisir que
j'ai de vous revoir. En vérité; repris-je,
mon cher Raphaël, je prends toute la
part possible à votre bonheur; Le Frere
Ambroise m'a raconté l'histoire de votre
conversion, & ce récit m'a charmé. Quel
avantage pour vous deux, mes amis, de
pouvoir vous flatter d'être de ce petit
nombre d'Elus qui doivent joüir d'une
éternelle felicité!

Deux miserables tels que nous, repartit le fils de Lucinde d'un air qui marquoit
beaucoup d'humilité, ne devroient pas
concevoir une pareille esperance; mais
le repentir des pécheurs leur fait trouver
grace auprès du Pere des misericordes. Et
vous, Seigneur Gil Blas, ajoûta t-il, ne
songez-vous pas aussi à mériter qu'il vous
pardonne les offenses que vous lui avez

faires ? quelles affaires vous amenent à
Valence ? n'y rempliriez vous point par
malheur quelque emploi dangereux ?
Non Dieu merci, lui répondis je, depuis
que j'ai quitté la Cour je mene une vie
d'honnête homme ; tantôt dans une Terre
que j'ai à quelques lieuës de cette Ville,
je prens tous les plaiſirs de la campagne,
& tantôt je viens me rejoüir avec le Gouverneur de Valence qui eſt mon ami, &
que vous connoiſſez tous deux parfaitement.

Alors, je leur contai l'Hiſtoire de Don
Alphonſe de Leyva. Ils l'écouterent avec
attention ; & quand je leur dis que j'avois
porté de la part de ce Seigneur à Samuel
Simon les trois mille ducats que nous lui
avions volez, Lamela m'interrompit, &
adreſſant la parole à Raphaël : Pere Hilaire, lui dit-il, à ce compte là ce bon Marchand ne doit plus ſe plaindre d'un vol
qui lui a été reſtitué avec uſure, & nous
devons tous deux avoir la conſcience bien
en repos ſur cet article. Effectivement,
dit le Procureur, le Frere Ambroiſe &
moi, avant que d'entrer dans ce Convent,
nous fîmes ſecrettement tenir quinze
cens ducats à Samuel Simon par un honnête Eccleſiaſtique qui voulut bien ſe

donner la peine d'aller à Xelva faire cette restitution ; tant pis pour Samuel, s'il a été capable de toucher cette somme, après avoir été remboursé du tout par le Seigneur de Santillane. Mais, leur dis-je, vos quinze cens ducats lui ont-ils été fidellement remis ? Sans doute, s'écria Don Raphaël, je répondrois de l'integrité de l'Ecclesiastique comme de la mienne. J'en serois aussi la caution, dit Lamela ; c'est un saint Prêtre accoutumé à ces sortes de commissions, & qui a eu pour des dépôts à lui confiés deux ou trois procès qu'il a gagnés avec dépens.

Notre conversation dura quelque tems encore ; ensuite nous nous séparâmes, eux en m'exhortant à avoir toujours devant les yeux la crainte du Seigneur, & moi en me recommandant à leurs bonnes prieres. J'allai sur le champ trouver D. Alphonse : Vous ne devineriez jamais, lui dis-je, avec qui je viens d'avoir un long entretien ; je quitte deux vénérables Chartreux de votre connoissance ; l'un se nomme le Pere Hilaire, & l'autre le Frere Ambroise. Vous vous trompez, me répondit D. Alphonse, je ne connois aucun Chartreux. Pardonnez-moi, lui répliquai je ; vous avez vû à Xelva le Frere Ambroise

Commissaire de l'Inquisition & le Pere
Hilaire Greffier. O Ciel, s'écria le Gouverneur avec surprise ! seroit-il possible
que Raphaël & Lamela fussent devenus
Chartreux ! Oui vraiment, lui répondis-
je, il y a déja quelques années qu'ils ont
fait profession. Le premier est Procureur
de la Maison, & l'autre est Portier.

Le fils de Don Cesar rêva quelques
momens, puis branlant la tête : Monsieur le Commissaire de l'Inquisition &
son Greffier, dit il, m'ont bien la mine
de joüer ici une nouvelle Comédie. Vous
jugez d'eux par prévention, lui répondis-
je ; pour moi, qui les ai entretenus, j'en
pense plus favorablement. Il est vrai qu'on
ne voit point le fond des cœurs ; mais
selon toutes les apparences, ce sont deux
fripons convertis. Cela se peut, reprit
D. Alphonse ; il y a bien des Libertins
qui après avoir scandalisé le monde par
leurs déreglemens, s'enferment dans les
Cloîtres pour en faire une rigoureuse
pénitence : je souhaite que nos deux Moines soient de ces Libertins là.

Hé pourquoi, lui dis-je, n'en seroient-
ils pas ? Ils ont volontairement embrassé
l'Etat Monastique, & il y a déja long-
tems qu'ils vivent en bons Religieux.

Vous me direz tout ce qu'il vous plaira,
me répartit le Gouverneur. Je n'aime pas
que la caisse du Convent soit entre les
mains de ce Pere Hilaire, dont je ne puis
m'empêcher de me défier ; quand je me
souviens de ce beau récit qu'il nous fit de
ses avantures, je tremble pour les Chartreux. Je veux croire avec vous qu'il a
pris le Froc de très-bonne foi, mais la vûë
de l'or peut reveiller sa cupidité. Il ne
faut pas mettre dans une cave un ivrogne
qui a renoncé au vin.

La défiance de D. Alphonse fut pleinement justifiée peu de jours après ; le
Pere Procureur & le Frere Portier dispa-
rurent avec la caisse. Cette nouvelle, qui
se répandit aussitôt dans la Ville, ne manqua pas d'égayer les railleurs, qui se
réjoüissent toujours du mal qui arrive
aux Moines rentés. Pour le Gouverneur
& moi nous plaignîmes les Chartreux,
sans nous vanter de connoître les deux
Apostats.

CHAPITRE VII.

*Gil Blas retourne à son Château de Lirias,
de la nouvelle agréable que Scipion lui
apprit, & de la réforme qu'ils firent
dans leur Domestique.*

JE passai huit jours à Valence dans le
grand monde, vivant comme les Comtes & les Marquis. Spectacles, bals, concerts, festins, conversations avec les Dames ; tous ces amusemens me furent procurés par Monsieur & par Madame la
Gouvernante, ausquels je fis si bien ma
cour qu'ils me virent à regret partir pour
m'en retourner à Lirias. Ils m'obligerent
même auparavant à leur promettre de me
partager entre eux & ma solitude. Il fut
arrêté que je demeurerois pendant l'Hyver à Valence, & pendant l'Eté dans mon
Château. Après cette convention, mes
Bienfaicteurs me laisserent la liberté de
les quitter pour aller joüir de leurs bienfaits.

Scipion qui attendoit impatiemment
mon retour, fut ravi de me revoir ; & je
redoublai sa joye par la fidelle relation que

je lui fis de mon voyage. Et toi, mon ami,
lui dis-je ensuite, quel usage as-tu fait ici
des jours de mon absence ? T'es-tu bien
diverti ? Autant, répondit-il, que le peut
faire un Serviteur qui n'a rien de si cher
que la présence de son Maître. Je me suis
promené en long & en large dans nos
petits Etats; tantôt assis sur le bord de la
fontaine qui est dans notre bois, j'ai pris
plaisir à contempler la beauté de ses eaux
qui sont aussi pures que celles de la fontaine sacrée dont le bruit faisoit retentir
la vaste forêt d'Albunea; & tantôt couché
au pied d'un arbre, j'ai entendu chanter
les Fauvettes & les Rossignols. Enfin,
j'ai chassé, j'ai pêché; & ce qui m'a plus
satisfait encore que tous ces amusemens,
j'ai lû plusieurs livres aussi utiles que
divertissans.

J'interrompis avec précipitation mon
Secretaire pour lui demander où il avoit
pris ces livres. Je les ai trouvez, me dit-il,
dans une belle Bibliotheque qu'il y a dans
ce Château, & que Maître Joachim m'a
fait voir. Hé dans quel endroit, repris-je,
peut-elle être cette prétendue Bibliotheque ? N'avons nous pas visité toute la
maison le jour de notre arrivée ? Vous
vous l'imaginez, me répartit-il; mais

apprenez que nous ne parcourûmes que
trois Pavillons, & que nous oubliâmes le
quatriéme. C'est là que Don Cesar, lorsqu'il venoit à Lirias, employoit une partie
de son tems à la lecture. Il y a dans cette
Bibliotheque de très-bons livres qu'on
vous a laissez comme une ressource assu-
rée contre l'ennui, quand nos jardins
dépouillés de fleurs & nos bois de feüilles
n'auront plus de quoi vous en préserver.
Les Seigneurs de Leyva n'ont pas fait les
choses à demi : ils ont songé à la nourriture de l'esprit aussi bien qu'à celle du
corps.

Cette nouvelle me causa une véritable
joye. Je me fis conduire au quatriéme Pa-
villon, qui m'offrit un spectacle bien agréable. Je vis une chambre dont je résolus à
l'heure même de faire mon appartement,
comme D. Cesar en avoit fait le sien. Le
lit de ce Seigneur y étoit encore avec tous
les ameublemens; c'est-à-dire, une tapis-
serie à personnages qui représentoient les
Sabines enlevées par les Romains. De la
chambre, je passai dans un cabinet où
regnoient tout autour des armoires basses
remplies de livres, & sur lesquelles étoient
les portraits de tous nos Rois. Il y avoit
auprès d'une fenêtre d'où l'on découvroit
une

une campagne toute riante, un bureau
d'ébene devant un grand sopha de maro-
quin noir. Mais je donnai principalement
mon attention à la bibliotheque. Elle
étoit composée de Philosophes, de Poëtes, d'Historiens, & d'un grand nombre
de Romans de Chevalerie. Je jugeai que
Don Cesar aimoit cette derniere sorte
d'ouvrages, puisqu'il en avoit fait une si
bonne provision. J'avouerai à ma honte
que je ne haïssois pas non plus ces pro-
ductions, malgré toutes les extravagances
dont elles sont tissuës, soit que je ne fusse
pas alors un Lecteur à y regarder de si
près, soit que le merveilleux rende les
Espagnols trop indulgens. Je dirai néanmoins pour ma justification que je prenois
plus de plaisir aux livres de morale en-
joüée, & que Lucien, Horace, Erasme
devinrent mes Auteurs favoris.

Mon ami, dis-je à Scipion, lorsque
j'eus parcouru des yeux ma Bibliotheque,
voilà de quoi nous amuser; mais il s'agit
à présent de reformer notre Domestique.
C'est une chose dont je veux vous épargner le soin, me répondit il, pendant
votre absence, j'ai bien étudié vos gens, &
j'ose me vanter de les connoître. Com-
mençons par Maître Joachim; je le crois

Tome IV. E

un parfait fripon ; & je ne doute point
qu'il n'ait été chaffé de l'Archevêché
pour des fautes d'Arithmetique qu'il aura
faites dans ſes mémoires de dépenſe.
Cependant il faut le conſerver pour deux
raiſons ; la premiere, c'eſt qu'il eſt bon
Cuiſinier ; & la ſeconde, c'eſt que j'aurai
toûjours l'œil ſur lui ; j'épierai ſes actions,
& il faudra qu'il ſoit bien fin ſi j'en ſuis
la duppe. Je lui ai déja dit que vous aviez
deſſein de renvoyer les trois quarts de vos
domeſtiques. Cette nouvelle lui a fait de
la peine, & il m'a témoigné que ſe ſentant
porté d'inclination à vous ſervir, il ſe
contenteroit de la moitié des gages qu'il
a aujourd'hui, plûtôt que de vous quitter :
ce qui me fait ſoupçonner qu'il y a dans
ce Hameau quelque petite fille dont il
voudroit bien ne pas s'éloigner. Pour
l'Aide de Cuiſine, pourſuivit-il, c'eſt un
ivrogne, & le Portier un brutal dont nous
n'avons pas beſoin, non plus que du Ti-
reur. Je rempliraī fort bien la place de
ce dernier comme je vous le ferai voir
dès demain, puiſque nous avons ici des
fuſils, de la poudre & du plomb. A
l'égard des Laquais, il y en a un qui eſt
Aragonois, & qui me paroît bon enfant.
Nous garderons celui-là ; tous les autres

font de fi mauvais fujets , que je ne vous confeillerois pas de les retenir , quand même il vous faudroit une centaine de Valets.

Après avoir amplement déliberé fur cela , nous réfolumes de nous en tenir au Cuifinier , au Marmiton , à l'Aragonois, & de nous défaire honnêtement de tout le refte : ce qui fut executé dès le jour même, moyennant quelques piftoles que Scipion tira de notre coffre-fort , & leur donna de ma part. Quand nous eumes fait cette réforme , nous établîmes un ordre dans le Château ; nous reglâmes les fonctions de chaque Domeftique , & nous commençâmes à vivre à nos dépens. Je me ferois volontiers contenté d'un ordinaire frugal ; mais mon Secretaire qui aimoit les ragoûts & les bons morceaux, n'étoit pas homme à laiffer inutile le fça-voir-faire de Maître Joachim. Il les mit fi bien en œuvre que nos dînés & nos foupés devinrent des repas de Bernar-dins.

CHAPITRE VIII.

Des amours de Gil Blas & de la belle
Antonia.

DEux jours après mon retour de Valence à Lirias, Basile le Laboureur,
mon Fermier vint à mon levé me demander la permission de me présenter Antonia
sa fille, qui souhaitoit, disoit-il, d'avoir
l'honneur de saluer son nouveau Maître.
Je lui répondis que cela me feroit plaisir;
il sortit & revint biéntôt avec la belle
Antonia. Je crois pouvoir donner cette
épithete à une fille de seize à dix-huit
ans, qui joignoit à des traits reguliers le
plus beau teint & les plus beaux yeux du
monde. Elle n'étoit vêtuë que de Serge,
mais une riche taille, un port majestueux
& des graces qui n'accompagnent pas
toûjours la jeunesse relevoient la simplicité de son habillement. Elle n'avoit point
de coëffure; ses cheveux étoient seulement noués par derriere avec un bouquet
de fleurs à la façon des Lacedemo-
niennes.

Lorsque je la vis entrer dans ma

Dubercelle In. et Fecit

chambre, je fus aussi frappé de sa beauté,
que les Paladins de la Cour de Charlemagne le furent des appas d'Angelique. Au
lieu de recevoir Antonia d'un air aisé &
de lui dire des choses flateuses : au lieu
de féliciter son pere sur le bonheur d'avoir
une si charmante fille, je demeurai étonné, troublé, interdit; je ne pus prononcer un seul mot. Scipion, qui s'apperçut
de mon désordre, prit pour moi la parole,
& fit les frais des louanges que je devois
à cette aimable personne. Pour elle, qui
ne fut point éblouïe de ma figure en
robbe de chambre & en bonnet de nuit,
elle me salua sans être embarrassée de sa
contenance, & me fit un compliment qui
acheva de m'enchanter, quoiqu'il fût des
plus communs. Cependant tandis que
mon Secretaire, Basile & sa fille se faisoient réciproquement des civilités, je
revins à moi; & comme si j'eusse voulu
compenser le stupide silence que j'avois
gardé jusques-là, je passai d'une extrémité
à l'autre; je me répandis en discours
galans, & parlai avec tant de vivacité que
j'allarmai Basile, qui me considerant déja
comme un homme qui alloit tout mettre
en usage pour séduire Antonia, se hâta
de sortir avec elle de mon appartement.

dans la réfolution peut-être de la fouftraire à mes yeux pour jamais.

Scipion fe voyant feul avec moi, me dit en foûriant : autre reffource pour vous contre l'ennui. Je ne fçavois pas que votre Fermier eut une fille fi jolie ; je ne l'avois point encore vûë ; j'ai pourtant été deux fois chez lui. Il faut qu'il ait grand foin de la tenir cachée, & je le lui pardonne. Malepefte, voilà un morceau bien friand ! Mais, ajoûta-t-il, je ne crois pas qu'il foit néceffaire qu'on vous le dife ; elle vous a d'abord ébloüi. Je ne m'en défends pas, lui répondis je ; Ah, mon enfant, j'ai crû voir une fubftance célefte ; elle m'a tout-à-coup embrafé d'amour ; la foudre eft moins prompte que le trait qu'elle a lancé dans mon cœur.

Vous me raviffez, reprit mon Secretaire, en m'apprenant que vous êtes enfin devenu amoureux. Il vous manquoit une Maîtreffe pour joüir d'un parfait bonheur dans votre folitude. Grace au Ciel, vous y avez préfentement toutes vos commodités. Je fçais bien, continua-t-il, que nous aurons un peu de peine à tromper la vigilance de Bafile, mais c'eft mon affaire ; & je prétends avant trois jours vous procurer un entretien fecret avec

Antonia. Monfieur Scipon, lui dis-je, peut-être pourriez-vous bien ne me pas tenir parole, c'eft ce que je ne fuis pas curieux d'éprouver. Je ne veux point tenter la vertu de cette fille, qui me paroît mériter que j'aie d'autres fentimens pour elle. Ainfi, loin d'exiger de votre zéle que vous m'aidiez à la deshonorer, j'ai deffein de l'époufer par votre entremife, pourvû que fon cœur ne foit pas prévenu pour un autre. Je ne m'attendois pas, dit-il, à vous voir prendre fi brufquement le parti de vous marier. Tous les Seigneurs de Village à votre place n'en uferoient pas fi honnêtement; ils n'auroient fur Antonia des vûës légitimes, qu'après en avoir eu d'autres inutilement. Au refte, ajoûta-t-il, ne vous imaginez point que je condamne votre amour; & que je cherche à vous détourner de votre deffein; la fille de votre Fermier merite l'honneur que vous lui voulez faire, fi elle peut vous donner un cœur tout neuf & fenfible à vos bontés. C'eft ce que je fçaurai dès aujourd'hui par la converfation que j'aurai avec fon pere & peut-être avec elle.

Mon confident étoit un homme exact à tenir fes promeffes. Il alla voir fecrettement Bafile, & le foir il vint me trouver

dans mon cabinet où je l'attendois avec
une impatience mêlée de crainte. Il avoit
un air gai dont je tirai un bon augure. Si
j'en crois, lui dis-je, ton visage riant, tu
viens m'annoncer que je serai bientôt au
comble de mes désirs. Oui, mon cher
Maître, lui répondit-il, tout vous rit.
J'ai entretenu Basile & sa fille ; je leur ai
déclaré vos intentions. Le pere est ravi
que vous ayez envie d'être son gendre,
& je puis vous assurer que vous êtes du
goût d'Antonia. O Ciel, interrompis-je,
tout transporté de joye ! Quoi, j'aurois le
bonheur de plaire à cette aimable personne ? N'en doutez pas, reprit-il, elle vous
aime déja. Je n'ai pas, à la verité, tiré cet
aveu de sa bouche ; mais je m'en fie à la
gayeté qu'elle a fait paroître quand elle a
sçu votre dessein. Cependant, poursuivit-il, vous avez un rival. Un rival,
m'écriai-je en palissant ! Que cela ne vous
allarme point, me dit-il, ce rival ne vous
enlevera pas le cœur de votre Maîtresse ;
c'est Maître Joachim votre Cuisinier. Ah,
le pendart, dis-je en faisant un éclat de rire !
voilà donc pourquoi il a marqué tant de
repugnance à quitter mon service. Justement, répondit Scipion ; il a ces jours
passés demandé en mariage Antonia, qui
lui

lui a été poliment refusée. Sauf ton meilleur avis, lui repliquai-je, il est à propos, ce me semble, de nous défaire de ce drôle-là, avant qu'il apprenne que je veux épouser la fille de Basile; un Cuisinier, comme tu sçais, est un rival dangereux. Vous avez raison, repartit mon Confident, il faut en purger notre domestique; je lui donnerai son congé dès demain matin, avant qu'il se mette à l'ouvrage; & vous n'aurez plus rien à craindre ni de ses saulces ni de son amour. Je suis pourtant, continua-t-il, un peu fâché de perdre un si bon Cuisinier, mais je sacrifie ma gourmandise à votre sûreté. Tu ne dois pas, lui dis-je, tant le regretter; sa perte n'est point irréparable; je vais faire venir de Valence un Cuisiner qui le vaudra bien. En effet, j'écrivis aussitôt à D. Alphonse, je lui mandai que j'avois besoin d'un Cuisinier, & dès le jour suivant il m'en envoya un qui consola d'abord Scipion.

Quoique ce zelé Secretaire m'eut dit qu'il s'étoit apperçu qu'Antonia s'applaudissoit au fond de son ame d'avoir fait la conquête de son Seigneur, je n'osois me fier à son rapport. J'apprehendois qu'il ne se fût laissé tromper par de fausses

apparences. Pour en être plus sûr, je
résolus de parler moi-même à la belle
Antonia. Je me rendis chez Basile à qui
je confirmai ce que mon Ambassadeur lui
avoit dit. Ce bon Laboureur, homme
simple & plein de franchise, après m'a-
voir écouté, me témoigna que c'étoit
avec une extrême satisfaction qu'il m'accordoit sa fille; mais, ajoûta-t-il, ne
croyez pas au moins que ce soit à cause de
votre titre de Seigneur de Village. Quand
vous ne seriez encore qu'Intendant de D.
Cesar & de D. Alponse, je vous prefererois
à tous les autres amoureux qui se présente-
roient; j'ai toujours eu de l'inclination
pour vous; & tout ce qui me fâche, c'est
qu'Antonia n'ait pas une grosse dot à
vous aporter. Je ne lui en demande aucune,
lui dis-je, sa personne est le seul bien où
j'aspire. Votre serviteur très-humble,
s'écria-t-il, ce n'est point là mon compte;
je ne suis point un gueux pour marier
ainsi ma fille. Basile de Buenotrigo est en
état, Dieu merci, de la doter; & je veux
qu'elle vous donne à souper, si vous lui
donnez à dîner. En un mot, le revenu
de ce Château n'est que de cinq cens
ducats, je le ferai monter à mille en faveur
de ce mariage.

J'en passerai par tout ce qu'il vous
plaira, mon cher Basile, lui repliquai-je,
nous n'aurons point ensemble de dispute
d'interêt. Nous sommes tous deux d'accord ; il ne s'agit plus que d'avoir le con-
sentement de votre fille. Vous avez le
mien, me dit-il, cela suffit. Pas tout-à-
fait, lui répondis-je ; si le vôtre m'est
nécessaire, le sien l'est aussi. Le sien dépend du mien, reprit-il ; je voudrois bien
qu'elle osât souffler devant moi. Antonia,
lui repartis-je, soumise à l'autorité pater-
nelle, est prête sans doute à vous obéïr
aveuglément ; mais je ne sçais si dans cette
occasion elle le fera sans repugnance ; & pour
peu qu'elle en eût, je ne me consolerois jamais d'avoir fait son malheur ; enfin ce n'est
pas assez que j'obtienne de vous sa main,
il faut que son cœur n'en gémisse point.
Oh, dame, dit Basile, je n'entends pas
toutes ces Philosophies : parlez-vous même à Antonia, & vous verrez, où je me
trompe fort, qu'elle ne demande pas mieux
que d'être votre femme. En achevant ces
paroles, il appella sa fille, & me laissa un
moment avec elle.

Pour profiter d'un tems si précieux,
j'entrai d'abord en matiere : Belle Antonia, lui dis-je, décidez de mon sort.

Quoique j'aie l'aveu de votre pere, ne vous imaginez pas que je veuille m'en prévaloir pour faire violence à vos senti-mens. Quelque charmante que soit votre possession, j'y renonce si vous me dites que je ne la devrai qu'à votre seule obéissance. C'est ce que je n'ai garde de vous dire, me répondit-elle; votre recherche m'est trop agréable pour qu'elle me puisse faire de la peine, & j'applaudis au choix de mon pere, au lieu d'en mur-murer. Je ne sçais, continua-t-elle, si je fais bien ou mal de vous parler ainsi; mais si vous me déplaisiez, je serois assez fran-che pour vous l'avoüer; pourquoi ne pour-rois-je pas vous dire le contraire aussi librement?

A ces mots, que je ne pus entendre sans en être charmé, je mis un génoüil à terre devant Antonia; & dans l'excès de mon ravissement, lui prenant une de ses belles mains, je la baisai d'un air tendre & passionné: Ma chere Antonia, lui dis-je, votre franchise m'enchante; conti-nuez, que rien ne vous contraigne; vous parlez à votre époux; que votre ame se découvre toute entiere à ses yeux. Je puis donc me flater que vous ne verrez pas sans plaisir lier votre fortune à la mienne,

Bafile qui arriva dans cet inftant m'empêcha de pourfuivre. Impatient de fçavoir ce que fa fille m'avoit répondu, & prêt à la gronder fi elle eût marqué la moindre averfion pour moi, il vint me rejoindre : Hé bien, me dit il, êtes-vous content d'Antonia ? J'en fuis fi fatisfait, lui répondis-je, que je vais dès ce moment m'occuper des apprêts de mon mariage. En difant cela je quittai le pere & la fille, pour aller tenir confeil là-deffus avec mon Secretaire.

CHAPITRE IX.

Nôces de Gil Blas & de la Belle Antonia;
de quelle façon elles fe firent; quelles
perfonnes y affifterent, & de quelles ré-
jouiffances elles furent fuivies.

QUoique je n'euffe pas befoin de la permiffion des Seigneurs de Leyva pour me marier, nous jugeâmes Scipion & moi que je ne pouvois honnêtement me difpenfer de leur communiquer le deffein que j'avois d'époufer la fille de Bafile, & de leur en demander même leur agrément par politeffe.

G iij

Je partis auſſitôt pour Valence où l'on fut auſſi ſurpris de me voir que d'apprendre le ſujet de mon voyage. Dom Ceſar & Dom Alphonſe qui connoiſſoient Antonia pour l'avoir vûë plus d'une fois, me féliciterent de l'avoir choiſie pour femme. Dom Ceſar ſur tout m'en fit compliment avec tant de vivacité, que ſi je ne l'euſſe pas crû un Seigneur revenu de certains amuſemens, je l'aurois ſoupçonné d'avoir été quelquefois à Lirias, moins pour y voir ſon Château que ſa petite Fermiere. Seraphine de ſon côté, après m'avoir aſſuré qu'elle prendroit toujours beaucoup de part à ce qui me regarderoit, me dit qu'elle avoit entendu parler d'Antonia très-avantageuſement; mais, ajoûta-t-elle par malice, & comme pour me reprocher l'indifference dont j'avois payé l'amour de Séphora, quand on ne m'auroit pas vanté ſa beauté, je m'en fierois bien à votre goût dont je connois la délicateſſe.

Dom Ceſar & ſon fils ne ſe contenterent pas d'approuver mon mariage, ils me déclarerent qu'ils en vouloient faire tous les frais. Reprenez, me dirent-ils, le chemin de Lirias & demeurez-y tranquille juſqu'à ce que vous entendiez par-

ler de nous. Ne faites point de préparatifs pour vos nôces, c'est un soin dont
nous nous chargeons. Pour me conformer à leurs volontez, je retournai à mon
Château. J'avertis Basile & sa fille des
intentions de nos Protecteurs, & nous at-
tendîmes de leurs nouvelles le plus pa-
tiemment qu'il nous fut possible. Nous
n'en reçûmes point pendant huit jours.
En recompense, le neuvième nous vîmes
arriver un Carosse à quatre mules, dans
lequel il y avoit des Coûturieres qui ap-
portoient de belles étoffes de soie pour
habiller la Mariée, & qu'escortoient plusieurs Gens de livrée, montés sur des
mules. L'un d'entre eux me remit une
lettre de la part de Dom Alphonse. Ce
Seigneur me mandoit qu'il seroit le lendemain à Lirias avec son pere & son épouse, & que la cérémonie de mon mariage
se feroit le jour suivant par le Grand-
Vicaire de Valence. VeritablementDom
César, son fils & Seraphine ne manque-
rent pas de se rendre à mon Château
avec cet Ecclésiastique, tous quatre dans
un Carosse à six chevaux, précedé d'un
autre à quatre où étoient les Femmes de
Seraphine, & suivi des Gardes du Gouverneur.

G iiij

Madame la Gouvernante fut à peine
dans le Château qu'elle témoigna une
extrême impatience de voir Antonia, qui
de son côté ne sçut pas plûtôt que Seraphine étoit arrivée, qu'elle accourut pour
la saluer & lui baiser la main, ce qu'elle
fit de si bonne grace que toute la compagnie l'admira : He bien, Madame, dit
Dom César à sa belle-fille, que pensez-
vous d'Antonia ? Santillane pouvoit-il
faire un meilleur choix ? Non, répondit
Seraphine; ils sont tous deux dignes l'un
de l'autre, je ne doute pas que leur union
ne soit très heureuse. Enfin chacun donna des louanges à ma future; & si on la
loua fort sous son habit de serge, on en
fut encore plus charmé, lorsqu'elle parut sous un plus riche habillement. Il
sembloit qu'elle n'en eût jamais porté
d'autres, tant son air étoit noble & son
action aisée.

Le moment où je devois par un doux
Hymen voir attacher mon sort au sien
étant arrivé, Dom Alphonse me prit par
la main pour me conduire à l'Autel, &
Seraphine fit le même honneur à la Mariée. Nous nous rendîmes tous deux dans
cet ordre à la Chapelle du Hameau, où
le Grand-Vicaire nous attendoit pour

nous-marier ; & cette cérémonie se fit
aux acclamations des Habitans de Lirias &
de tous les riches Laboureurs des environs que Basile avoit invités aux nôces
d'Antonia. Ils avoient avec eux leurs filles, qui s'étoient parées de rubans & de
fleurs, & qui tenoient dans leurs mains
des tambours de basque. Nous retournâmes ensuite au Château, où par les
soins de Scipion, l'Ordonnateur du festin,
il se trouva trois tables dressées ; l'une
pour les Seigneurs, l'autre pour les personnes de leur suite ; & la troisiéme, qui
étoit la plus grande, pour tous ceux qui
avoient été conviés. Antonia fut de la
premiere, Madame la Gouvernante
l'ayant ainsi voulu ; je fis les honneurs
de la seconde, & Basile se mit à celle
des Villageois. Pour Scipion, il ne s'as-
sit à aucune table. Il ne faisoit qu'aller
& venir de l'une à l'autre, donnant son
attention à faire bien servir & contenter
tout le monde.

C'étoit par les Cuisiniers du Gouverneur que le repas avoit été préparé; ce qui
suppose qu'il n'y manquoit rien. Les bons
vins dont Maître Joachim avoit fait provision pour moi furent prodigués ; les
Convives commençoient à s'échauffer ;

l'allegreſſe regnoit par tout, quand elle
fut tout à coup troublée par un incident
qui m'allarma. Mon Secretaire étant dans
la ſalle, où je mangeois avec les principaux
Officiers de Dom Alphonſe & les femmes de Seraphine, tomba ſubitement en
foibleſſe & perdit toute connoiſſance;
je me levai pour aller à ſon ſecours, &
tandis que je m'occupois à lui faire reprendre ſes eſprits, une de ces femmes
s'évanoüit auſſi. Toute la compagnie ju-
géa que ce double évanoüiſſement ren-
fermoit quelque myſtere; comme en effet il en cachoit un qui ne tarda gueres
à s'éclaircir; Car bien-tôt après Scipion
revint à lui, & me dit tout bas : Faut-il
que le plus beau de vos jours ſoit le plus
déſagréable des miens ! On ne peut éviter ſon malheur, ajoûta-t-il, je viens de
retrouver ma femme dans une Suivante
de Seraphine.

Qu'entends-je, m'écriai-je ! Cela n'eſt
pas poſſible! Quoi tu ſerois l'époux de
cette Dame qui vient de ſe trouver mal
en même tems que toi ? Oüi, Monſieur,
me répondit-il, je ſuis ſon mari ; & la
fortune, je vous jure, ne pouvoit me
joüer un plus vilain tour que de la préſenter à mes yeux. Je ne ſçais, repris-je,

mon ami , quelles raifons tu as de te
plaindre de ton époufe , mais quelque
fujet qu'elle t'en ait donné , de grace, con-
trains-toi ; fi je te fuis cher , ne trouble
point cette Fête en laiffant éclater ton reffentiment. Vous ferez content de moi ,
repartit Scipion ; vous allez voir fi je
fçais bien diffimuler.

En parlant de cette forte il s'avança
vers fa femme , à qui fes Compagnes
avoient auffi rendu l'ufage de fes fens ; &
l'embraffant avec autant de vivacité que
s'il eût été ravi de la revoir : Ah , ma chere
Beatrix , lui dit-il , le Ciel enfin nous rejoint après dix ans de féparation. O moment plein de douceur pour moi ! J'i-
gnore , lui répondit fon époufe , fi vous
avez effectivement quelque joie de me
rencontrer ; mais du moins fuis-je bien
perfuadée que je ne vous ai donné aucun
jufte fujet de m'abandonner. Quoi ! vous
me trouvez une nuit avec le Seigneur Dom
Fernand de Leyva , qui étoit amoureux
de Julie ma Maîtreffe , & dont je fer-
vois la paffion , vous vous mettez dans
l'efprit que je l'écoute aux dépens de votre honneur & du mien ; là-deffus la jaloufie vous renverfe la cervelle , vous
quittez Toledé & me fuyez comme un

monstre sans daigner me demander un
éclaircissement : Qui de nous deux , s'il
vous plaît , est le plus en droit de se
plaindre ? C'est vous sans contredit , lui
repliqua Scipion. Sans doute , reprit-elle,
c'est moi : Dom Fernand peu de tems
après votre départ de Tolede épousa Julie , auprès de qui j'ai demeuré tant qu'elle
a vêcu ; & depuis qu'une mort préma-
turée nous l'a ravie , je suis au service de
Madame sa sœur , qui peut vous repon-
dre aussi-bien que toutes ses Femmes de
la pureté de mes mœurs.

Mon Secretaire à ce discours dont il
ne pouvoit prouver la fausseté , prit son
parti de bonne grace. Encore une fois,
dit-il à son épouse , je reconnois ma faute & je vous en demande pardon devant
cette honorable assistance. Alors interce-
dant pour lui , je priai Beatrix d'oublier
le passé , l'assurant que son mari ne son-
geroit desormais qu'à lui donner de la
satisfaction. Elle se rendit à ma priere , &
toute la compagnie applaudit à la réunion
de ces deux époux. Pour mieux la célebrer , on les fit asseoir à table l'un auprès
de l'autre ; on leur porta *des brindes* ;
chacun leur fit fête : on eût dit que le
festin se faisoit plûtôt à l'occasion de

leur raccommodement que de mes nôces.

La troisiéme table fut la premiere que l'on abandonna. Les jeunes Villageois la quitterent pour former des danses avec les jeunes Paysannes, qui par le bruit de leurs tambours de basque attirerent bien-tôt les personnes des autres tables & leur inspirerent l'envie de suivre leur exemple. Voilà tout le monde en mouvement : Les Officiers du Gouverneur se mirent à danser avec les Soubrettes de la Gouvernante ; les Seigneurs même se mêlerent parmi les danseurs ; Dom Alphonse dansa une sarabande avec Seraphine, & Dom Cesar une autre avec Antonia, qui vint ensuite me prendre & qui ne s'en acquitta pas mal pour une personne qui n'avoit que quelques principes de danse qu'elle avoit reçus à Albarazin chez une Bourgeoise de ses parentes. Pour moi, qui, comme je l'ai déja dit, avois appris à danser chez la Marquise de Chaves, je parus à l'Assemblée un grand danseur. A l'égard de Beatrix & de Scipion, ils prefererent à la danse un entretien particulier pour se rendre compte mutuellement de ce qui leur étoit arrivé pendant qu'ils avoient été séparés ; mais leur conversation fut interrompue par Seraphine qui venant d'être informée de leur reconnoissance, les fit appeller pour leur en témoigner sa joye : Mes Enfans, leur dit-elle, dans ce jour de réjouissance c'est un surcroît de satisfaction pour moi de vous voir tous deux rendus l'un à l'autre. Ami Scipion, ajouta-t-elle, je vous remets votre Epouse en vous protestant qu'elle a toujours tenu une conduite irréprochable ; vivez ici avec elle en bonne intelligence. Et vous, Beatrix, attachez-vous à Antonia, & ne lui soyez pas moins dévouée que votre mari l'est au Seigneur de Santillane. Scipion ne pouvant plus après cela regarder sa femme que comme autre Pénélope, promit d'avoir pour elle toutes les considerations imaginables.

Les Villageois & les Villageoises après avoir dansé toute la journée se retirerent dans leurs maisons; mais on continua la Fête dans le Château. Il y eut un magnifique souper ; & lorsqu'il fut question de s'aller coucher, le Grand-Vicaire benit le lit nuptial ; Seraphine deshabilla la Mariée, & les Seigneurs de Leyva me firent le même honneur. Ce qu'il y a de plaisant, c'est que les Officiers de Dom Alphonse & les femmes de la Gouvernan-

Dubercelle In et Fecit

te s'aviserent pour se réjouir de faire la
même cérémonie ; ils deshabillerent Beatrix & Scipion, qui pour rendre la scene
plus comique se laisserent gravement dé-
pouiller & mettre au lit.

CHAPITRE X.

*Suites du Mariage de Gil Blas & de la
belle Antonia. Commencement de l'Histoire de Scipion.*

DEs le lendemain de mes nôces, les
Seigneurs de Leyva retournerent à
Valence, après m'avoir donné mille
nouvelles marques d'amitié ; si bien que
mon Secretaire & moi nous demeurâmes seuls au Château avec nos femmes
& nos valets.

Le soin que nous prîmes l'un &
l'autre de plaire à ces Dames ne fut pas
inutile ; j'inspirai en peu de temps à mon
épouse autant d'amour que j'en avois
pour elle, & Scipion fit oublier à la sienne les chagrins qu'il lui avoit causés. Beatrix qui avoit l'esprit souple & liant, s'in-
sinua sans peine dans les bonnes graces
de sa nouvelle Maîtresse, & gagna sa con-

fiance. Enfin nous nous accordâmes tout
quatre à merveilles, & nous commençâmes à jouir d'un sort digne d'envie.
Tous nos jours couloient dans les plus
doux amusemens. Antonia étoit fort sérieuse, mais nous étions très guais Beatrix
& moi ; & quand nous ne l'aurions pas
été, il suffisoit que Scipion fût avec nous
pour ne point engendrer de mélancolie.
C'étoit un homme incomparable pour
la societé ; un de ces personnages comiques qui n'ont qu'à se montrer pour
égayer une compagnie.

Un jour qu'il nous prit fantaisie après
dîné d'aller faire la sieste dans l'endroit le
plus agréable du bois, mon Secretaire se
trouva de si belle humeur qu'il nous ôta
l'envie de dormir par ses discours réjouis-
sans ; Tais-toi, lui dis-je, mon ami ; ou
puisque tu nous empêches de nous livrer
au sommeil, fais-nous donc quelque récit
digne de notre attention. Très-volontiers,
Monsieur, me répondit-il ; voulez-vous
que je vous raconte l'Histoire du Roi
Pélage ? J'aimerois mieux entendre la
tienne, lui repliquai-je ; mais c'est un
plaisir que tu n'as pas jugé à propos
de me donner depuis que nous vivons
ensemble & que je n'aurai jamais. D'où
                                    vient,

vient, me dit-il? Si je ne vous ai pas
conté mon histoire, c'est que vous ne
m'avez pas témoigné le moindre desir
de la sçavoir ; ce n'est donc pas ma faute, si vous ignorez mes avantures, &
pour peu que vous soyez curieux de les
apprendre, je suis prêt à contenter votre curiosité. Antonia, Beatrix & moi
nous le prîmes au mot, & nous nous
disposâmes à écouter son récit, qui
ne pouvoit faire sur nous qu'un bon effet, soit en nous divertissant, soit en nous
excitant au sommeil.

Je serois, dit Scipion, fils d'un Grand
de la premiere classe, ou tout au moins
de quelque Chevalier de S. Jacques ou
d'Alcantara, si cela eut dépendu de moi ;
mais comme on ne se choisit point un Pere, vous sçaurez que le mien, nommé
Torribio Scipion, étoit un honnête Ar-
cher de la Sainte Hermandad. En allant
& venant sur les grands chemins où sa
profession l'obligeoit d'être presque toujours, il rencontra par hazard un jour
entre Cuença & Tolede une jeune Bohé-
mienne qui lui parut fort jolie. Elle étoit
seule, à pied, & portoit avec elle toute
sa fortune dans une espece de havre ac
qu'elle avoit sur le dos : Où allez-vous

ainſi , ma mignone , lui dit-il en adou-
ciſſant ſa voix qu'il avoit naturellement
très-rude ? Seigneur Cavalier, lui répondit-elle , je vais à Toledo, où j'eſpere
gagner ma vie de façon ou d'autre en vivant honnêtement. Vos intentions ſont
louables, reprit il , & je ne doute pas que
vous n'ayez plus d'une corde à votre arc.
Oui, Dieu merci, repartit-elle , j'ai pluſieurs talens ; je ſçais compoſer des pommades & des eſſences fort utiles aux Dames ; je dis la bonne avanture ; je fais
tourner le ſas pour retrouver les choſes
perduës , & montre tout ce qu'on veut
voir dans le miroir ou dans le verre.

Torribio jugeant qu'une pareille fille
étoit un parti très-avantageux pour un
homme tel que lui, qui avoit de la peine à vivre de ſon emploi, quoiqu'il ſçût
fort bien le remplir, lui propoſa de l'é-
pouſer ; elle accepta la propoſition ; ils
ſe rendirent tous deux en diligence à
Toledo où ils ſe marierent, & vous voyez
en moi le digne fruit de ce noble Hymenée. Ils s'établirent dans un Fauxbourg
où ma mere commença par débiter des
pommades & des eſſences ; mais ne trouvant pas ce trafic aſſez lucratif, elle fit
la Devinereſſe. C'eſt alors qu'on vit pleu-

voir chez elle les écus & les piftoles :
mille dupes de l'un & de l'autre fexe mirent bientôt en réputation la Cofcolina,
c'eft ainfi que fe nommoit la Bohémien-
ne. Il venoit tous les jours quelqu'un la
prier d'employer pour lui fon miniftere : Tantôt c'étoit un neveu indigent qui
vouloit fçavoir quand fon oncle dont il
étoit unique heritier partiroit pour l'autre monde : & tantôt c'étoit une fille
qui fouhaittoit d'apprendre fi un Cavalier dont elle reconnoiffoit les foins &
qui lui promettoit de l'époufer, lui tien-
droit parole.

Vous obferverez, s'il vous plaît, que
les prédictions de ma mere étoient toûjours favorables aux perfonnes à qui elle
les faifoit ; fi elles s'accompliffoient, à la
bonne heure ; & fi l'on venoit lui reprocher que le contraire de ce qu'elle
avoit prédit étoit arrivé, elle répondoit
froidement qu'il falloit s'en prendre au
démon, qui malgré la force des conju-
rations qu'elle employoit pour l'obliger
à reveler l'avenir, avoit quelquefois la
malice de la tromper.

Lorfque, pour l'honneur du métier,
ma mere croyoit devoir faire paroître le
Diable dans fes operations, c'étoit Tor-

H ij

ribio Scipion qui faisoit ce personnage,
& qui s'en acquittoit parfaitement bien,
la rudesse de sa voix & la laideur de son
visage lui donnant un air convenable à
ce qu'il représentoit. Pour peu qu'on fût
crédule, on étoit épouvanté de la figure
de mon pere. Mais un jour par malheur
il vint un brutal de Capitaine qui voulut voir le Diable, & qui lui passa son épée
au travers du corps. Le Saint Office informé de la mort du Diable envoya ses
Officiers chez la Coscolina dont ils se
saisirent aussi-bien que de tous ses effets;
& moi qui n'avois alors que sept ans,
je fus mis à l'Hôpital de *Los Ninos.* *
Il y avoit dans cette Maison de charitables Ecclesiastiques qui bien payés pour
avoir soin de l'éducation des pauvres Orphelins, prenoient la peine de leur montrer à lire & à écrire, Ils crurent remarquer que je promettois beaucoup; ce qui
fut cause qu'ils me distinguerent des autres & me choisirent pour faire leurs commissions. Ils m'envoyoient en ville porter
leurs lettres, j'allois & venois pour eux,
& c'étoit moi qui répondois leurs Mes-
ses. Par reconnoissance, ils entreprirent
de m'enseigner la langue Latine; mais ile

* Des Orphelins.

s'y prirent trop rudement, & me trai-
terent avec tant de rigueur, malgré les
petits services que je leur rendois, que
ne pouvant y resister, je m'échappai un
beau jour en faisant une commission ; &
bien loin de retourner à l'Hôpital, je
sortis même de Tolede par le Fauxbourg
du côté de Seville.

Quoique j'eusse à peine alors neuf ans accomplis, je sentois déja le plaisir d'être libre
& maître de mes actions. J'étois sans argent
& sans pain, n'importe ; je n'avois point de
leçons à étudier, ni de thêmes à composer.
Après avoir marché pendant deux heures,
mes petites jambes commencerent à refuser
le service. Je n'avois point encore fait de
si longs voyages. Il fallut m'arrêter pour
me reposer. Je m'assis au pied d'un arbre
qui bordoit le grand chemin ; & là pour
m'amuser, je tirai mon rudiment que j'a-
vois dans ma poche, & le parcourus en
badinant ; puis venant à me souvenir des
ferules & des coups de fouet qu'il m'a-
voit fait recevoir, j'en déchirai les feuillets
en disant avec colere : Ah, chien de livre, tu ne me feras plus répandre de
pleurs. Tandis que j'assouvissois ma vengeance en jonchant autour de moi la
terre de déclinaisons & de conjugaisons,

il passa par-là un Hermite à barbe blan-
che, qui portoit de larges lunettes, &
qui avoit un air vénerable. Il s'approcha
de moi, & s'il me confidera fort attentivement, je l'examinai bien auffi. Mon
petit-homme, me dit-il avec un souris,
il me femble que nous venons tous deux
de nous regarder bien tendrement & que
nous ne ferions point mal de demeurer
enfemble dans mon Hermitage qui n'eft
qu'à deux cens pas d'ici. Je fuis votre
ferviteur, lui répondis-je affez brufquement, je n'ai aucune envie d'être Hermite. A cette réponfe le bon vieillard fit
un éclat de rire, & me dit en m'embraffant: il ne faut pas, mon fils, que
mon habit vous faffe peur; s'il n'eft pas
agréable, il eft utile; il me rend Seigneur d'une retraite charmante & des
Villages voifins dont les Habitans m'ai-
ment ou plûtôt m'idolâtrent. Venez avec
moi, ajoûta-t-il; je vous revêtirai d'une
jacquette femblable à la mienne. Si vous
vous en trouvez bien, vous partagerez
avec moi les douceurs de la vie que je
mene; & fi vous ne vous en accommodez
point, non feulement il vous fera permis de me quitter, mais vous pouvez
même compter qu'en nous féparant je ne

manquerai pas de vous faire du bien.

Je me laiſſai perſuader, & je ſuivis le vieil Hermite qui me fit pluſieurs queſtions auſquelles je répondis avec une ingenuité que je n'ai pas toujours euë dans la ſuite. En arrivant à l'Hermitage il me préſenta quelques fruits que je dévorai, n'ayant rien mangé de toute la journée qu'un morceau de pain ſec dont j'avois déjeûné le matin à l'Hôpital. Le Solitaire me voyant ſi bien jouer des machoires, me dit : Courage, mon enfant, ne ménage point mes fruits, j'en ai, grace au Ciel, une ample proviſion. Je ne t'ai pas amené ici pour te faire mourir de faim. Ce qui étoit très-véritable, car une heure après notre arrivée, il alluma du feu, embrocha un gigot de mouton ; & tandis que je tournois la broche, il dreſſa une petite table qu'il couvrit d'une ſerviette aſſez malpropre & ſur laquelle il mit deux couverts, l'un pour lui & l'autre pour moi.

Quand la viande fût cuite, il la tira de la broche, & en coupa quelques pieces pour notre ſouper, qui ne fut pas un repas de brebis, puiſque nous bûmes d'un excellent vin, dont il avoit auſſi bonne proviſion : He bien, mon poulet, me dit

il, lorfque nous fumes hors de table, es-
tu content de mon ordinaire? Voilà de
quelle façon tu feras traité tous les
jours, fi tu demeures avec moi. Au refte,
tu ne feras dans cet Hermitage que ce
qu'il te plaira. J'exige de toi feulement
que tu m'accompagnes toutes les fois que
j'irai quêter dans les Villages voifins; tu
me ferviras à conduire un boi rriquet
chargé de deux paniers, que les Payfans
charitables rempliffent ordinairement
d'œufs, de pain, de viande & de poif-
fon. Je ne te demande que cela. Je ferai, lui dis-je, tout ce que vous voudrez,
pourvû que vous ne m'obligiez point à
apprendre le Latin. Le Frere Chryfofto-
me, c'étoit le nom du vieil Hermite,
ne pût s'empêcher de rire de ma naïveté
& m'affura de nouveau qu'il ne prétendoit pas gêner mes inclinations.

Nous allâmes dès le lendemain à la
quête avec l'afnon que je menois par
le licou. Nous fîmes une copieufe re-
colte; chaque Payfan fe faifant un plaifir de mettre quelque chofe dans nos paniers. L'un y jettoit un pain entier, l'autre une groffe piece de lard, celui ci une
oye farcie, celui-là une perdrix. Que
vous dirai je? Nous apportâmes au logis
des

des vivres pour plus de huit jours, ce qui marquoit bien l'eftime & l'amitié que les Villageois avoient pour le Frere. Il eſt vrai qu'il leur étoit d'une grande utilité : il leur donnoit des conſeils, quand ils venoient le conſulter : Il remettoit la paix dans les ménages où régnoit la diſcorde, & marioit les filles : Il avoit des remedes pour mille ſortes de maladies, & apprenoit des Oraiſons aux femmes qui ſouhaitoient d'avoir des enfans.

Vous voyez par ce que je viens de dire, que j'étois bien nourri dans mon Hermitage. Je n'y étois pas plus mal couché : étendu ſur de bonne paille fraîche, ayant ſous ma tête un couſſin de bure, & ſur le corps une couverture de la même étoffe, je ne faiſois qu'un ſomme qui duroit toute la nuit. Le Frere Chryſoſtôme, qui m'avoit fait fête d'un habillement d'Hermite, m'en fit un lui-même d'une de ſes vieilles robes, & me nomma le petit Frere Scipion. Sitôt que je parus dans les Villages ſous cet habit d'ordonnance, on me trouva ſi gentil, que le Bourriquet en fut plus chargé. C'étoit à qui en donneroit davantage au petit Frere, tant on prenoit de plaiſir à voir ſa figure.

Tome IV. I

La vie molle & fainéante que je menois avec le vieil Hermite, ne pouvoit déplaire à un garçon de mon âge. Aussi j'y pris tant de goût, que je l'aurois toujours continuée si les Parques ne m'eussent pas filé d'autres jours fort differens ; mais la destinée que j'avois à remplir m'arracha bien tôt à la molesse, & me fit quitter le Frere Chrysostôme de la maniere que je vais le raconter. Je voyois souvent ce Vieillard travailler au coussin qui lui servoit d'oreiller.

Il ne faisoit que le découdre & le recoudre ; & je remarquai un jour qu'il mit de l'argent dedans. Cette observation fut suivie d'un mouvement curieux, que je me promis de satisfaire dès le premier voyage qu'il feroit à Toledo, où il avoit coutume d'aller une fois la semaine. J'en attendis le jour impatiemment, sans avoir encore toutefois d'autre dessein que de contenter ma curiosité. Enfin le bon homme partit, & je défis son oreiller où je trouvai parmi la laine qui le remplissoit la valeur peut-être de cinquante écus en toutes sortes d'especes.

Ce trésor apparemment étoit la reconnoissance des Paysans que l'Hermite avoit guéris par ses remedes, & des Paysannes

qui avoient eu des enfans par la vertu de
ses Oraisons. Quoiqu'il en soit , je ne vis
pas plûtôt que c'étoit de l'argent que je
pouvois impunément m'approprier , que
mon naturel Bohemien se déclara. Il me
prit une envie de le voler , qu'on ne pouvoit attribuer qu'à la force du sang
qui couloit dans mes veines. Je cedai sans
résistance à la tentation ; je serrai l'argent
dans un sac de bure où nous mettions nos
peignes & nos bonnets de nuit ; ensuite
après avoir quitté mon habit d'Hermite
& repris celui d'Orphelin , je m'éloignai
de l'Hermitage , croyant emporter dans
mon sac toutes les richesses des Indes.

Vous venez d'entendre mon coup d'es-
sai , continua Scipion ; & je ne doute pas
que vous ne vous attendiez à une suite de
faits de la même nature. Je ne tromperai
point votre attente ; j'ai encore d'autres
pareils exploits à vous conter avant que
j'en vienne à mes actions loüables ; mais
j'y viendrai , & vous verrez par mon récit , qu'un fripon peut fort bien devenir
un honnête homme.

Tout enfant que j'étois , je ne fus point
assez sot pour reprendre le chemin de
Tolede. C'eût été m'exposer au hazard de
rencontrer le Frere Chrysostôme , qui

m'auroit fait rendre desagréablement son magot. Je suivis une autre route qui me conduisit au village de Galves, où je m'arrêtai dans une Hôtelerie dont l'Hôtesse étoit une veuve de quarante ans, qui avoit toutes les qualités requises pour faire valoir le bouchon. Cette femme n'eut pas plûtôt jetté les yeux sur moi, que jugeant à mon habillement que je devois être un échappé de l'Hôpital des Orphelins, elle me demanda qui j'étois & où j'allois. Je lui répondis qu'ayant perdu mon pere & ma mere, je cherchois une condition. Mon enfant, me dit-elle, scais-tu lire? Je l'assurai que le lisois, & même que j'écrivois à merveilles. Véritablement je formois mes lettres & les assemblois de façon que cela ressembloit un peu à de l'écriture; & c'en étoit assez pour les expeditions d'une taverne de village. Je te retiens donc à mon service, me repliqua l'Hôtesse. Tu ne me seras pas inutile, tu tiendras ici registre de mes dettes actives & passives. Je ne te donnerai point de gages, ajoûta-t-elle, attendu qu'il vient dans cette Hôtelerie d'honnêtes gens qui n'oublient pas les valets. Tu peux compter sur de bons petits profits.

J'acceptai le parti, me réservant, com-

me vous pouvez croire, le droit de changer d'air, sitôt que le séjour de Galves
cesseroit de m'être agréable. Dès que je
me vis arrêté pour servir dans cette Hôtellerie, je me sentis l'esprit travaillé d'u-
ne grande inquiétude. Je ne voulois pas
qu'on sçût que j'avois de l'argent ; &
j'étois bien en peine de sçavoir où je le
cacherois pour qu'il fût à couvert de toute main étrangere. Je ne connoissois pas
encore assez la maison, pour me fier aux
endroits qui me sembloient les plus propres à le receler. Que les richesses causent
d'embarras ! Je me déterminai pourtant
à mettre mon sac dans un coin de notre
grénier où il y avoit de la paille ; & le
croyant là plus en seureté qu'ailleurs, je
me tranquilisai autant qu'il me fut possible.

Nous étions trois domestiques dans
cette maison : un gros garçon d'écurie,
une jeune servante de Galice & moi. Chacun de nous tiroit tout ce qu'il pouvoit
des Voyageurs, tant à pied qu'à cheval,
qui s'y arrêtoient. J'attrapois toujours
de ces Messieurs quelques pieces de menüe
monnoye, quand j'allois leur porter le
mémoire de leur dépense. Ils donnoient
aussi quelque chose au valet d'écurie pour

avoir eu foin de leurs montures ; mais
pour la Galicienne , qui étoit l'idole des
Muletiers qui paffoient par-là , elle ga-
gnoit plus d'écus que nous de maravedis. Je n'avois pas fitôt reçû un foû,
que je le portois au grénier pour en
groffir mon tréfor ; & plus je voyois
augmenter mon bien , plus je fentois que
mon petit cœur s'y attachoit. Je baifois
quelquefois mes efpeces ; je les contem-
plois avec un raviffement qui ne peut être
compris que par les avares.

L'amour que j'avois pour mon tréfor
m'obligeoit à l'aller vifiter trente fois par
jour. Je rencontrois fouvent fur l'efcalier
l'Hôteffe, laquelle étant très-défiante de
fon naturel, fut curieufe un jour de fçavoir ce qui pouvoit à tout moment m'attirer au grénier. Elle y monta & fe mit à
fureter par tout, s'imaginant que je ca-
chois peut-être dans ce galetas des chofes que je dérobois dans fa maifon. Elle
n'oublia pas de remuer la paille qui cou-
vroit mon fac , & elle le trouva. Elle
l'ouvrit ; & voyant qu'il y avoit dedans
des écus & des piftoles , elle crut ou fit
femblant de croire que je lui avois volé
cet argent. Elle s'en faifit à bon compte.
Puis m'appellant petit miferable, petit

coquin, elle ordonna au garçon d'écurie, tout dévoüé à ses volontés, de m'appli-
quer une cinquântaine de bons coups de
foüet; & après m'avoir si bien fait étriller,
elle me mit à la porte, en disant, qu'elle
ne vouloit point souffrir chez elle de fripon. J'eus beau protester que je n'avois
point volé l'Hôtesse, elle soutint le contraire, & on la crut plûtôt que moi. C'est
ainsi que les especes du Frere Chrysostôme passerent des mains d'un voleur dans
celles d'une voleuse.

Je pleurai la perte de mon argent,
comme on pleure la mort d'un fils unique; & si mes larmes ne me firent pas
rendre ce que j'avois perdu, elles furent
cause du moins que j'excitai la compassion de quelques personnes qui les virent
couler, & entre autres du Curé de Galves qui passa près de moi par hazard. Il
parut touché du triste état où j'étois &
m'emmena au Presbytere avec lui. Là
pour gagner ma confiance, ou plûtôt
pour me tirer les vers du nez, il commença par me plaindre : Que ce pauvre
enfant, dit-il, est digne de pitié ! Faut-
il s'étonner, si livré à lui-même dans un
âge si tendre, il a commis une mauvaise
action? les hommes pendant le cours de

leur vie ont bien de la peine à s'en défendre. Ensuite m'adressant la parole:
Mon fils, ajoûta-t-il, de quel endroit
d'Espagne êtes-vous, & qui sont vos
parens? vous avez l'air d'un garçon de
famille. Parlez-moi confidemment, &
comptez que je ne vous abandonnerai
point.

Le Curé par ce discours politique &
charitable m'engagea insensiblement à lui
découvrir toutes mes affaires; ce que je
fis avec beaucoup d'ingenuité. Je lui
avoüai tout. Après quoi, il me dit: Mon
ami, quoiqu'il ne convienne guere aux
Hermites de thefaurifer, cela ne diminuë
pas votre faute; en volant le Frere Chry-
foftôme, vous avez toujours péché contre l'article du Décalogue qui défend
de dérober; mais je me charge d'obliger
l'Hôtesse à rendre l'argent & de le faire
tenir au Frere dans son Hermitage: vous
pouvez dès-à-present avoir la conscience en repos là dessus. C'étoit, je vous
jure, de quoi je ne m'inquiétois guere.
Le Curé qui avoit son dessein, n'en demeura pas là: Mon enfant, pourfuivit-il,
je veux m'interresser pour vous & vous
procurer une bonne condition. Je vous
envoyerai dès demain par un Muletier à

mon neveu le Chanoine de la Cathedrale
de Tolede. Il ne refusera pas à ma priere
de vous recevoir au nombre de ses Laquais, qui sont chez lui comme autant
de Beneficiers qui vivent grassement du
revenu de sa Prebende ; vous serez là
parfaitement bien, c'est une chose dont
je puis vous assurer.

Cette assurance fut si consolante pour
moi, que je ne songeai plus ni à mon sac
ni aux coups de foüet que j'avois reçûs. Je
ne m'occupai l'esprit que du plaisir de vivre en Beneficier. Le jour suivant, tandis qu'on me faisoit déjeûner, il arriva
selon les ordres du Curé un Muletier au
Presbytere avec deux mules bâtées & bri-
dées. On m'aida à monter sur l'une, le
Muletier s'élança sur l'autre. & nous
prîmes la route de Tolede. Mon compagnon de voyage étoit un homme de
belle humeur & qui ne demandoit qu'à
se réjoüir aux dépens du prochain : Mon
petit Cadet, me dit-il, vous avez un bon
ami dans Monsieur le Curé de Galves. Il
ne pouvoit vous donner une meilleure
preuve de son affection, que de vous
placer auprès de son neveu le Chanoine,
que j'ai l'honneur de connoître, & qui
sans contredit est la perle de son Cha-

pitre. Ce n'eſt point un de ces dévots
dont le viſage pâle & maigre prêche la
mortification ; c'eſt une groſſe face, un
teint fleuri, une mine réjoüie, un vivant
qui ne ſe refuſe point au plaiſir qui ſe
préſente, & qui ſur tout aime la bonne
chere. Vous ſerez dans ſa maiſon comme un petit coq en pâte.

Le bourreau de Muletier s'appercé-
vant que je l'écoutois avec une grande
ſatisfaction, continua de me vanter le
bonheur dont je joüirois quand je ſerois valet du Chanoine. Il ne ceſſa de
m'en parler, juſqu'à ce qu'étant arrivés
au Village d'Obiſa, nous nous y arrêtâmes pour faire un peu repoſer nos mules. Le Muletier allant & venant dans
l'Hôtelerie, laiſſa tomber par hazard de ſa
poche un papier que j'eus l'adreſſe de ra-
maſſer ſans qu'il y prit garde, & que je
trouvai moyen de lire pendant qu'il étoit
à l'écurie. C'étoit une Lettre adreſſée aux
Prêtres de l'Hôpital des Orphelins, & con-
çûë dans ces termes : *Meſſieurs, j'ai crû*
que la charité m'obligeoit à remettre entre
vos mains un petit fripon qui s'eſt échappé de
votre Hôpital ; il me paroît avoir de l'eſprit
& mériter que vous ayez la bonté de le te-
nir enfermé chez vous. Je ne doute point

qu'à force de corrections vous n'en fassiez un
garçon raisonnable. Que Dieu conserve vos
pieuses & charitables Seigneuries.

LE CURÉ DE GALVES.

Lorsque j'eûs achevé de lire cette lettre, qui m'apprenoit les bonnes intentions de Monsieur le Curé, je ne demeurai pas incertain du parti que j'avois
à prendre : Sortir de l'hôtelerie & gagner
les bords du Tage à plus d'une lieuë de-
là, fut l'ouvrage d'un moment. La crainte me prêta des aîles pour fuir les Prêtres de l'Hôpital des Orphelins, où je
ne voulois point absolument retourner,
tant j'étois dégouté de la maniere dont on
y enseignoit le Latin. J'entrai dans Tolede aussi gayement que si j'eusse sçû où
aller boire & manger. Il est vrai que c'est
une Ville de bénédiction & dans laquelle un homme d'esprit, réduit à vivre
aux dépens d'autrui, ne sçauroit mourir de
faim. A peine fus-je dans la grande Place, qu'un Cavalier bien vêtu auprès de
qui je passai me retint par le bras, & me
dit : Petit Garçon, veux-tu me servir ?
je serois bien aise d'avoir un Laquais tel
que toi. Et moi, lui répondis-je, un Maître comme vous. Cela étant, reprit-il,
tu es à moi dès ce moment, & tu n'as

qu'à me suivre ; ce que je fis sans repli-
quer.

Ce Cavalier, qui pouvoit avoir trente
ans & qui se nommoit Don Abel, lo-
geoit dans un Hôtel garni, où il occupoit un assez bel appartement. C'étoit un
Joüeur de profession ; & voici de quelle
sorte nous vivions ensemble. Le matin,
je lui hachois du tabac pour fumer cinq
ou six pipes ; je lui nettoyois ses habits,
& j'allois lui chercher un Barbier pour
le raser & lui redresser la moustache. Après
quoi, il sortoit pour courir les Tripots,
d'où il ne revenoit au logis qu'entre onze
heures & minuit. Mais tous les matins,
avant que de sortir, il tiroit de sa poche
trois réaux qu'il me donnoit à dépenser
par jour, me laissant la liberté de faire ce
qu'il me plairoit jusqu'à dix heures du
soir ; pourvû que je fusse à l'Hôtel quand
il y rentroit, il étoit fort content de moi.
Il me fit faire un pourpoint & un haut-
de-chausses de livrée, avec quoi j'avois
tout l'air d'un petit commissionnaire de
Coquettes. Je m'accommodois bien de
ma condition, & certainement je n'en
pouvois trouver une plus convenable à
mon humeur.

Il y avoit déja près d'un mois que je

menois une vie si heureuse, lorsque mon
Patron me demanda si j'étois satisfait de
lui; & sur la réponse que je fis qu'on ne
pouvoit l'être davantage : Hé-bien, reprit-il, nous partirons donc demain pour
Seville, où mes affaires m'appellent. Tu
ne seras pas fâché de voir cette Capitale
de l'Andaloufie. *Qui n'a pas vû Seville,*
dit le Proverbe, *n'a rien vû.* Je lui témoignai que j'étois prêt à le suivre par
tout. Dès le même jour, le Messager de
Seville vint prendre à l'Hôtel garni un
grand coffre où étoient toutes les nippes
de mon Maître & le lendemain nous
partîmes pour l'Andaloufie.

Le Seigneur Don Abel étoit si heureux
au jeu, qu'il ne perdoit que quand il vouloit, ce qui l'obligeoit à changer souvent
de lieu, pour éviter le ressentiment des
duppes, & ce qui étoit la cause de notre
voyage. Etant arrivés à Seville, nous prîmes un logement dans un Hôtel garni
auprès de la Porte de Cordoüe; & nous
recommençâmes à vivre comme à Tolede.
Mais mon Patron trouva de la difference entre ces deux Villes. Il rencontra des
Joüeurs qui joüoient aussi heureusement
que lui dans les Tripots de Seville; de-
sorte qu'il en revenoit quelquefois fort

chagrin. Un matin qu'il étoit encore de mauvaise humeur d'avoir perdu cent pistoles le jour précedent, il me demanda pourquoi je n'avois pas porté son linge sale chez une Dame qui avoit soin de le blanchir & de le parfumer; je répondis que je ne m'en étois pas souvenu. Là-dessus se mettant en colère, il m'appliqua sur le visage une demi-douzaine de soufflets si rudement, qu'il me fit voir plus de lumieres qu'il n'y en avoit dans le Temple de Salomon : Tenez, petit malheureux, me dit-il, voilà pour vous apprendre à devenir attentif à vos devoirs. Faudra-t-il donc que je sois après vous sans cesse pour vous avertir de ce que vous avez à faire ? Pourquoi n'êtes-vous pas aussi habile à servir qu'à manger? Ne sçauriez vous, puisque vous n'êtes pas une bête, prévenir mes ordres & mes besoins? A ces mots, il sortit de son appartement où il me laissa très mortifié d'avoir reçû des soufflets pour une faute si legere.

Je ne sçais quelle avanture lui arriva peu de tems après dans un Tripot; mais un soir il revint fort échauffé : Scipion, me dit-il, j'ai résolu d'aller en Italie, & je dois m'embarquer après-demain sur un

Vaiffeau qui s'en retourne à Genes. J'ai mes
raifons pour faire ce voyage ; je crois que
tu voudras bien m'accompagner, & profiter d'une fi belle occafion de voir le plus
charmant pays qu'il y ait au monde. Je fis
réponfe que j'y confentois, mais en même tems je me promis bien de difparoî-
tre au moment qu'il faudroit partir. Je
m'imaginois par-là me venger de lui, &
je trouvois ce projet très-ingenieux. J'en
étois fi content, que je ne pus m'empêcher de le communiquer à un Vaillant de
profeffion que je rencontrai dans la ruë.
Depuis que j'étois à Seville, j'avois fait
quelques mauvaifes connoiffances, &
principalement celle-là. Je lui contai de
quelle maniere & pourquoi j'avois été
fouffleté ; enfuite je lui dis le deffein
que j'avois de quitter Don Abel, lorfqu'il feroit prêt à s'embarquer, & je lui
demandai ce qu'il penfoit de ma réfolution.

Le Brave fronça les fourcils en m'é-
coutant, & releva les crocs de fa moufta-
che ; puis blâmant gravement mon Maître : Petit bon-homme, me dit-il, vous
êtes un garçon deshonoré pour jamais,
fi vous vous en tenez à la frivole vengeance que vous méditez. Il ne fuffit

pas de laisser Don Abel partir tout seul,
ce ne seroit point assez le punir; il faut
proportionner le châtiment à l'outrage.
Enlevons-lui ses hardes & son argent,
que nous partagerons en freres après son
départ. Quoique j'eusse un penchant naturel à dérober, je fus effrayé de la pro-
position d'un vol de cette importance.
Cependant l'archi-fripon qui me la faisoit ne laissa pas de me persuader; &
voici quel fut le succès de notre entrepri-
se : Le Brave, qui étoit un homme grand
& robuste, vint le lendemain sur la fin
du jour me trouver à l'Hôtel garni. Je
lui montrai le coffre où mon Maître avoit
déja serré ses nippes, & je lui demanda
s'il pourroit lui seul porter un coffre si
pesant. Si pesant, me dit-il, apprenez
que lorsqu'il s'agit d'enlever le bien d'autrui, j'emporterois l'Arche de Noé. En
achevant ces paroles, il s'approcha du
coffre, le mit sans peine sur ses épaules
& descendit l'escalier d'un pied leger.
Je le suivis du même pas ; & nous étions
près d'enfiler la porte de la rue, quand
Don Abel, que son heureuse étoile ame-
na là si à propos pour lui, se présenta
tout-à-coup devant nous.

Où vas-tu avec ce coffre, me dit-il?
Je

Je fus si troublé que je demeurai muet ;
& le Brave voyant le coup manqué, jetta
le coffre à terre & prit la fuite, pour
éviter les éclaircissemens. Où vas-tu
donc avec ce coffre, me dit mon Maître pour la seconde fois ? Monsieur, lui
répondis-je plus mort que vif, je vais le
faire porter au Vaisseau sur lequel vous
devez demain vous embarquer pour l'Italie. Eh ! sçais-tu, me repliqua t-il, sur
quel Vaisseau je dois faire ce voyage ?
Non, Monsieur, lui repartis-je ; mais
qui a langue va à Rome. Je m'en serois
informé sur le port, & quelqu'un me
l'auroit appris. A cette réponse qui lui
fut suspecte, il me lança un regard furieux. Je crus qu'il m'alloit encore souf-
fleter : Qui vous a commandé, s'écria-t-il,
de faire emporter mon coffre hors de cet
Hôtel ? C'est vous-même, lui dis-je. Est-
il possible que vous ne vous souveniez
plus du reproche que vous me fîtes il y
a quelques jours ? Ne me dites-vous pas
en me maltraitant que vous vouliez que
je prévinsse vos ordres, & fisse de mon
chef ce qu'il y auroit à faire pour votre
service ? Or pour me régler là-dessus, je
faisois porter votre coffre au Vaisseau. A-
lors le Joüeur remarquant que j'avois

Tome IV. K

plus de malice qu'il n'avoit cru, me dit
en me donnant mon congé d'un air froid :
Allez Monsieur Scipion, que le Ciel vous
conduise. Je n'aime point à joüer avec
des gens qui ont tantôt une carte de plus,
& tantôt une carte de moins. Otez-vous
de devant mes yeux, ajoûta-t-il en chan-
geant de ton, de peur que je ne vous fasse chanter sans solfier.

Je lui épargnai la peine de me dire
deux fois de me retirer. Je m'éloignai
de lui dans le moment, mourant de peur
qu'il ne me fît quitter mon habit ; qu'heureusement il me laissa. Je marchois le
long des rües en révant où je pourrois,
avec deux reaux que j'avois pour tout
bien, aller gîter. J'arrivai à la porte de
l'Archevêché ; & comme on travailloit
alors au souper de Monseigneur, il sortoit des cuisines une agréable odeur qui
se faisoit sentir d'une lieuë à la ronde :
Peste ! dis-je en moi-même, je m'accom-
modérois volontiers de quelqu'un de ces
ragoûts qui me prennent au nez ; je me
contenterois même d'y tremper les quatre doigts & le pouce. Mais quoi ! ne
puis-je imaginer un moyen de goûter de
ces bonnes viandes dont je ne fais que
sentir la fumée ? Pourquoi non ? cela ne

me paroît pas impoſſible. Je m'échauffai
l'imagination là-deſſus, & à force de rêver, il me vint dans l'eſprit une ruſe que
j'employai ſur le champ & qui réuſſit :
J'entrai dans la Cour du Palais Archi-
épiſcopal en courant vers les Cuiſines,
& en criant de toute ma force : *Au ſe-*
cours, au ſecours ! comme ſi quelqu'un
m'eût pourſuivi pour m'aſſaſſiner.

A mes cris redoublés, Maître Diego,
le Cuiſinier de l'Archevêque, accourut
avec trois ou quatre Marmitons pour en
ſçavoir la cauſe, & ne voyant perſonne
que moi, il me demanda pour quel ſujet
je criois ſi fort : Ah ! Seigneur, lui répondis-je, en faiſant toutes les démonſ-
trations d'un homme épouvanté, par ſaint
Policarpe, ſauvez moi, je vous prie, de
la fureur d'un Spadaſſin qui veut me tuer.
Où eſt il donc ce Spadaſſin, s'écria Diego ? vous êtes tout ſeul de votre compagnie, & je ne vois pas un chat à vos
trouſſes. Allez, mon enfant, raſſurez-
vous. C'eſt aparemment quelqu'un qui a
voulu vous faire peur pour ſe divertir,
& qui a bien fait de ne vous pas ſuivre
dans ce Palais, car nous lui aurions pour
le moins coupé les oreilles. Non, non,
dis-je au Cuiſinier, ce n'eſt pas pour

K ij

rire qu'il m'a pourſuivi. C'eſt un grand
pendard qui vouloit me dépoüiller, &
je ſuis ſûr qu'il m'attend dans la rüe.
Il vous y attendra donc long-tems, reprit-il; puiſque vous demeurerez ici
juſqu'à demain. Vous y ſouperez & cou-
cherez.

Je fus tranſporté de joye quand j'entendis ces dernieres paroles, & ce fut
pour moi un ſpectacle raviſſant, lorſqu'ayant été conduit par Maître Diego.
dans les Cuiſines, j'y vis les préparatifs.
du ſouper de Monſeigneur. Je comptai
juſqu'à quinze perſonnes qui en étoient
occupées, mais je ne pus nombrer les.
metz qui s'offrirent à ma vûe, tant la
Providence avoit ſoin d'en pourvoir l'Archevêché. Ce fut alors que reſpirant à
plein nez la fumée des ragoûts que je n'a-
vois ſentis que de loin, j'appris à connoître
la ſenſualité. J'eus l'honneur de ſouper
& de coucher avec les Marmitons, dont je
gagnai ſi bien l'amitié que le jour ſuivant.
lorſque j'allai remercier Maître Diego de
m'avoir donné ſi généreuſement un aſile;
il me dit : Nos Garçons de Cuiſine m'ont
témoigné tous qu'ils ſeroient ravis de vous.
avoir pour camarade, tant ils trouvent
à leur gré votre humeur. De votre côté,

feriez-vous bien aife d'être leur compagnon ? Je répondis que fi j'avois ce bon-
heur-là, je me croirois au comble de
mes vœux. Si cela eft, reprit-il, mon
ami, regardez-vous dès-à-préfent comme un Officier de l'Archevêché. A ces
mots, il me mena & préfenta au Majordome, qui fur mon air éveillé me jugea digne d'être reçû parmi les Fouille-
au-pot.

Je ne fûs pas plûtôt en poffeffion d'un
emploi fi honorable, que Maître Diego,
fuivant l'ufage des Cuifiniers des grandes
Maifons qui envoyent fecretement des
viandes à leurs Mignones, me choifit
pour porter chez une Dame du voifi-
nage tantôt des longes de veaux & tantôt de la volaille ou du gibier. Cette
bonne Dame étoit une veuve de trente
ans tout au-plus, très-jolie, très-vive &
qui avoit tout l'air de n'être pas exactement fidelle à fon Cuifinier. Il ne fe
contentoit pas de lui fournir de la viande, du pain, du fucre & de l'huile, il
faifoit auffi fa provifion de vin ; & tout
cela aux dépens de Monfeigneur l'Archevêque.

J'achevai de me dégourdir dans le Palais de Sa Grandeur, où je fis un tour af-

fez, plaisant, & dont on parle encore aujourd'hui dans Seville. Les Pages & quelques autres Domestiques, pour célébrer l'Anniversaire de Monseigneur, s'avisèrent de vouloir représenter une Comédie. Ils choisirent celle des *Benavides*; & comme il leur falloit un garçon de mon âge pour faire le rôle du jeune Roi de Leon, ils jetterent les yeux sur moi. Le Majordome, qui se piquoit de déclamation se chargea de m'exercer, & après m'avoir donné quelques leçons, assura que je ne serois pas celui qui s'en acquitteroit le plus mal. Comme c'étoit le Patron qui faisoit la dépense de la Fête, on n'épargna rien pour la rendre magnifique. On construisit dans la plus grande Salle du Palais un Théâtre qui fut bien décoré. On fit dans les aîles un lit de gazon sur lequel je devois paroître endormi quand les Maures viendroient se jetter sur moi pour me faire Prisonnier. Lorsque les Acteurs furent en état de joüer la piece, l'Archevêque fixa le jour de la representation, & ne manqua pas de prier les Seigneurs & les Dames les plus considerables de la Ville de s'y trouver.

Ce jour venu, chaque Acteur ne s'occupa que de son habillement. Pour le mien, il me fut apporté par un Tailleur accompagné de notre Majordome, qui s'étant donné la peine de me répéter mon rolle, se faisoit un plaisir de me voir habiller. Le Tailleur me revêtit d'une riche robbe de velours bleu, garni de galons & de boutons d'or avec des manches pendantes ornées de franges du mê-me métal; & le Majordome lui-même me posa sur la tête une Couronne de carton parsemée de quantité de perles fines mêlées parmi de faux diamans. De plus, ils me mirent une ceinture de soye couleur de rose à fleurs d'argent; & à chaque chose dont ils me paroient, il me sembloit qu'ils m'attachoient des aîles pour m'en-voler & m'en aller. Enfin la Comédie commença sur la fin du jour. J'ouvris la Scene par une tirade de vers qui aboutis-soit à dire que ne pouvant me défendre des charmes du sommeil, j'allois m'y aban-donner. En même tems je me retirai dans les coulisses & me jettai sur le lit de gazon qui m'y avoit été préparé; mais au lieu de m'y endormir, je me mis à rêver aux moyens de pouvoir gagner la rue & me sauver avec mes habits Royaux. Un petit escalier dérobé, par où l'on descen-doit sous le Théâtre & dans la Salle, me

parut propre à l'éxécution de mon déf-
fein. Je me levai legerement, & voyant
que perſonne ne prenoit garde à moi,
j'enfilai cet eſcalier qui me conduiſit dans
la Salle, dont je gagnai la porte, en criant
Place, place ; je vais changer d'habit. Chacun ſe rangea pour me laiſſer paſſer ; de
ſorte qu'en moins de deux minutes je ſortis impunément du Palais à la faveur de
la nuit, & me rendis à la maiſon du Vaillant, mon ami.

Il fut dans le dernier étonnement de
me voir vêtu comme j'étois. Je le mis
au fait, & il en rit de tout ſon cœur. Puis
m'embraſſant avec d'autant plus de joye
qu'il ſe flattoit d'avoir part aux dépoüil-
les du Roi de Leon, il me félicita d'a-
voir fait un ſi beau coup, & me dit que
ſi je ne me démentois pas dans la ſuite,
je ferois un jour du bruit dans le monde
par mon eſprit. Après nous être égayés
tous deux & bien épanoüi la ratte, je
dis au Brave : Que ferons-nous de ce riche habillement ? Que cela ne vous em-
baraſſe point, me répondit-il. Je connois
un honnête Fripier qui, ſans témoigner
la moindre curioſité, achette tout ce qu'on
veut lui vendre, pourvû qu'il y trouve
bien ſon compte. Demain matin, j'irai le
chercher

chercher & je vous l'amenerai ici. En effet le jour suivant le Brave sortit de grand
matin de sa chambre où il me laissa au
lit, & revint deux heures après avec le
Fripier qui portoit un paquet de toile jaune. Mon ami, me dit-il, je vous présente le Seigneur Ybagnez de Segovie, qui
malgré le mauvais exemple que ses Confreres lui donnent, se pique de la plus
scrupuleuse intégrité. Il va vous dire au
juste ce que vaut l'habillement dont vous
voulez vous défaire, & vous pourrez vous
en tenir à son estimation. Oh, pour cela, oui, dit le Fripier. Il faudroit que je
fusse un grand miserable, pour priser une
chose au dessous de sa valeur. C'est ce
qu'on n'a point encore reproché, Dieu
merci, & ce qu'on ne reprochera jamais
à Ybagnez de Segovie. Voyons un peu,
ajoûta t-il, les hardes que vous avez envie de vendre; je vous dirai en conscience ce qu'elles valent. Les voici, lui dit
le Brave en les lui montrant; convenez
que rien n'est plus magnifique: Remar-
quez bien la beauté de ce velours de Genes & la richesse de cette garniture. J'en
suis enchanté, répondit le Fripier après
avoir examiné l'habit avec beaucoup d'attention, rien n'est plus beau. Et que pen-

sez vous des perles qui sont à cette couronne, reprit mon ami? Si elles étoient
plus rondes, repartit Ybagnez, elles se-
roient inestimables; cependant telles qu'elles sont, je les trouve fort belles, & j'en
suis aussi content que du reste. J'en demeure d'accord de bonne foi, continua-
t'il. Un fourbe de Fripier à ma place af-
fecteroit de mépriser la marchandise pour
l'avoir à vil prix, & n'auroit pas honte d'en offrir vingt pistoles; mais moi
qui ai de la morale, j'en donnerai quarante.

Quand Ybagnez auroit dit cent, il n'eut
pas encore été un juste estimateur, puisque les perles seules en valoient bien deux
cens. Le Brave, qui s'entendoit avec lui,
me dit : Voyez le bonheur que vous avez
d'être tombé entre les mains d'un honnête-homme. Le Seigneur Ybagnez ap-
precie les choses comme s'il étoit à l'article de la mort. Cela est vrai, dit le Fripier; aussi n'y a-t-il pas une obole à rabattre ou à augmenter avec moi. Hé bien,
ajoûta-t-il, est-ce une affaire finie? N'y
a-t-il qu'à vous compter l'espece? Atten-
dez, lui répondit le Brave; il faut auparavant que mon petit ami essaye l'habit
que je vous ai fait apporter ici pour lui,

je fuis bien trompé s'il n'eft pas convenable à fa taille. Alors le Fripier ayant défait fon paquet me montra un pourpoint
& un haut-de-chauffes d'un beau drap
mufc avec des boutons d'argent, le tout
à demi-ufé. Je me levai pour effayer cet
habillement, lequel, quoique trop large
& trop long, parut à ces Meffieurs fait
exprès pour moi. Ybagnez le prifa dix
piftoles, & comme il n'y avoit rien à
rabattre avec lui, il en fallut paffer par
là. De forte qu'il tira de fa bourfe trente piftoles qu'il étala fur une table ; après
quoi, il fit un autre paquet de ma robe
royale & de ma couronne, qu'il emporta.

Lorfqu'il fut forti, le Vaillant me dit:
Je fuis très-fatisfait de ce Fripier. Il avoit
bien raifon de l'être, car je fuis fûr qu'il
tira de lui pour le moins une centaine de
piftoles de bénéfice. Mais il ne fe contenta point de cela; il prit fans façon la
moitié de l'argent qui étoit fur la table,
& me laiffa l'autre en me difant : Mon
cher Scipion, avec ces quinze piftoles
qui vous reftent, je vous confeille de
fortir inceffamment de cette Ville où vous
jugez bien qu'on ne manquera pas de
vous chercher par ordre de Monfeigneur

l'Archevêque. Je serois au desespoir qu'a-
près vous être signalé par une action qui
fera honneur à votre Histoire , vous vous
fissiez sottement mettre en prison. Je lui
répondis que j'avois bien résolu de m'é-
loigner de Seville : comme en effet , après
avoir acheté un chapeau & quelques
chemises, je gagnai la vaste & délicieuse campagne qui conduit entre des vi-
gnes & des oliviers à l'ancienne Cité de
Carmone, & trois jours après j'arrivai à
Cordoüe.

J'allai loger dans une Hôtelerie à l'entrée de la grande Place, où demeurent
les Marchands. Je me donnai pour un enfant de famille de Tolede qui voyageoit
pour son plaisir; j'étois assez proprement
vêtu pour le faire croire, & quelques pistoles que j'affectai de laisser voir comme
par hazard à l'Hôte, acheverent de le
lui persuader. Peut-être aussi que ma
grande jeunesse lui fit penser que je pouvois être quelque petit libertin qui couroit le pays après avoir volé ses parens.
Quoiqu'il en soit, il ne parut point curieux d'en sçavoir plus que je ne lui en disois, de peur aparemment que sa curiosité ne m'obligeât à changer de logement.
Pour six réaux par jour on étoit bien dans

cette Hôtelerie, où il y avoit beaucoup
de monde ordinairement. Je comptai le
foir au fouper jufqu'à douze perfonnes à
table. Ce qu'il y a de plaifant, c'eft que
chacun mangeoit fans rien dire, à la
réferve d'un feul homme, qui parlant
fans ceffe à tort & à travers compen-
foit par fon babil le filence des autres. Il
faifoit le bel efprit, débitoit des contes,
& s'efforçoit par de bons mots de réjoüir
la Compagnie, qui de tems en tems écla-
toit de rire, moins à la vérité pour applaudir à fes faillies, que pour s'en moquer.

Pour moi, je faifois fi peu d'attention
aux difcours de cet Original, que je me
ferois levé de table fans pouvoir rendre compte de ce qu'il avoit dit, s'il
n'eût trouvé moyen de m'intereffer dans
fes difcours: Meffieurs, s'écria-t-il fur
la fin du repas, je vous garde pour la
bonne bouché une hiftoire des plus di-
vertiffantes, une avanture arrivée ces jours
paffés à l'Archevêché de Seville. Je la
tiens d'un Bachelier de ma connoiffance
qui en a, dit-il, été témoin. Ces paroles
me cauferent quelque émotion; je ne doutai point que cette avanture ne fût la
mienne, & je n'y fus pas trompé. Ce per-

ſonnage en fit un récit fidéle, & m'apprit même ce que j'ignorois; c'eſt-à-dire ce qui s'étoit paſſé dans la Salle après mon départ: ce que je vais vous raconter.

A peine eus-je pris la fuite, que les Maures qui ſuivant l'ordre de la Piece qu'on répreſentoit devoient m'enlever, parurent ſur la Scene dans le deſſein de venir me ſurprendre ſur le lit de gazon où ils me croyoient endormi; mais quand ils voulurent ſe jetter ſur le Roi de Leon, ils furent bien étonnés de ne trouver ni Roi ni Roque. Auſſitôt la Comédie fut interrompuë. Voilà tous les Acteurs en peine: les uns m'appellent; les autres me font chercher: celui-ci crie, & celui-là me donne à tous les diables. L'Archevêque s'appercevant que le trouble & la confuſion régnoient derriere le Théâtre, en demanda la cauſe. A la voix du Prélat, un Page, qui faiſoit le *Gracioſo* dans la Piece, accourut & dit à S. G. Monſeigneur, ne craignez plus que les Maures faſſent priſonnier le Roi de Leon; il vient de ſe ſauver avec ſon habillement royal. Le Ciel en ſoit loüé, s'écria l'Archevêque! Il a parfaitement bien fait de fuir les ennemis de notre Religion, & d'échapper aux

fers qu'ils lui préparoient. Il fera fans
doute retourné à Leon, la Capitale de
fon Royaume. Puiffe-t-il y arriver fans
malencontre. Au refte, je défends qu'on
fuive fes pas ; je ferois fâché que Sa Majefté reçût quelque mortification de ma
part. Le Prelat ayant parlé de cette forte, ordonna qu'on lût mon rolle & qu'on
achevât la Comedie.

CHAPITRE XI.

Suite de l'Hiftoire de Scipion.

TAnt que j'eus de l'argent, mon Hôte eut de grands égards pour moi ;
mais du moment qu'il s'apperçût que je
n'en avois plus guere, il me battit froid,
me fit une querelle d'Allemand, & me
pria un beau matin de fortir de fa maifon.
Je le quittai fierement & j'entrai dans
l'Eglife des Peres de S. Dominique, où
pendant que j'entendois la Meffe, un
vieux Mandiant vint me demander l'aumône. Je tirai de ma poche deux ou trois
maravedis que je lui donnai en lui difant :
Mon ami, priez Dieu qu'il me faffe trouver bientôt quelque bonne place ; fi vo-

tre prière est exaucée, vous ne vous re-
pentirez pas de l'avoir faite ; comptez sur
ma reconnoissance.

A ces mots, le Gueux me considera
fort attentivement & me répondit d'un
air sérieux : quel poste souhaiteriez-vous
d'avoir ? Je voudrois, lui repliquai-je,
être Laquais dans quelque Maison où je
fusse bien. Il me demanda si la chose pres-
soit. On ne peut pas davantage, lui dis-
je ; car si je n'ai pas au plutôt le bonheur
d'être placé, il n'y a point de milieu : il
faudra que je meure de faim ou que je
devienne un de vos Confreres. Si vous
étiez réduit à cette nécessité, reprit-il,
cela seroit fâcheux pour vous, qui n'êtes
pas fait à nos manieres ; mais pour peu
que vous y fussiez accoutumé, vous pré-
fereriez nôtre état à la servitude ; qui sans
contredit est inferieure à la gueuserie. Cependant puisque vous aimez mieux servir que de mener, comme moi, une vie
libre & indépendante, vous aurez un
Maître incessamment. Tel que vous me
voyez, je puis vous être utile. Soyez ici
demain à la même heure.

Je n'eus garde d'y manquer. Je revins
le jour suivant au même endroit, où je
ne fus pas long-tems sans appercevoir le

Mendiant, qui vint me joindre , & qui
me dit de prendre la peine de le suivre.
Je le suivis. Il me conduisit à une cave
qui n'étoit pas éloignée de l'Eglise, &
où il faisoit sa résidence. Nous y entrâ-
mes tous deux, & nous étant assis sur un
long banc qui avoit pour le moins cent
ans de service, il me tint ce discours :
Une bonne action, comme dit le Proverbe , trouve toujours sa récompense ; vous
me donnâtes hier l'aumône , & cela m'a
déterminé à vous procurer une condition : ce qui sera bientôt fait , s'il plaît
au Seigneur. Je connois un vieux Dominicain, nommé le Pere Alexis , qui est
un saint Religieux , un grand Directeur.
J'ai l'honneur d'être son Commissionnaire , & je m'acquitte de cet emploi avec
tant de discretion & de fidelité qu'il ne
refuse point d'employer son crédit pour
moi & pour mes amis. Je lui ai parlé de
vous, & je l'ai mis dans la disposition de
vous rendre service. Je vous présente-
rai à Sa Révérence quand il vous plaira.

Il n'y a pas un moment à perdre , dis-
je au vieux Mendiant, allons voir tout-
à-l'heure ce bon Religieux. Le Pauvre
y consentit & me mena sur le champ au
Pere Alexis , que nous trouvâmes oc-

cupé dans sa chambre à écrire des Lettres spirituelles. Il interrompit son travail pour me parler. Il me dit qu'à la priere du Mendiant il voüloit bien s'interresser pour moi. Ayant appris, poursuivit-il, que le Seigneur Baltazar Velazquez avoit besoin d'un Laquais, je lui ai écrit ce matin en vôtre faveur, & il vient de me faire réponse qu'il vous recevroit aveuglément de ma main. Vous pouvez dès ce jour le voïr de ma part; c'est mon pénitent & mon ami. Là-deſſus le Moine m'exhorta pendant trois quarts d'heure à bien remplir mes devoirs. Il s'étendit principalement sur l'obligation où j'étois de servir Velazquez avec zele; après quoi il m'assura qu'il auroit soin de me maintenir dans mon poste, pourvû que mon Maître n'eût point de reproche à me faire.

Après avoir remercié le Religieux des bontez qu'il avoit pour moi, je sortis du Monastere avec le Mendiant; qui me dit que le Seigneur Baltazar Velazquez étoit un vieux Marchand de drap, un homme riche, simple & débonnaire. Je ne doute pas, ajoûta-t-il, que vous ne soyez parfaitement bien dans sa maison. Je m'informai de la demeure du Bourgeois, & je m'y rendis fur le champ, après avoir promis au Gueux de reconnoître fes bons offices, fitôt que j'aurois pris racine dans ma condition. J'entrai dans une grande boutique où deux jeunes Garçons Marchands, proprement vétus fe promenoient en long & en large, & faifoient les agréables en attendant la pratique. Je leur demandai fi le Maître y étoit, & leur dis que j'avois à lui parler de la part du Pere Alexis. A ce nom vénérable, on me fit paffer dans une arriere-boutique où le Marchand feüilletoit un gros regiftre qui étoit fur un bureau. Je le faluai refpectueufement; & m'étant approché de lui : Seigneur, lui dis-je, vous voyez le jeune homme que le Révérend Pere Alexis vous a propofé pour Laquais. Ah, mon enfant, me répondit-il, fois le bien venu. Il fuffit que tu me fois envoyé par ce faint homme. Je te reçois à mon fervice préferablement à trois ou quatre Laquais qu'on me veut donner. C'eft une affaire décidée. Tes gages courent dès ce jour.

Je n'eus pas befoin d'être longtems chez ce Bourgeois, pour m'apercevoir qu'il étoit tel qu'on me l'avoit dépeint. Il me parut même d'une fi grande fimplicité, que je ne pus m'empêcher de penser que j'aurois bien de la peine à m'abstenir de lui joüer quelque tour. Il étoit veuf depuis quatre années, & il avoit deux enfans, un Garçon qui achevoit son cinquiéme lustre, & une Fille qui commençoit son troisiéme. La Fille éle-vée par une Duégne sévere, & dirigée par le Pere Alexis, marchoit dans le sentier de la vertu; mais Gaspard Velazquez son frere, quoiqu'on n'eût rien épargné pour en faire un honnête homme, avoit tous les vices d'un jeune libertin. Il passoit quelquefois des deux ou trois jours hors du logis; & si à son retour son pere s'a-visoit de lui en faire des reproches, Gas-pard lui imposoit silence, en le prenant sur un ton plus haut que le sien.

Scipion, me dit un jour le Vieillard, j'ai un fils qui fait toute ma peine. Il est plongé dans toute sorte de débauches : cela m'étonne, car son éducation n'a point été négligée. Je lui ai donné de bons Maîtres; & le Pere Alexis, mon ami, a fait tous ses efforts pour le mettre dans le bon chemin. Il n'a pû en venir à bout; Gaspard s'est jetté dans le libertinage. Tu me diras peut-être que je l'ai traité avec trop de douceur dans sa puberté, & que

c'est cela qui l'a perdu. Mais non, il a
été châtié, quand j'ai jugé à propos d'user
de rigueur; car tout débonnaire que je
suis, j'ai de la fermeté dans les occasions
qui en demandent. Je l'ai même fait enfermer dans une Maison de force, & il
n'en est devenu que plus méchant. En un
mot c'est un de ces mauvais sujets que le
bon exemple, les remontrances & les
châtimens même ne sçauroient corriger. Il
n'y a que le Ciel qui puisse faire ce mi-
racle.

Si je ne fus pas fort touché de la douleur de ce malheureux pere, du moins je
fis semblant de l'être. Que je vous plains,
Monsieur, lui di-je! un homme de bien
comme vous meritoit d'avoir un meilleur fils. Que veux-tu, mon enfant, me
repondit il: Dieu m'a voulu priver de
cette consolation. Entre les sujets que Gaspard me donne de me plaindre de lui,
poursuivit il, je te dirai confidemment
qu'il y en a un qui me cause beaucoup
d'inquiétude; c'est l'envie qu'il a de me
voler & qu'il ne trouve que trop souvent
moyen de satisfaire malgré ma vigilance.
Le Laquais à qui tu succedes s'entendoit
avec lui, & c'est pour cela que j'ai chassé
ce domestique. Pour toi, je compte que

tu ne te laisseras pas corrompre par mon fils. Tu épouseras mes intérêts ; je ne doute pas que le P. Alexis ne te l'ait bien recommandé. Je vous en réponds, lui dis-je, Sa Reverence m'a exhorté pendant une heure à n'avoir en vüe que votre bien ; mais je puis vous assurer que je n'avois pas besoin pour cela de son exhortation. Je me sens disposé à vous servir fidellement, & je vous promets enfin un zele à toute épreuve.

Qui n'entend qu'une partie, n'entend rien : Le jeune Velazquez, Petit Maître en diable, jugeant à ma phisionomie que je ne serois pas plus difficile à séduire que mon prédecesseur, m'attira dans un endroit écarté, & me parla dans ces termes : Ecoute, mon cher, je suis persuadé que mon pere t'a chargé de m'espionner ; prens-y garde, je t'en avertis, cet emploi n'est pas sans désagrément. Si je viens à m'appercevoir que tu m'observes, je te ferai mourir sous le bâton ; au lieu que si tu veux m'aider à tromper mon pere, tu peux tout attendre de ma reconnoissance. Faut-il te parler plus clairement ? Tu auras ta part des coups de filet que nous ferons ensemble. Tu n'as qu'à choisir : déclaretoi dans ce moment pour le pere ou pour le fils ; point de neutralité.

Monſieur, lui répondis-je, vous me fer-
rez furieuſement le bouton ; je vois bien
que je ne pourrai me défendre de me ran-
ger de votre parti , quoique dans le fond
je me ſente de la répugnance à trahir le
Seigneur Velazquez. Tu ne dois t'en faire
aucun ſcrupule, reprit Gaſpard ; c'eſt un
vieil avare qui voudroit encore me mener
par la liſiere ; un vilain qui me refuſe mon
néceſſaire en refuſant de fournir à mes
plaiſirs , car les plaiſirs ſont des beſoins à
vingt-cinq ans. C'eſt dans ce point de
vûë qu'il faut que tu regardes mon pere.
Voilà qui eſt fini , Monſieur , lui dis-je ,
il n'y a pas moyen de tenir contre un ſi
juſte ſujet de plainte. Je m'offre à vous ſe-
conder dans vos loüables entrepriſes ;
mais cachons bien tous deux notre intelligence, de peur qu'on ne mette à la porte votre fidelle Adjoint. Vous ne ferez
point mal , ce me ſemble , d'affecter de
me haïr ; Parlez-moi brutalement devant
le monde ; ne meſurez pas les termes.
Quelques ſouflets même & quelques
coups de pied au cul ne gâteront rien ; au
contraire , plus vous me donnerez de marques d'averſion, plus le Seigneur Baltazar
aura de confiance en moi. De mon côté ,
je ferai ſemblant d'éviter votre converſa-

rion. En vous servant à table, je paroîtrai
ne m'en acquitter qu'à regret, & quand je
m'entretiendrai de votre Seigneurie avec
les Garçons de boutique, ne trouvez pas
mauvais que je dise pis que pendre de
vous.

Vive Dieu, s'écria le jeune Velazquez
à ces dernieres paroles ! Je t'admire, mon
ami ; tu fais paroître à ton âge un genie
étonnant pour l'intrigue ; j'en conçois
pour moi le plus heureux présage. J'espere
qu'avec le secours de ton esprit je ne lais-
serai pas une pistole à mon pere. Vous me
faites trop d'honneur, lui dis-je, de tant
compter sur mon industrie. Je ferai mon
possible pour justifier la bonne opinion
que vous avez de moi ; & si je ne puis y
réussir, du moins ce ne sera pas ma faute.

Je ne tardai guere à faire connoître à
Gaspard que j'étois effectivement l'homme qu'il lui falloit ; & voici quel fut le
premier service que je lui rendis. Le coffre-fort de Baltazar étoit dans la chambre
de ce bon homme, à la ruelle de son lit,
& lui servoit de prie-Dieu. Toutes les fois
que je le regardois, il me réjouissoit la
vûë, & je lui disois souvent en moi-même : Coffre-fort, mon ami, seras-tu toujours fermé pour moi ? N'aurai-je jamais
                                        le

le plaisir de contempler le tréfor que tu recéles? Comme j'allois quand il me plaifoit dans la chambre dont l'entrée n'étoit interdite qu'à Gafpard, il arriva un jour que j'aperçus fon pere, qui croyant n'être vû de perfonne, après avoir ouvert & refermé fon coffre-fort, en cacha la clef derriere une tapifferie. Je remarquai bien l'endroit, & fis part de cette découverte à mon jeune Maître, qui me dit en m'embraffant de joye : Ah ! mon cher Scipion, que viens-tu m'apprendre? Notre fortune eft faite, mon enfant. Je te donnerai dès aujourd'hui de la cire, tu prendras l'empreinte de la clef,& tu me la remettras entre les mains. Je n'aurai pas de peine à trouver un Serrurier obligeant dans Cordoüe, qui n'eft pas la Ville d'Efpagne où il y a le moins de fripons.

Hé pourquoi, dis-je à Gafpard, voulezvous faire faire une fauffe clef ? nous pouvons nous fervir de la veritable. Oui, me répondit-il, mais je crains que mon pere par défiance ou autrement ne s'avife de la cacher ailleurs, & le plus fûr eft d'en avoir une qui foit à nous. J'approuvai fa crainte; & me rendant à fon fentiment, je me préparai à prendre l'empreinte de la clef; ce qui fut exécuté un beau matin,

Tome IV. M

tandis que mon vieux Patron faisoit une
visite au P. Alexis, avec lequel il avoit
ordinairement de fort longs entretiens.
Je n'en demeurai pas là : je me servis de la
clef pour ouvrir le coffre-fort, qui se
trouvant rempli de grands & de petits
sacs me jetta dans un embarras charmant.
Je ne sçavois lequel choisir, tant je me
sentois d'affection pour les uns & pour les
autres ; néanmoins comme la peur d'être
surpris ne me permettoit pas de faire un
long examen, je me saisis à tout hazard
d'un des plus gros. Ensuite ayant refermé
le coffre & remis la clef derriere la ta-
pisserie, je sortis de la chambre avec ma
proye, que j'allai cacher sous mon lit dans
une petite garderobe où je couchois.

Ayant fait si heureusement cette opera-
tion, je rejoignis promptement le jeune
Velazquez, qui m'attendoit dans une
maison où il m'avoit donné rendez-vous,
& je le ravis, en lui apprenant ce que je
venois de faire. Il fut si content de moi,
qu'il m'accabla de caresses & m'offrit gé-
nereusement la moitié des especes qui
étoient dans le sac, ce que je refusai.
Non, non, Monsieur, lui dis-je, ce premier sac est pour vous seul ; servez-vous
en pour vos besoins. Je retournerai inces-

fâment au coffre-fort où, grace au Ciel, il
y a de l'argent pour nous deux. En effet
trois jours après, j'enlevai un second fac
où il y avoit ainsi que dans le premier cinq
cens écus, desquels je ne voulus accepter que le quart, quelques instances que
me fit Gafpard pour m'obliger à les partager avec lui fraternellement.

Sitôt que ce jeune homme se vit si bien
en fonds, & par conséquent en état de satif-
faire la paffion qu'il avoit pour les femmes & pour le jeu, il s'y abandonna tout
entier; il eut même le malheur de s'enté-
ter d'une de ces fameufes Coquettes qui
dévorent & engloutiffent en peu de tems
les plus gros patrimoines : Il se jetta pour
elle dans une dépense effroyable; ce qui
me mit dans la nécessité de rendre tant de
visites au coffre-fort que le vieux Velazquez s'apperçut enfin qu'on le voloit. Scipion, me dit-il un matin, il faut que je
te faffe une confidence : quelqu'un me
volé, mon ami; on a ouvert mon coffre-
fort; on en a tiré plusieurs facs ; c'est un
fait conftant. Qui dois-je accufer de ce
larcin? ou plûtôt, quel autre que mon
fils peut l'avoir fait ? Gafpard fera furti-
vement entré dans ma chambre, ou bien
tu l'y auras toi-même introduit, car je

M ij

fuis tenté de te croire d'accord avec lui,
quoique vous paroissiez tous deux fort
mal ensemble. Néanmoins je ne veux pas
écouter ce soupçon, puisque le P. Alexis
m'a répondu de ta fidélité. Je répondis
que grace à Dieu le bien d'autrui ne me
tentoit point, & j'accompagnai ce men-
fonge d'une grimace hipocrite qui me fervit d'apologie.

Effectivement le Vieillard ne m'en
parla plus ; mais il ne laissa pas de m'en-
veloper dans sa défiance, & prenant
des précautions contre nos attentats,
il fit mettre à fon coffre-fort une nouvelle serrure dont il porta toujours depuis la clef dans ses poches. Par ce
moyen tout commerce étant rompu
entre nous & les facs, nous demeura-
mes fort fots, particulierement Gafpard,
qui ne pouvant plus faire la même dépenfe pour fa Nymphe, craignit d'être obligé de ne la plus voir. Il eut pourtant l'efprit d'imaginer un expédient qui le fit
rouler encore quelques jours, & cet in-
genieux expedient fut de s'approprier par
forme d'emprunt tout ce qui m'étoit revenu des faignées que j'avois faites au coffre-fort. Je lui donnai jufqu'à la derniere
piece ; ce qui pouvoit, ce me femble, paffer

pour une reftitution anticipée que je faifois au vieux Marchand dans la perfonne
de fon heritier.

Ce jeune homme, lorfqu'il eut épuifé
cette reffource, confidérant qu'il n'en
avoit plus aucune autre, tomba dans une
profonde & noire mélancolie qui troubla
peu à peu fa raifon. Il ne regarda plus fon
pere que comme un homme qui faifoit
tout le malheur de fa vie. Il entra dans un
vif défefpoir, & fans être retenu par la
voix du fang, le miferable conçut l'horrible deffein de l'empoifonner ; il ne fe contenta pas de me faire confidence de cet
exécrable projet, il me propofa même de
fervir d'inftrument à fa vengeance. A
cette propofition, je me fentis faifi d'effroi : Monfieur, lui dis-je, eft-il poffible
que vous foyez affez abandonné du Ciel
pour avoir formé cette abominable réfolution ? Quoi vous feriez capable de donner la mort à l'auteur de vos jours ! On
verroit en Efpagne, dans le fein du Chrif-
tianifme commettre un crime dont la feule idée feroit horreur aux Nations les plus
barbares. Non, mon cher Maître, ajoutai-je en me mettant à fes genoux, non,
vous ne ferez point une action qui foule-
veroit contre vous toute la terre, & qui fe-

roit suivie d'un infame châtiment.

Je tins encore d'autres difcours à Gafpard pour le détourner d'une entreprife
fi coupable. Je ne fçais où j'allai prendre
tous les raifonnemens d'honnête-homme
dont je me fervis pour combatre fon défefpoir ; mais il eft certain que je lui parlai comme un Docteur de Salamanque,
tout jeune, & tout fils que j'étois de la
Cofcolina. Cependant j'eus beau lui re-
préfenter qu'il devoit rentrer en lui-même & rejetter courageufement les penfées
déteftables dont fon efprit étoit affailli,
toute mon éloquence fut inutile. Il baiffa
la tête fur fon eftomach ; & gardant un
morne filence, quelque chofe que je puf-
fe lui dire, il me fit juger qu'il n'en dé-
mordroit point.

Là deffus prenant mon parti, je demandai un fecret entretien à mon vieux
Maître, avec lequel m'étant enfermé :
Monfieur, lui dis-je, souffrez que je me
jette à vos pieds & que j'implore votre
mifericorde. En achevant ces paroles, je
me profternai devant lui avec beaucoup
d'émotion & le vifage baigné de larmes.
Le Marchand furpris de mon action & de
mon air troublé, me demanda ce que
j'avois fait. Une faute dont je me repens,

Jui répondis-je , & que je me reprocherai
toute ma vie. J'ai eu la foibleſſe d'écouter votre fils & de l'aider à vous voler. En
même tems je lui fis un aveu ſincere de
tout ce qui s'étoit paſſé à ce ſujet ; après
quoi , je lui rendis compte de la converſation que je venois d'avoir avec Gaſpard
dont je lui révelai le deſſein ſans oublier
la moindre circonſtance.

Quelque mauvaiſe opinion que le
vieux Vélazquez eût de ſon fils , à peine
pouvoit il ajouter foi à ce diſcours. Nean-
moins ne doutant point que mon rapport
ne fût veritable: Scipion , me dit-il en me
relevant , car j'étois toujours à ſes pieds ,
je te pardonne en faveur de l'avis important que tu viens de me donner. Gaſpard,
pourſuivit-il en élevant la voix , Gaſpard
en veut à mes jours ! Ah ! fils ingrat ,
monſtre qu'il eût mieux valu étouffer en
naiſſant que laiſſer vivre pour devenir un
parricide, quel ſujet as-tu d'attenter ſur
ma vie? Je te fournis tous les ans une
ſomme raiſonnable pour tes plaiſirs &
tu n'es pas content ! faut il donc pour te
ſatisfaire que je te permette de diſſiper
tous mes biens. Ayant fait cette apoſtro-
phe amere , il me recommanda le ſecret,
& me dit de le laiſſer ſeul ſonger à ce

qu'il avoit à faire dans une conjoncture
fi délicate.

J'étois fort en peine de sçavoir quelle
réfolution prendroit ce père infortuné,
lorſque le même jour il fit appeller Gafpard, & lui tint ce difcours fans lui rien
témoigner de ce qu'il avoit dans l'ame,
Mon fils, j'ai reçu une lettre de Merida,
d'où l'on me mande que fi vous voulez
vous marier, on vous offre une fille de
quinze ans, parfaitement belle & qui
vous apportera une riche dot. Si vous n'a-
vez point de répugnance pour le mariage,
nous partirons demain au lever de l'Aurore pour Merida ; nous verrons la perfonne qu'on vous propofe, & fi elle eſt
de votre goût vous l'épouferez. Gafpard entendant parler d'une riche dot &
croyant déja la tenir, repondit fans hé-
fiter qu'il étoit prêt à faire ce voyage ; fi
bien qu'ils partirent le lendemain dès la
pointe du jour, tous deux feuls & montés fur de bonnes mules.

Quand ils furent dans les montagnes
de Fefira, & dans un endroit auffi cheri
des voleurs que redouté des paffans, Baltazar mit pied à terre en difant à fon fils
d'en faire autant. Le jeune homme obéit,
& demanda pourquoi dans ce lieu-là on
le

le faifoit defcendre de fa mule : Je vais te
l'aprendre, lui répondit le Vieillard en
l'envifageant avec des yeux où fa douleur
& fa colere étoient peintes : Nous n'irons
point à Merida ; & l'himen dont je t'ai
parlé n'eft qu'une fable que j'ai inventée
pour t'attirer ici. Je n'ignore pas, fils ingrat & dénaturé, je n'ignore pas le for-
fait que tu médites. Je fçais qu'un poifon
préparé par tes foins me doit être préfen-
té ; mais infenfé que tu es, as-tu pû te
flatter que tu m'ôterois de cette façon impunément la vie ? Quelle erreur ! Ton crime feroit bientôt découvert, & tu péri-
rois par la main d'un Bourreau. Il eft, continua-t-il, un moyen plus fûr de contenter ta rage, fans t'expofer à une mort
ignominieufe ; nous fommes ici fans témoins & dans un endroit où fe commet-
tent tous les jours des affaffinats ; puifque tu es fi altéré de mon fang, enfonce
ton poignard dans mon fein : on impu-
tera ce meurtre à des brigans. A ces mots,
Baltazar découvrant fa poitrine, & marquant la place de fon cœur à fon fils :
Tiens, Gafpard, ajouta-t-il, porte moi là
un coup mortel pour me punir d'avoir
produit un fcelerat comme toi.

Le jeune Velazquez frapé de ces paroles

Tome IV. N

comme d'un coup de tonnerre, bien-
loin de chercher à se justifier, tomba tout à-coup sans sentiment aux pieds
de son pere. Ce bon Vieillard le voyant
dans cet état qui lui parut un commencement de repentir, ne put s'empêcher de
ceder à la foiblesse de la paternité ; il
s'empressa de le secourir, mais Gaspard
n'eut pas sitôt repris l'usage de ses sens,
que ne pouvant soutenir la présence d'un
pere si justement irrité, il fit un effort
pour se relever ; il remonta sur sa mule,
& s'éloigna sans dire une parole. Baltazar
le laissa disparoître, & l'abandonnant à ses
remords, revint à Cordoue, où six mois
après il apprit qu'il s'étoit jetté dans la
Chartreuse de Séville pour y passer le reste de ses jours dans la pénitence.

CHAPITRE XII.

Fin de l'histoire de Scipion.

LE mauvais exemple produit quelquefois de très-bons effets. La conduite que le jeune Velazquez avoit tenuë me fit faire de sérieuses réflexions
sur la mienne. Je commençai à combattre

mes inclinations furtives, & à vivre en Garçon d'honneur. L'habitude que j'avois de me saisir de tout argent que je pouvois prendre étoit formée par tant d'actes réiterés, qu'elle n'étoit pas aisée à vaincre. Cependant j'esperois en venir à bout, m'imaginant que pour devenir vertueux il ne falloit que le vouloir véritablement. J'entrepris donc ce grand ouvrage, & le Ciel sembla benir mes efforts; je cessai de regarder d'un œil de cupidité le coffre-fort du vieux Marchand; je crois même qu'il n'eût tenu qu'à moi d'en tirer des sacs, que je n'en aurois rien fait : j'avoüerai pourtant qu'il y auroit eu de l'imprudence à mettre à cette épreuve mon integrité naissante : Aussi Velazquez s'en garda bien.

Dom Manrique de Medrano, jeune gentil-homme & Chevalier de l'Ordre d'Alcantara, venoit souvent au logis. Nous avions sa pratique, qui étoit une de nos plus nobles, si elle n'étoit pas une de nos meilleures. J'eus le bonheur de plaire à ce Cavalier, qui toutes les fois qu'il me rencontroit m'agaçoit toujours pour me faire parler, & paroissoit m'écouter avec plaisir. Scipion, me dit-il un jour, si j'avois un Laquais de ton humeur, je croi-

rois posseder un tresor ; & si tu n'apparte-
nois pas à un homme que je considere,
je n'épargnerois rien pour te débaucher.
Monsieur, lui répondis-je, vous auriez
peu de peine à y réussir, car j'aime d'inclination les personnes de qualité : c'est
ma folie ; leurs manieres aisées m'enle-
vent. Cela étant, reprit Dom Manrique,
je veux prier le Seigneur Baltazar de consentir que tu passes de son service au
mien : je ne crois pas qu'il me refuse cette
grace. Véritablement Velazquez la lui
accorda d'autant plus facilement, qu'il ne
croyoit pas la perte d'un Laquais fripon
irréparable. De mon côté, je fus bien aise
de ce changement, le Valet d'un Bourgeois ne me paroissant qu'un gredin en
comparaison du Valet d'un Chevalier
d'Alçantara.

Pour vous faire un portrait fidele de
mon nouveau Patron, je vous dirai que
c'étoit un Cavalier doüé de la plus aimable figure, & qui revenoit à tout le monde par la douceur de ses mœurs, & par
son bon esprit. D'ailleurs il avoit beaucoup de valeur & de probité : il ne lui
manquoit que du bien ; mais cadet d'une
Maison plus illustre que riche, il étoit
obligé de vivre aux dépens d'une vieille

tinte qui demeuroit à Tolede, & qui l'ai-
mant comme un fils, avoit soin de lui faire
tenir l'argent dont il avoit besoin pour
s'entretenir. Il étoit toujours vêtu proprement : on le recevoit fort bien par-
tout. Il voyoit les principales Dames de
la Ville, & entr'autres la Marquise d'Al-
menara. C'étoit une Veuve de soixante-
douze ans, qui par ses manieres engagean-
tes & les agrémens de son esprit, attiroit
chez elle toute la noblesse de Cordoüe :
Les hommes ainsi que les femmes se plai-
soient à son entretien, & l'on appelloit
sa Maison *la bonne compagnie.*

Mon Maître étoit un des plus assidus
Courtisans de cette Dame. Un soir qu'il
venoit de la quitter, il me parut avoir un
air animé qui ne lui étoit pas naturel.
Seigneur, lui dis-je, vous voilà bien agité ; votre fidele Serviteur peut-il vous
en demander la cause ? Ne vous seroit-il
point arrivé quelque chose d'extraordinaire ? Le Chevalier sourit à cette question ; & m'avoüa qu'effectivement il étoit
occupé d'une conversation sérieuse qu'il
venoit d'avoir avec la Marquise d'Alme-
nara. Je voudrois bien, lui dis-je en
riant, que cette Mignone septuagénaire
vous eût fait une déclaration d'amour.

Ne pense pas te moquer, me répondit-il, apren, mon ami, que la Marquise m'aime : Chevalier, m'a-t-elle dit, je connois votre peu de fortune comme votre noblesse ; j'ai de l'inclination pour vous, & j'ai résolu de vous épouser pour vous mettre à votre aise, ne pouvant honnêtement vous enrichir d'une autre maniere. Je sçais bien que ce mariage me donnera dans le monde un ridicule ; qu'on tiendra sur mon compte des discours medisans ; & qu'enfin je passerai pour une vieille folle qui veut se remarier. N'importe, je prétends mépriser les caquets pour vous faire un sort agréable : Tout ce que je crains, a-t-elle ajouté, c'est que vous n'ayez de la répugnance à répondre à mes intentions.

Voilà, poursuivit le Chevalier, ce que m'a dit la Marquise ; j'en suis d'autant plus étonné que c'est la femme de Cordouë la plus sage & la plus raisonnable ; aussi lui ai-je fait réponse, que j'étois surpris qu'elle me fist l'honneur de me proposer sa main, elle qui avoit toujours persisté dans la résolution de soutenir jusqu'au bout son veuvage : A quoi elle a reparti, qu'ayant des biens considerables, elle étoit bien aise de son vivant d'en faire part

à un honnête homme qu'elle cheriſſoit.
Vous êtes aparemment, repris-je, déterminé, à ſauter le foſſé. En peux-tu douter
me répondit-il ? La Marquiſe a des biens
immenſes avec les qualités du cœur & de
l'eſprit. Il faudroit que j'euſſe perdu le jugement pour laiſſer échapper un établiſſement ſi avantageux pour moi.

J'approuvai fort le deſſein où mon
Maître étoit de profiter d'une ſi belle occaſion de faire ſa fortune, & même je lui
conſeillai de bruſquer les choſes, tant je
craignois de les voir changer. Heureuſement la Dame avoit encore plus que moi
cette affaire à cœur ; elle donna de ſi bons
ordres que les préparatifs de ſon himénée
furent bientôt faits. Dès qu'on ſçut dans
Cordoüe que la vieille Marquiſe d'Alme-
nara ſe diſpoſoit à épouſer le jeune Dom
Manrique de Medrano, les railleurs commencerent à s'egayer aux dépens de cette
Veuve ; mais ils eurent beau s'épuiſer en
mauvaiſes plaiſanteries, ils ne la détour-
nerent point de ſon entrepriſe ; elle laiſſa
parler toute la Ville & ſuivit ſon Chevalier à l'Autel. Leurs noces furent
célébrées avec un éclat qui fournit
une nouvelle matiere à la médiſan-
ce. La Mariée, diſoit - on , auroit du-

moins dû par pudeur supprimer la pompe
& le fracas qui ne conviennent point du
tout aux vieilles Veuves qui prennent de
jeunes Epoux.

La Marquise, au lieu de se montrer hon-
teuse d'être à son âge femme du Chevalier, se livroit sans contrainte à la joye
qu'elle en ressentoit. Il y eut chez elle un
grand repas accompagné de symphonie,
& la fête finit par un bal où se trouva
toute la noblesse de Cordoüe de l'un &
de l'autre sexe. Sur la fin du bal, nos nouveaux Mariés s'échapperent pour gagner
un appartement, où s'étant enfermés avec
une femme de chambre & moi, la Marquise adressa ces paroles à mon Maître :
Dom Manrique, voici votre appartement,
le mien est dans un autre endroit de cette
Maison; nous passerons la nuit dans des
chambres séparées, & le jour nous vivrons ensemble comme une mere & son
fils. Le Chevalier y fut trompé d'abord :
il crut que la Dame ne parloit ainsi que
pour l'engager à lui faire une douce violence ; & s'imaginant devoir par politef-
se paroître passionné, il s'approcha d'elle
& s'offrit avec empressement à lui servir
de Valet de chambre ; mais bien loin de
lui permettre de la déshabiller, elle le re-

pouffa d'un air ferieux, & lui dit : Arrêtez,
D. Manrique; fi vous me prenez pour une
de ces tendres Vieilles qui fe remarient par
fragilité, vous êtes dans l'erreur : je ne vous
ai point époufé pour vous faire acheter les
avantages que je vous fais par notre Contrat de mariage ; ce font des dons purs de
mon cœur , & je n'exige de votre reconnoiffance que des fentimens d'amitié. A
ces mots , elle nous laiffa mon Maitre &
moi dans notre appartement, & fe retira
dans le fien avec fa Suivante , en défen-
dant abfolument au Chevalier de l'accompagner.

Après fa retraite nous demeurâmes affez long-tems fort étourdis de ce que
nous venions d'entendre. Scipion, me dit
mon Maître , te ferois-tu jamais attendu
au difcours que la Marquife m'a tenu ?
Que penfes-tu d'une pareille Dame ? Je
penfe , Monfieur , lui répondis-je, que
c'eft une femme comme il n'y en a point.
Quel bonheur pour vous de l'avoir ! C'eft
poffeder un benéfice fans être tenu d'acquitter les charges. Pour moi , reprit
Dom Manrique , j'admire une époufe
d'un caractere fi eftimable , & je prétends
compenfer par toutes les attentions imaginables le facrifice qu'elle fait à fa déli-

catesse. Nous continuâmes à nous entretenir de la Dame , & nous allâmes ensuite
nous reposer, moi sur un grabat dans une
garderobe & mon Maître dans un beau lit
qu'on lui avoit préparé , & où je crois
qu'au fond de son ame il ne fut pas fâché
de coucher seul , & d'en être quitte pour
la peur.

Les réjoüissances recommencerent le
jour suivant & la nouvelle mariée parut
de si belle humeur, qu'elle donna beau
jeu aux mauvais plaisans. Elle rioit toute
la premiere de ce qu'ils disoient ; elle ex-
citoit même les rieurs à s'égayer , en se
prêtant de bonne grace à leurs saillies. Le
Chevalier de son côté ne se montroit pas
moins content que son épouse ; & l'on
eut dit à l'air tendre dont il la regardoit
& lui parloit, qu'il étoit dans le goût de
la vieillesse. Les deux époux eurent le
soir une nouvelle conversation, où il fut
décidé que sans se gêner l'un l'autre ils
vivroient de la même façon qu'ils avoient
vécu avant leur mariage. Cependant il
faut donner cette loüange à Dom Manrique : il fit par considération pour sa femme ce que peu de maris eussent fait à sa
place ; il abandonna une petite Bourgeoise qu'il aimoit , & dont il étoit aimé,

me voulant pas, dit-il, entretenir un commerce qui sembleroit insulter à la conduite délicate que son épouse tenoit avec lui.

Tandis qu'il donnoit de si fortes marques de reconnoissance à cette vieille Dame . elle les payoit avec usure, quoiqu'elle les ignorât. Elle le rendit maître de son coffre-fort qui valoit mieux que celui de Velazquez. Comme elle avoit réformé sa maison pendant son veuvage, elle la remit sur le même pied où elle avoit été du vivant de son premier époux ; elle grossit son domestique, remplit ses écuries de chevaux & de mules ; en un mot par ses généreuses bontés le Chevalier, le plus gueux de l'Ordre d'Alcantara, en devint le plus riche. Vous me demanderez peut-être ce que je gagnai à tout cela : Je reçus cinquante pistoles de ma Maîtresse, & cent de mon Maître, qui de plus me fit son Secrétaire avec quatre cens écus d'apointemens ; il eut même assez de confiance en moi pour vouloir que je fusse son Trésorier.

Son trésorier, m'écriai-je, en interrompant Scipion dans cet endroit & en faisant un éclat de rire ! Oui, Monsieur, répliqua-t-il d'un air froid & sérieux, oui

son Tréforier ; j'ofe même dire que je me
fuis acquitté de cet emploi avec honneur.
Il eft vrai que je fuis peut-être redevable
de quelque chofe à la caiffe ; car comme
je prenois dedans mes gages d'avance,
& que j'ai quitté brufquement le fervice
du Chevalier, il n'eft pas impoffible que
le comptable foit en refte ; en tout cas
c'eft le dernier reproche qu'on ait à me
faire, puifque j'ai toujours été depuis ce
tems-là plein de droiture & de probité.

J'étois donc, pourfuivit le fils de la Cofcolina, Sécretaire, & Tréforier de Dom
Manrique, qui paroiffoit auffi content
de moi que j'étois fatisfait de lui, lorfqu'il reçut une lettre de Tolede par laquelle on lui mandoit que Dona Theodora Mofcofo fa tante étoit à l'extrémité. Il fut fi fenfible à cette nouvelle,
qu'il partit fur le champ pour fe rendre
auprès de cette Dame qui lui fervoit de
mere depuis plufieurs années. Je l'accompagnai dans ce voyage avec un Valet de
chambre & un Laquais feulement ; &
tous quatre montés fur les meilleurs chevaux de nos écuries nous gagnâmes en
diligence Tolede, où nous trouvâmes
Dona Theodora dans un état à nous faire
efperer qu'elle ne mourroit point de fa

maladie ; & véritablement nos pronostics, quoique contraires à celui d'un
vieux Médecin qui la gouvernoit, ne furent pas démentis par l'évenement.

Pendant que la santé de notre bonne
tante se rétablissoit à vûe d'œil, moins
peut-être par les remedes qu'on lui faisoit
prendre, que par la présence de son cher
neveu, Monsieur le Tresorier passoit
son tems le plus agréablement qu'il lui
étoit possible avec de jeunes gens dont la
connoissance étoit fort propre à lui procurer des occasions de dépenser son argent. Ils m'entrainoient quelquefois dans
des tripots, où ils m'engageoient à joüer
avec eux ; & n'étant pas aussi habile
joüeur que mon Maître Dom Abel, je
perdois beaucoup plus souvent que je ne
gagnois ; je prenois goût insensiblement au jeu, & si je me fusse entierement livré à cette passion, elle m'auroit
réduit sans doute à tirer de la caisse quelques quartiers d'avance : mais heureusement l'amour sauva la caisse, & ma vertu. Un jour comme je passois auprès de l'E-
glise *de los Reyés*, j'apperçus au travers
d'une jalousie dont les rideaux étoient ou-
verts, une jeune fille qui me parut moins
une mortelle qu'une Divinité. Je me ser-

virois d'un terme encore plus fort, s'il y
en avoit, pour mieux vous exprimer
l'impreſſion que ſa vûë fit ſur moi. Je
m'informai d'elle, & à force de perqui-
ſitions j'appris qu'elle ſe nommoit Beatrix, & qu'elle étoit Suivante de Dona
Julia, fille cadette du Comte de Polan.

Beatrix interrompit Scipion en riant à
gorge déployée; puis adreſſant la parole
à ma femme: Charmante Antonia, lui
dit-elle, regardez moi bien, je vous prie;
n'ai-je pas à votre avis l'air d'une Divinité?
Vous l'aviez alors à mes yeux, lui dit Scipion, & depuis que votre fidélité ne
m'eſt plus ſuſpecte, vous me paroiſſez plus
belle que jamais. Mon Sécretaire après
une répartie ſi galante pourſuivit ainſi ſon
hiſtoire.

Cette découverte acheva de m'enflam-
mer, non à la verité d'une ardeur légitime. Je m'imaginai que je triompherois
facilement de ſa vertu, ſi je la tentois par
des preſens capables de l'ébranler; mais
je jugeois mal de la chaſte Beatrix. J'eus
beau lui faire propoſer par des femmes
mercenaires ma bourſe & mes ſoins, elle
rejetta fierement mes propoſitions. Sa ré-
ſiſtance irrita mes deſirs. J'eus recours au
dernier expédient; je lui fis offrir ma

main, qu'elle accepta lorſqu'elle ſçut que j'étois Secretaire & Treſorier de Dom Manrique. Comme nous trouvâmes à pro-pos de cacher notre mariage pendant quelque tems, nous nous mariâmes ſecré-tement en préſence de la Dame Lorença Sephora, Gouvernante de Seraphine, & devant quelques autres Domeſtiques du Comte de Polan. Je n'eus pas plûtôt épou-ſé Beatrix, qu'elle me facilita les moyens de la voir le jour & de l'entretenir la nuit dans le jardin où je m'introduiſois par une petite porte dont elle me donna une clef. Jamais deux époux n'ont été plus contens que nous l'étions l'un de l'autre, Beatrix & moi : nous attendions avec une égale impatience l'heure du rendez-vous ; nous y courions avec le même em-preſſement ; & le tems que nous paſſions enſemble, quoiqu'il fût quelquefois aſ-ſez long, nous ſembloit toujours trop court.

Une nuit qui fut auſſi cruelle pour moi que les précedentes avoient été douces, je fus ſurpris, en voulant entrer dans le jardin, de trouver la petite porte ouverte. Cette nouveauté m'allarma ; j'en tirai un mauvais augure : je devins pâle & trem-blant, comme ſi j'euſſe préſſenti ce qui

m'alloit arriver ; & m'avançant dans l'obscurité vers un cabinet de verdure où j'a-
vois accoutumé de parler à mon épouse,
j'entendis la voix d'un homme. Je m'arrêtai tout à coup pour mieux oüir, &
mon oreille fut aussitôt frappée de ces paroles : *Ne me faites donc point languir, ma*
chere Beatrix, achevez mon bonheur ; son-
gez que votre fortune y est attachée. Au
lieu d'avoir la patience d'écouter encore,
je crus n'avoir pas besoin d'en entendre
davantage ; une fureur jalouse s'empara de
mon ame, & ne respirant que vengeance, je tirai mon épée & j'entrai brusque-
ment dans le cabinet. Ah ! lâche subor-
neur, m'écriai-je, qui que tu sois, il faut
que tu m'arraches la vie avant que tu
m'ôtes l'honneur. En disant ces mots,
je chargeai le Cavalier qui s'entretenoit
avec Beatrix. Il se mit promptement en
défense, & se battit en homme qui sça-
voit mieux faire des armes que moi, qui
n'avois reçu que quelques leçons d'escri-
me à Cordoüe. Cependant, tout grand
spadassin qu'il étoit, je lui portai un coup
qu'il ne put parer, ou plûtôt il fit un faux
pas ; je le vis tomber, & m'imaginant
l'avoir mortellement blessé, je m'enfuis
à toutes jambes, sans vouloir répondre à
Beatrix qui m'appelloit.   Oui

Oui vraîment, interrompit la femme de Scipion en nous adreſſant la parole, je l'appellois pour le tirer d'erreur. Le Cavalier avec qui je m'entretenois dans le cabinet, étoit Dom Fernand de Leyra. Ce Seigneur, qui aimoit Julie ma Maîtreſſe, avoit formé la réſolution de l'enlever, croyant ne pouvoir l'obtenir que par ce moyen ; & je lui avois moi-même donné rendez vous dans le jardin pour concerter avec lui cet enlevement, dont il m'aſſuroit que dépendoit ma fortune : mais j'eus beau appeller mon époux, il s'éloigna de moi comme d'une femme infidelle.

Dans l'état où je me trouvois, reprit Scipion, j'étois capable de tout. Ceux qui ſçavent par expérience ce que c'eſt que la jalouſie & quelles extravagances elle fait faire aux meilleurs eſprits, ne ſeront point étonnés du deſordre qu'elle produiſit dans mon foible cerveau. Je paſſai dans le moment d'une extrêmité à l'autre. Je ſentis ſucceder des mouvemens de haine aux ſentimens de tendreſſe que j'avois un inſtant auparavant pour mon épouſe. Je fis ferment de l'abandonner & de la bannir pour jamais de ma mémoire. D'ailleurs, je croyois avoir tué un Cavalier

& dans cette opinion craignant de tomber entre les mains de la Justice, j'éprouvois ce trouble funeste qui suit partout, comme une furie, un homme qui vient de faire un mauvais coup. Dans cette horrible situation ne songeant qu'à me sauver, je ne retournai point au logis, & je fortis à l'heure même de Tolede, n'ayant point d'autres hardes que l'habit dont j'étois revêtu. Il est vrai que j'avois dans mes poches une foixantaine de pistoles, ce qui ne laissoit pas d'être une assez bonne ressource pour un jeune homme qui se proposoit de vivre toujours dans la servitude.

Je marchai toute la nuit, ou pour mieux dire, je courus, car l'image des Alguazils toujours présente à mon esprit me donnoit sans cesse une nouvelle vigueur. L'Aurore me découvrit entre Rodillas & Maqueda. Lorsque je fus à ce dernier Bourg, me trouvant un peu fatigué, j'entrai dans l'Eglise qu'on venoit d'ouvrir, & après y avoir fait une courte priere, je m'assis sur un banc pour me reposer. Je me mis à rêver à l'état de mes affaires, qui n'avoient que trop de quoi m'occuper; mais je n'eus pas le tems de faire bien des réflexions. J'entendis retentir

l'Eglise de trois ou quatre coups de foüet,
qui me firent juger qu'il paſſoit par là
quelque Muletier. Je me levai auſſitôt
pour aller voir ſi je ne me trompois pas ;
& quand je fus à la porte, j'en aperçus
un, qui monté ſur une mule en menoit
deux autres en leſſe : Arrêtez, mon ami,
lui dis-je ; où vont ces mules ? A Madrid, me repondit-il. J'ai amené de-là ici
deux bons Religieux de S. Dominique, &
je m'en retourne.

L'occaſion qui ſe préſentoit de faire le
voyage de Madrid, m'en inſpira l'envie ;
je fis marché avec le Muletier ; je montai
ſur une de ſes mules, & nous pouſſâmes
vers Illeſcas où nous devions aller coucher. A péine fûmes nous hors de Maqueda,
que le Muletier, homme de trente-cinq
à quarante ans, commença d'entonner des
chants d'Eglise à pleine tête ; il débuta
par les prieres que les Chanoines diſent à
Matines, enſuite il chanta le *Credo* comme on le chante aux Grandes-Meſſes ; puis
paſſant aux Veſpres, il les dit ſans me faire
grace du *Magnificat.* Quoique le faquin
m'étourdît les oreilles, je ne pouvois
m'empêcher de rire ; je l'excitois même
à continuer quand il étoit obligé de s'arrêter pour reprendre haleine : Courage,

O ij

l'ami, lui difois-je, pourfuivez; fi le Ciel
vous a donné de bons poulmons, vous
n'en faites pas un mauvais ufage. Oh!
pour cela, non, s'écria-t-il; je ne reffém-
ble pas, Dieu merci, à la plûpart des
Voituriers qui ne chantent que des chan-
fons infâmes ou impies; je ne chante même jamais de Romances fur nos Guerres
contre les Maures; car ce font des chofes
du moins frivoles, fi elles ne font pas def-
honnêtes. Vous avez, lui repliquai je, une
pureté de cœur que les Muletiers ont ra-
rement; avec votre extrême délicateffe
fur le choix de vos chants, avez-vous auffi
fait vœu de chafteté dans les Hôteleries
où il y a de jeunes Servantes? Affuré-
ment, me repartit-il, la continence eft
encore une chofe dont je me pique dans
ces fortes de lieux; je ne m'y occupe que
du foin que je dois avoir de mes mules.
Je ne fus pas peu étonné d'entendre parler
de cette forte ce phénix des Muletiers, &
le tenant pour un homme de bien & d'efprit, je liai avec lui converfation après qu'il
eut chanté tout fon faoul.

Nous arrivâmes à Illefcas fur la fin de la
journée. Lorfque nous fûmes à l'Hôtelerie, je laiffai à mon compagnon le foin
des mules & j'entrai dans la cuifine, où

j'ordonnai à l'Hôte de nous préparer un bon souper; ce qu'il promit de faire si bien que je me souviendrois, dit-il, toute ma vie d'avoir logé chez lui. Demandez, ajouta-t-il, demandez à votre Muletier, quel homme je suis. Vive Dieu, je défierois tous les Cuisiniers de Madrid & de Tolede de faire une *Olla podrida,* comparable aux miennes. Je veux vous regaler ce soir d'un civé de lapreau de ma façon; vous verrez si j'ai tort de vanter mon sçavoir-faire. Là-dessus me montrant une casserole où il y avoit, à ce qu'il disoit, un lapin déja tout haché: Voilà, continua-t-il, ce que je prétends vous donner. Quand j'aurai mis là dedans, du poivre, du sel, du vin, un paquet de fines herbes, & quelques autres ingrediens que j'employe dans mes sauces, j'espere que je vous servirai tantôt un ragoût digne d'un Contador Mayor.

L'Hôte, après avoir ainsi fait son éloge, commença d'aprêter le souper. Pendant qu'il y travailloit, j'entrai dans une salle, où m'étant couché sur un grabat que j'y trouvai, je m'endormis de fatigue, n'ayant pris aucun repos la nuit précedente. Au bout de deux heures, le Muletier vint me réveiller: Mon Gentil-hom-

me, me dit-il, votre souper est prêt;
venez, s'il vous plaît, vous mettre à table.
Il y en avoit dans la salle une sur laquelle
étoient deux couverts. Nous nous y assî-
mes le Muletier & moi, & l'on nous apporta le civé: je me jettai dessus avide-
ment, & je le trouvai d'un goût exquis,
soit que la faim m'en fit juger trop favorablement, soit que ce fût un effet des ingrediens du Cuisinier. On nous servit ensuite un morceau de mouton roti; & remarquant que le Muletier ne faisoit honneur qu'à ce dernier plat, je lui demandai pourquoi il ne touchoit point à l'autre. Il me répondit en souriant, qu'il n'aimoit pas les ragoûts. Cette réponse, ou
plutôt le souris dont il l'avoit accompa-
gnée me parut misterieux. Vous me cachez,
lui dis-je, la véritable raison qui vous empêche de manger de ce civé; faites-moi le
plaisir de me l'apprendre. Puisque vous
êtes si curieux de le sçavoir, reprit-il, je
vous dirai que j'ai de la répugnance à me
bourrer l'estomac de ces sortes de ragoûts, depuis qu'en allant de Tolede à
Cuença, on me servit un soir dans une
Hôtelerie pour un lapin de garenne un
matou en hachis; cela m'a dégoûté des
fricassées.

Le Muletier ne m'eut pas fitôt dit ces paroles, que malgré la faim qui me dévoroit, l'appetit me manqua tout-à-coup. Je me mis en tête que je venois de manger d'un lapin fuppofé, & je ne regardai plus le ragoût qu'en faifant la grimace. Mon Compagnon ne me guérit pas l'efprit làdeffus en me difant que les Maîtres d'Hôteleries en Efpagne faifoient affez fouvent ce *qui pro quo*, de même que les Pâtiffiers. Le difcours, comme vous voyez, étoit fort confolant ; auffi je n'eus plus aucune envie de retourner au civé, pas même de toucher au plat de roti, de peur que le mouton ne fût pas mieux vérifié que le lapin. Je me levai de table en maudiffant le ragoût, l'Hôte & l'Hôtelerie, & m'étant recouché fur le grabat, j'y paffai la nuit plus tranquilement que je ne m'y étois attendu. Le jour fuivant de grand matin, après avoir payé mon Hôte auffi graffement que s'il m'eût fort bien traité, je m'éloignai d'Illefcas, l'imagination encore fi remplie du civé, que je prenois pour des chats tous les animaux que j'apperçevois.

J'arrivai de bonne heure à Madrid, où fitôt que j'eus fatisfait mon Muletier, je loüai une chambre garnie auprès de la

Porte du Soleil. Mes yeux quoiqu'accoutumés au grand monde ne laissèrent pas d'être éblouis du concours de Seigneurs qu'on voit ordinairement dans le quartier de la Cour. J'admirai la prodigieuse quantité de carosses, & le nombre infini de Gentilshommes, de Pages & de Laquais qui étoient à la suite des Grands. Mon admiration redoubla, lorsqu'étant allé au lever du Roi, j'apperçus ce Monarque environné de ses Courtisans. Je fus charmé de ce spectacle, & je dis en moi-même : Je ne m'étonne plus d'avoir ouï dire qu'il faut voir la Cour de Madrid pour en concevoir toute la magnificence ; je suis ravi d'y être venu ; j'ai un pressentiment que j'y ferai quelque chose. Je n'y fis pourtant rien, que quelques connoissances infructueuses. Je dépensai peu à peu mon argent, & je fus trop heureux de me donner avec tout mon merite à un Pédant de Salamanque, qu'une affaire de famille avoit attiré à Madrid où il étoit né, & que le hazard me fit connoître. Je devins son *factotum*, & je le suivis à son Université lorsqu'il y retourna.

Mon nouveau Patron se nommoit Dom Ignacio de Ipigna. Il prenoit le *Dom* pour avoir été Précepteur d'un Duc, qui lui
faisoit

faifoit par reconnoiffance une penfion à
vie; il en avoit une autre comme Profef-
feur émerite du College, & de plus, il tiroit tous les ans du public un revenu de
deux ou trois cens piftoles par les livres
de morale dogmatique qu'il avoit coutume de faire imprimer. La maniere dont il
compofoit fes ouvrages merite bien que
j'en faffe une glorieufe mention. Il paffoit
prefque toute la journée à lire les Auteurs
Hebreux, Grecs & Latins, & à mettre fur
un petit carré de papier chaque Apophte-
gme ou penfée brillante qu'il y trouvoit. A
mefure qu'il rempliffoit des carrés, il
m'employoit à les enfiler dans un fil de fer
en forme de guirlande, & chaque guirlande
faifoit un tome. Que nous faifions de
mauvais livres! Il ne fe paffoit guere de
mois que nous ne fiffions pour le moins
deux volumes, & auffitôt la preffe en ge-
miffoit: ce qu'il y a de plus furprenant,
c'eft que ces compilations fe donnoient
pour des nouveautés; & fi les Critiques
s'avifoient de reprocher à l'Auteur qu'il
pilloit les Anciens, il leur répondoit avec
une orgueilleufe effronterie: *Furto lætamur
in ipfo.*

Il étoit auffi grand Commentateur, &

P

il y avoit tant d'érudition dans ses com-
mentaires, qu'il faisoit souvent des remar-
ques sur des choses qui n'étoient pas dignes d'être remarquées ; comme sur ses
carrés de papier il écrivoit quelque fois
très-mal-àpropos des passages d'Hésiode
& d'autres Auteurs. Je ne laissai pas de
profiter chez ce Sçavant. Il y auroit de
l'ingratitude à n'en pas convenir : j'y per-
fectionnai mon écriture à force de copier
ses ouvrages ; & si me traitant en élève
plûtôt qu'en Valet il eut soin de me former l'esprit, il ne négligea point mes
mœurs. Scipion, me disoit-il, quand par
hazard il entendoit dire que quelque Domestique avoit fait une friponnerie, prens
bien garde, mon Enfant de suivre le
mauvais exemple de ce fripon. Il faut
qu'un Valet serve son Maître avec autant
de fidelité que de zele. En un mot, Dom
Ignacio ne perdoit aucune occasion de
me porter à la vertu ; & ses exhortations
faisoient sur moi un si bon effet, que je
n'eus pas la moindre tentation de lui joüer
quelque tour pendant quinze mois que je
demeurai chez lui.

J'ai déja dis que le Docteur de Ipigna
étoit originaire de Madrid ; il y avoit

une parente , appellée Catalina , qui étoit Femme de chambre de Madame la Nourrice. Cette Soubrette , qui est la même dont je me suis servi depuis pour tirer de la Tour de Segovie le Seigneur de Santillane , ayant envie de rendre service à Dom Ignacio, engagea sa Maîtresse à demander pour lui un benefice au Duc de Lerme. Ce Ministre le fit nommer à l'Archidiaconat de Grenade , lequel étant en païs conquis est à la nomination du Roi. Nous partimes pour Madrid sitôt que nous eumes appris cette nouvelle, le Docteur voulant remercier ses bienfaictrices avant que d'aller à Grenade. J'eus plus d'une occasion de voir Catalina, & de lui parler. Mon humeur enjouée & mon air aisé lui plurent ; de mon côté, je la trouvai si fort à mon gré que je ne pus me défendre de répondre aux petites marques d'amitié qu'elle me donna ; enfin nous nous attachâmes l'un à l'autre. Pardonnez-moi cet aveu , ma chere Beatrix ; comme je vous croyois infidelle, cette erreur doit me sauver de vos reproches.

Cependant le Docteur Dom Ignacio se préparoit à partir pour Grenade. Sa parente & moi effrayés de la prochaine séparation qui nous ménaçoit, nous eumes recours à un expedient qui nous en préserva : je feignis d'être malade, je me plaignis de la tête, je me plaignis de la poitrine, & fis toutes les démonstrations d'un homme accablé de tous les maux du monde. Mon Maître appella un Medecin qui me dit bonnement, après m'avoir bien observé, que ma maladie étoit plus serieuse qu'on ne pensoit, & que selon toutes les apparences je garderois long-tems la chambre. Le Docteur impatient de se rendre à sa Cathedrale, ne jugea point à propos de retarder son départ, il aima mieux prendre un autre Garçon pour le servir, il se contenta de m'abandonner aux soins d'une Garde à laquelle il laissa une somme d'argent pour m'enterrer si je mourois, ou pour recompenser mes services, si je revenois de ma maladie.

Sitôt que je sçus D. Ignacio parti pour Grenade, je fus gueri de tous mes maux. Je me levai, je congediai mon Medecin, qui avoit tant de penetration, & je me defis de ma Garde qui me vola plus de la moitié des especes qu'elle devoit me remettre. Tandis que je faisois ce personnage, Catilina jouoit un autre rolle auprès de Doña Anna de Guevara fa Maîtreffe, à laquelle faifant entendre que j'étois ad-mirable pour l'intrigue, elle lui mit dans l'efprit de me choifir pour un de fes Agens. Madame la Nourrice, à qui l'amour des richeffes faifoit fouvent former des entre-prifes, ayant befoin de pareils Sujets, me reçut parmi fes Domeftiques, & ne tar-da guere à m'éprouver. Elle me donna des commiffions qui demandoient un peu d'adreffe, & fans vanité je ne m'en aqui-tai point mal; auffi fut-elle autant fatif-faite de moi que j'eus lieu d'être mécon-tent d'elle. La Dame étoit fi avare, qu'el-le ne me faifoit pas la moindre part des fruits qu'elle recüeilloit de mon induftrie & de mes peines. Elle s'imaginoit qu'en me payant exactement mes gages, elle en ufoit avec moi affez généreufement. Cet excès d'avarice m'auroit bientôt fait for-tir de chez elle, fi je n'y euffe été retenu par les bontés de Catalina, qui s'enflam-mant de plus en plus tous les jours me propofa formellement de l'époufer.

Doucement, lui dis je, mon aimable, cette ceremonie ne fe peut faire entre nous fi promptement, il faut auparavant que j'apprenne la mort d'une jeune per-

ſonne qui vous a prévenue, & dont je
ſuis devenu l'Epoux pour mes pechez. A
d'autres, me repondit Catalina, vous
vous dites marié, pour me cacher poliment la repugnance que vous avez à me
prendre pour votre épouſe. Je lui proteſ-
tai vainement que je lui diſois la vérité,
mon aveu ſincere lui parut une défaite;
& s'en trouvant offenſée, elle changea de
manieres à mon égard. Nous ne nous
brouillames point; mais notre commerce
ſe refroidit à vûë d'œil, & nous n'eumes plus l'un pour l'autre que des égards
de bienſeance & d'honnêteté.

Dans cette conjoncture j'appris qu'il
falloit un Laquais au Seigneur Gil Blas de
Santillane, Secrétaire du premier Miniſtre
de la Couronne d'Eſpagne, & ce poſte me
flatta d'autant plus, qu'on m'en parla comme du plus gracieux que je puſſe occuper.
Le Seigneur de Santillane, me dit-on,
eſt un Cavalier plein de mérite, un garçon
cheri du Duc de Lerme, & qui par conſe-
quent ne ſçauroit manquer de pouſſer
loin ſa fortune: d'ailleurs il a le cœur
genereux; en faiſant ſes affaires vous ferez
fort bien les vôtres. Je ne négligeai point
cette occaſion; j'allai me préſenter au Sei-

gneur Gil Blas, pour qui d'abord je me
fentis naître de l'inclination, & qui m'arrêta fur ma phifionomie. Je ne balançai
point à quitter pour lui Madame la Nourrice; & il fera, s'il plaît au Ciel, le dernier
de mes Maîtres.

Scipion finit fon Hiftoire en cet endroit. Puis m'adreffant la parole : Seigneur de Santillane, ajouta-t'il, faites-
moi la grace de temoigner à ces Dames
que vous m'avez toujours connu pour un
ferviteur auffi fidele que zélé. J'ai befoin
de votre témoignage pour leur perfua-
der que le fils de la Cofcolina a purgé fes
mœurs, & fait fucceder de vertueux fentimens à fes mauvaifes inclinations.

Oui, Mefdames, dis-je alors, c'eft de quoi
je puis vous répondre. Si dans fon enfance
Scipion étoit un vrai *Picaro*, il s'eft depuis fi bien corrigé, qu'il eft devenu le modele d'un parfait Domeftique. Bien loin
d'avoir quelques reproches à lui faire fur
la conduite qu'il a tenuë avec moi, je dois
plûtôt avoüer que je lui ai de grandes
obligations. La nuit qu'on m'enleva pour
me conduire à la Tour de Segovie, il fau-
va du pillage & mit en fureté une partie
de mes effets qu'il pouvoit impunément

s'approprier ; il ne se contenta pas même de songer à conserver mon bien , il vint par pure amitié s'enfermer avec moi dans ma prison , préferant aux charmes de la liberté le triste plaisir de partager mes peines.

Fin du dixieme Livre.

HISTOIRE
DE
GIL BLAS
DE SANTILLANE.

✦✧✦✧✦✧✦✧✦✧✦✧✦✧✦✧✦✧✦✧

LIVRE ONZIE'ME.

CHAPITRE PREMIER.

De la plus grande joïe que Gil Blas ait jamais sentie, & du triste accident qui la troubla : Des changemens qui arriverent à la Cour, & qui furent cause que Santillane y retourna.

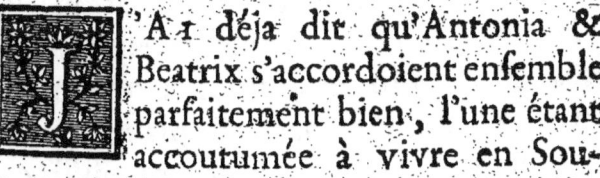

'A 1 déja dit qu'Antonia & Beatrix s'accordoient ensemble parfaitement bien, l'une étant accoutumée à vivre en Soubrette soumise, & l'autre s'accoutumant

volontiers à faire la Maîtresse. Nous étions,
Scipion & moi, des maris trop galants &
trop cheris de nos femmes pour n'avoir
pas bientôt la satisfaction d'être peres;
elles devinrent enceintes presque en même tems. Beatrix accoucha la premiere,
mit au monde un fille, & peu de jours
après Antonia nous combla tous de joïe
en me donnant un fils. J'envoyai mon
Secretaire à Valence porter cette nouvelle
au Gouverneur, qui vint à Lirias avec
Seraphine & la Marquise de Pliego tenir
les Enfans sur les Fonds, se faisant un
plaisir d'ajoûter ce témoignage d'affection
à tous ceux que j'avois déja reçus de lui.
Mon fils, qui eut pour parain ce Seigneur,
& pour maraine la Marquise, fut nommé
Alphonse, & Madame la Gouvernante
voulant que j'eusse l'honneur d'être dou-
blement son compere, tint avec moi la
fille de Scipion, à laquelle nous donnâmes
le nom de Seraphine.

La naissance de mon fils ne réjoüit pas
seulement les personnes du Château; les
Habitans de Lirias la célébrerent aussi par
des fêtes qui firent connoître que tout le
Hameau prenoit part au plaisir de son
Seigneur. Mais helas! nos réjoüissances
ne furent pas de longue durée; ou, pour

mieux dire, elles se convertirent tout-à-
coup en gémissemens, en plaintes, en
lamentations par un évenement que plus
de vingt années n'ont pû me faire oublier,
& qui sera toujours present à ma pensée :
mon fils mourut, & sa mere, quoiqu'elle
fût heureusement accouchée de lui, le
suivit de près; une fiévre violente emporta
ma chere épouse après quatorze mois de
mariage. Que le Lecteur conçoive, s'il
est possible, la douleur dont je fus saisi;
je tombai dans un accablement stupide;
à force de sentir la perte que je faisois, j'y
paroissois comme insensible. Je fus cinq
ou six jours dans cet état; je ne voulois
prendre aucune nourriture, & je crois que
sans Scipion, je me serois laissé mourir de
faim ou que la tête m'auroit tourné : mais
cet adroit Secretaire sçut tromper ma
douleur en s'y conformant; il trouvoit le
secret de me faire avaler des bouillons en
me les presentant d'un air si mortifié qu'il
sembloit me les donner moins pour conserver ma vie que pour nourrir mon
affliction.

Cet affectionné Serviteur écrivit à Dom
Alphonse pour l'informer du malheur
qui m'étoit arrivé & de la situation pitoyable où je me trouvois. Ce Seigneur

tendre & compatiſſant, cet ami généreux
ſe rendit bientôt à Lirias. Je ne puis ſans
m'attendrir rappeller le moment où il
s'offrit à mes yeux : Mon cher Santillane,
me dit-il en m'embraſſant, je ne viens
point ici pour vous conſoler; j'y viens
pleurer avec vous Antonia, comme vous
pleureriez avec moi Seraphine ſi la Parque
me l'eût ravie. Effectivement il répandit
des larmes & confondit ſes ſoûpirs avec
les miens : tout accablé que j'étois de ma
triſteſſe, je reſſentis vivement les bontés
de Dom Alphonſe.

Ce Gouverneur eut avec Scipion un
long entretien ſur ce qu'il y avoit à faire
pour vaincre ma douleur. Ils jugerent
qu'il falloit pour quelque tems m'éloigner de Lirias où tout me retraçoit ſans
ceſſe l'image d'Antonia. Sur quoi le fils
de Dom Ceſar me propoſa de m'emmener
à Valence, & mon Secretaire appuya ſi
bien la propoſition que je l'acceptai. Je
laiſſai Scipion & ſa femme au Château,
dont le ſéjour véritablement ne ſervoit
qu'à irriter mes ennuis, & je partis avec
le Gouverneur. Lorſque je fus à Valence,
Dom Ceſar & ſa belle-fille n'épargnerent
rien pour faire diverſion à mon chagrin;
ils mirent tour à tour en uſage les amuſe-

mens les plus propres à me diffiper ; mais malgré tous leurs foins je demeurai plongé dans une mélancolie dont ils ne purent me tirer. Il ne tenoit pas non-plus à Scipion que je ne repriffe ma tranquilité : il venoit fouvent de Lirias à Valence pour fçavoir de mes nouvelles, & il s'en retournoit d'autant plus trifte ou d'autant plus gai qu'il me voyoit plus ou moins de difpofition à me confoler.

Il entra un matin dans ma chambre : Monfieur, me dit-il d'un air fort agité, il fe répand dans la Ville un bruit qui intereffe toute la Monarchie : on dit que Philippe III. ne vit plus, & que le Prince fon fils eft fur le Thrône. On ajoûte à cela, pourfuivit-il, que le Cardinal Duc de Lerme a perdu fon pofte, qu'il lui eft même défendu de paroître à la Cour, & que Dom Gafpard de Guzman, Comte d'Olivarès eft prefentement premier Miniftre. Je me fentis un peu émû de cette nouvelle fans fçavoir pourquoi. Scipion s'en apperçut, & me demanda fi je ne prenois aucune part à ce grand changement. Eh ! quelle part veux-tu que j'y prenne, lui répondis-je, mon enfant ? J'ai quitté la Cour ; tous les changemens qui peuvent y arriver me doivent être indifferens.

Pour un homme de votre âge, reprit le fils de la Coscolina, vous êtes bien détaché du monde. A votre place, j'aurois un desir curieux : j'irois à Madrid montrer mon visage au jeune Monarque pour voir s'il me remettroit ; c'est un plaisir que je me donnerois. Je t'entends, lui dis-je, tu voudrois que je retournasse à la Cour pour y tenter de nouveau la fortune, ou plutôt pour y redevenir un avare & un ambitieux. Pourquoi vos mœurs s'y corromproient-elles encore, me repartit Scipion ? ayez plus de confiance que vous n'en avez en votre vertu. Je vous réponds de vous-même. Les saines réflexions que votre disgrace vous a fait faire sur la Cour ne vous permettent point d'en redouter les dangers. Rembarquez-vous hardiment sur une Mer dont vous connoissez tous les écueils. Tais-toi, flatteur, interrompis-je en soûriant, es-tu las de me voir mener une vie tranquile ? je croyois que mon repos t'étoit plus cher.

Dans cet endroit de notre conversation, Dom Cesar & son fils arriverent. Ils me confirmerent la nouvelle de la mort du Roy, ainsi que le malheur du Duc de Lerme. Ils m'apprirent de plus que ce Ministre ayant fait demander la permission

de se retirer à Rome, n'avoit pû l'obtenir,
& qu'il lui étoit ordonné de se rendre à
son Marquisat de Denia. Ensuite comme
s'ils eussent été d'accord avec mon Secretaire, ils me conseillerent d'aller à Madrid me presenter aux yeux du nouveau
Roy, puisque j'en étois connu, & que je
lui avois même rendu des services que les
Grands récompensent assez volontiers.
Pour moi, dit Dom Alphonse, je ne doute
pas qu'il ne les reconnoisse, Philippe IV.
doit payer les dettes du Prince d'Espagne.
J'ai le même pressentiment, dit Dom Cesar, & je regarde le voyage de Santillane
à la Cour comme une occasion pour lui
de parvenir aux grands emplois.

En verité, mes Seigneurs, m'écriai-je,
vous ne pensez pas à ce que vous dites. Il
semble, à vous entendre l'un & l'autre,
que je n'aye qu'à me rendre à Madrid
pour avoir la Clef d'or ou quelque Gouvernement ; vous êtes dans l'erreur. Je
suis au contraire bien persuadé que le
Roi ne feroit aucune attention à ma
figure, si je m'offrois à ses regards ; j'en
ferai, si vous le souhaitez, l'épreuve pour
vous désabuser. Les Seigneurs de Leyva
me prirent au mot, & je ne pus me défendre de leur promettre que je partirois

inceſſamment pour Madrid. Sitôt que
mon Secretaire me vit déterminé à faire
ce voyage, il en reſſentit une joïe imm o
derée ; il s'imaginoit que je ne paroîtrois
pas plutôt devant le nouveau Monarque,
que ce Prince me démêleroit dans la foule,
& m'accableroit d'honneurs & de biens.
Là-deſſus ſe berçant des plus brillantes
chimeres, il m'élevoit aux premieres
Charges de l'Etat, & ſe pouſſoit à la
faveur de mon élevation.

Je me diſpoſai donc à retourner à la
Cour, non dans la vûë d'y ſacrifier encore à
la fortune, mais pour contenter Dom Ceſar
& ſon fils qui avoient dans l'eſprit que je
poſſederois bientôt les bonnes graces du
Souverain. Il eſt vrai que je me ſentois au
fond de l'ame quelque envie d'éprouver
ſi ce jeune Prince me reconnoîtroit. En-
traîné par ce mouvement curieux, ſans
eſperance & ſans deſſein de tirer quelque
avantage du nouveau Regne, je pris le
chemin de Madrid avec Scipion, abandonnant le ſoin de mon Château à Beatrix
qui étoit une très-bonne ménagere.

CHAPITRE II.

Dubercelle In. et Fecit.

CHAPITRE II.

Gil Blas se rend à Madrid ; il paroît à la Cour ; Le Roi le reconnoît & le recommande à son premier Ministre. Suite de cette recommandation.

NOus nous rendîmes à Madrid en moins de huit jours, Dom Alphonse nous ayant donné deux de ses meilleurs chevaux pour faire plus de diligence. Nous allâmes descendre à un Hôtel garni où j'avois déja logé, chez Vincent Forero mon ancien Hôte, qui fut bien aise de me revoir. Comme c'étoit un homme qui se piquoit de sçavoir tout ce qui se passoit tant à la Cour que dans la Ville, je lui demandai ce qu'il y avoit de nouveau : Bien des choses, me répondit il. Depuis la mort de Philippe III. les amis & les Partisans du Cardinal Duc de Lerme se sont bien remués pour maintenir son Eminence dans le Ministere, mais leurs efforts ont été vains, le Comte d'Olivarès l'a emporté sur eux. On prétend que l'Espagne ne perd point au change, & que ce nouveau premier Ministre a le génie d'une si vaste étendue,

Tome IV. Q

qu'il seroit capable de gouverner le monde entier : Dieu le veüille. Ce qu'il y a de
certain, continua-t-il, c'est que le peuple
a conçu la plus haute opinion de sa capa-
cité ; nous verrons dans la suite si le Duc
de Lerme est bien ou mal remplacé. Forero
s'étant mis en train de parler, me fit un
détail de tous les changemens qui s'étoient
faits à la Cour depuis que le Comte d'Olivarès tenoit le gouvernail du vaisseau de la
Monarchie.

Deux jours après mon arrivée à Madrid,
j'allai chez le Roi l'aprésdinée, & je me
mis sur son passage comme il entroit dans
son cabinet ; il ne me regarda point. Je
retournai le lendemain au même endroit,
& je ne fus des plus heureux. Le sur lendemain il jetta sur moi les yeux en passant,
mais il ne parut pas faire la moindre attention à ma personne. Là-dessus je pris mon
parti : Tu vois, dis-je à Scipion qui m'ac-
compagnoit, que le Roi ne me reconnoît
point, ou que s'il me remet, il ne se soucie
guére de renouveller connoissance avec
moi. Je crois que nous ne ferons point
mal de reprendre le chemin de Valence.
N'allons pas si vîte, Monsieur, me répondit mon Secretaire ; vous sçavez
mieux que moi qu'on ne réussit à la Cour

que par la patience. Ne vous laſſez pas de
vous montrer au Prince ; à force de vous
offrir à ſes regards, vous l'obligerez à
vous conſiderer plus attentivement & à
ſe rappeller les traits de ſon Agent auprès
de la belle Catalina.

Afin que Scipion n'eût rien à me reprocher, j'eus la complaiſance de continuer le même manége pendant trois
ſemaines ; & un jour enfin il arriva que
le Monarque frappé de ma vûë, me fit
appeller. J'entrai dans ſon cabinet, non
ſans être troublé de me trouver tête à
tête avec mon Roi : Qui êtes-vous, me
dit-il ? vos traits ne me ſont pas inconnus;
où vous ai-je vû ? Sire, lui répondis-je
en tremblant, j'ai eu l'honneur de conduire une nuit Votre Majeſté avec le
Comte de Lemos chez... Ah! Je m'en
ſouviens, interrompit le Prince, vous
étiez Secretaire du Duc de Lerme, & ſi
je ne me trompe, Santillane eſt votre nom.
Je n'ai pas oublié que dans cette occaſion
vous me ſervites avec beaucoup de zele,
& que vous fûtes aſſez mal payé de vos
peines. N'avez-vous pas été en priſon
pour cette avanture ? Oüi, Sire, lui ré-
partis je, j'ai été ſix mois à la Tour de
Segovie ; mais vous avez eu la bonté de

m'en faire fortir. Cela, reprit-il, ne m'acquitte point envers Santillane : il ne fuffit
pas de l'avoir fait remettre en liberté, je
dois lui tenir compte des maux qu'il a
foufferts pour l'amour de moi.

Comme le Prince achevoit ces paroles,
le Comte d'Olivarès entra dans le cabinet.
Tout fait ombrage aux favoris : Il fut
étonné de voir là un Inconnu ; & le Roi
redoubla fa furprife en lui difant : Comte,
je mets ce jeune homme entre vos mains ;
occupez-le ; je vous charge du foin de
l'avancer. Le Miniftre affecta de recevoir
cet ordre d'un air gracieux en me confiderant depuis les pieds jufqu'à la tête, &
fort en peine de fçavoir qui j'étois. Allez,
mon ami, ajoûta le Monarque en m'adreffant la parole, & en me faifant figne de
me retirer, le Comte ne manquera pas de
vous employer utilement pour mon fervice & pour vos interêts.

Je fortis auffitôt du cabinet & rejoignis le fils de la Cofcolina, qui très-impa-
tient d'apprendre ce que le Roi m'avoit
dit, étoit dans une agitation inconceva-
ble. Il me demanda d'abord s'il falloit
retourner à Valence ou demeurer à la
Cour : Tu en vas juger, lui répondis-je,
& en même tems je le ravis en lui racon-

ant mot pour mot le petit entretien que
je venois d'avoir avec le Monarque. Mon
cher Maître, me dit alors Scipion dans
l'excès de sa joïe, prendrez-vous une
autrefois de mes Almanachs? Avoüez que
nous n'avions pas tort, les Seigneurs de
Leyva & moi, de vous exhorter à faire le
voyage de Madrid. Je vous vois déja
dans un poste éminent; vous deviendrez
le Calderone du Comte d'Olivarès. C'est
ce que je ne souhaite point du tout, interrompis-je; cette place est environnée de
trop de précipices pour exciter mon envie.
Je voudrois un emploi où je n'eusse aucune
occasion de faire des injustices ni un hon-
teux trafic des bienfaits du Prince. Après
l'usage que j'ai fait de ma faveur passée,
je ne puis être assez en garde contre l'avarice & contre l'ambition. Allez, Monsieur, reprit mon Secretaire, le Ministre
vous donnera quelque bon poste que
vous pourrez remplir sans cesser d'être
honnête homme.

Plus pressé par Scipion que par ma curiosité, je me rendis le jour suivant chez
le Comte d'Olivarès avant le lever de
l'Aurore, ayant appris que tous les matins,
soit en Eté soit en Hyver, il écoutoit à la
clarté des bougies tous ceux qui avoient

à lui parler. Je me mis modeſtement dans
un coin de la ſalle, & de-là j'obſervai
bien le Comte quand il parut; car j'avois
fait peu d'attention à lui dans le cabinet
du Roi. Je vis un homme d'une taille
au-deſſus de la médiocre, & qui pouvoit
paſſer pour gros dans un païs où il eſt rare
de voir des perſonnes qui ne ſoient pas
maigres. Il avoit les épaules ſi élevées que
je le crûs boſſu, quoiqu'il ne le fût pas; ſa
tête qui étoit d'une groſſeur exceſſive lui
tomboit ſur la poitrine; ſes cheveux
étoient noirs & plats, ſon viſage long,
ſon teint olivâtre, ſa bouche enfoncée,
& ſon menton pointu & fort relevé.

Tout cela enſemble ne faiſoit pas un
beau Seigneur; néanmoins comme je le
croyois dans une diſpoſition obligeante
pour moi, je le regardois avec indulgence,
je le trouvois agréable. Il eſt vrai qu'il
recevoit tout le monde d'un air affable &
débonnaire, & qu'il prenoit gracieuſe-
ment les placets qu'on lui préſentoit; ce
qui ſembloit lui tenir lieu de bonne mine.
Cependant lorſqu'à mon tour je m'avançai pour le ſaluer & me faire connoître,
il me lança un regard rude & menaçant;
puis me tournant le dos ſans daigner
m'entendre, il rentra dans ſon cabinet. Je

trouvai alors ce Seigneur encore plus laid qu'il n'étoit naturellement ; je sortis de la salle fort étourdi d'un accueil si farouche, & ne sçachant ce que j'en devois penser.

Ayant rejoint Scipion qui m'attendoit à la porte : Sçais-tu bien, lui dis-je, la reception qu'on m'a faite ? Non, me répondit-il, mais elle n'est pas difficile à deviner ; le Ministre prompt à se conformer aux volontés du Prince, vous aura proposé sans doute un emploi considérable. C'est ce qui te trompe, lui répliquai-je : en même tems je lui appris de quelle façon j'avois été reçu ; il m'écouta fort attentivement, & me dit : Il faut que le Comte ne vous ait pas remis ou qu'il vous ait pris pour un autre. Je vous conseille de le revoir, je ne doute pas qu'il ne vous fasse meilleure mine. Je suivis le conseil de mon Secretaire : je me montrai pour la seconde fois devant le Ministre, qui me traitant encore plus mal que la premiere, fronça le soucil en m'envisageant, comme si ma vûë lui eût fait de la peine ; puis il détourna de moi ses regards, & se retira sans me dire mot.

Je fus piqué de ce procedé jusqu'au vif, & tenté de partir sur le champ pour retourner à Valence ; mais c'est à quoi

Scipion ne manqua pas de s'opposer, ne pouvant se résoudre à renoncer aux espérances qu'il avoit conçûës. Ne vois tu pas lui dis-je, que le Comte veut m'écarter de la Cour? Le Monarque lui a témoigné de la bonne volonté pour moi, cela ne suffit-il pas pour m'attirer l'aversion de son favori? Cedons, mon enfant, cedons de bonne grace au pouvoir d'un ennemi si redoutable. Monsieur, répondit-il en colere contre le Comte d'Olivarès, je n'abandonnerois pas si facilement le terrain. J'irois me plaindre au Roi du peu de cas que le Ministre fait de sa recommandation. Mauvais conseil, lui dis-je, mon ami, si je faisois cette démarche imprudente, je ne tarderois guére à m'en repentir. Je ne sçais même si je ne cours pas quelque péril à m'arrêter dans cette Ville.

Mon Secretaire à ce discours rentra en lui-même; & considérant qu'en effet nous avions affaire à un homme qui pouvoit nous faire revoir la Tour de Ségovie, il partagea ma crainte. Il ne combattit plus l'envie que j'avois de quitter Madrid, dont je résolus de m'éloigner dès le lendemain.

CHAPITRE III.

CHAPITRE III.

De ce qui empêcha Gil Blas d'exécuter la résolution où il étoit d'abandonner la Cour ; & du service important que Joseph Navarro lui rendit.

EN m'en retournant à mon Hôtel garni, je rencontrai Joseph Navarro, Chef-d'Office de Dom Baltazar de Zuniga & mon ancien ami. Je le saluai & l'abordai en lui demandant, s'il me reconnoissoit & s'il seroit encore assez bon pour vouloir parler à un misérable qui avoit payé d'ingratitude son amitié. Vous avoüez donc, me dit-il, que vous n'en avez pas trop bien usé avec moi ? Oüi, lui répondis-je, & vous êtes en droit de m'accabler de reproches ; je le mérite, si toutefois je n'ai pas expié mon crime par les remords qui l'ont suivi. Puisque vous vous êtes répenti de votre faute, reprit Navarro en m'embrassant, je ne dois plus m'en ressouvenir. De mon côté, je pressai Joseph entre mes bras, & tous deux nous reprîmes l'un pour l'autre nos premiers sentimens.

Tome IV. R

Il avoit appris mon emprisonnement
& la déroute de mes affaires, mais il ignoroit tout le reste. Je l'en informai ; je lui
racontai jusqu'à la conversation que j'a-
vois euë avec le Roi, & je ne lui cachai
pas la mauvaise reception que le Ministre
venoit de me faire, non-plus que le
dessein où j'étois de me retirer dans
ma solitude. Gardez-vous bien de
vous en aller, me dit-il, puisque le Monarque a témoigné de l'amitié pour vous,
il faut bien que cela vous serve à quelque
chose. Entre nous, le Comte d'Olivarès
a l'esprit un peu singulier ; c'est un Seigneur plein de fantaisies ; quelquefois,
comme dans cette occasion, il agit d'une
maniere qui révolte ; & lui seul a la clef
de ses actions hétéroclites. Au reste, quelques raisons qu'il ait de vous avoir mal
reçu, tenez ici pied à boule ; il n'empê-
chera pas que vous ne profitiez des bontés
du Prince ; c'est de quoi je puis vous assurer ; j'en dirai deux mots ce soir au Seigneur Dom Baltazar de Zuniga mon Maître, qui est Oncle du Comte d'Olivarès,
& qui partage avec lui les soins du Gouvernement. Navarro m'ayant ainsi parlé,
me demanda où je demeurois, & là-dessus
nous nous séparâmes.

Je ne fus pas long-tems ſans le revoir ;
il vint le jour ſuivant me retrouver. Seigneur de Santillane, me dit-il, vous avez
un protecteur ; mon Maître veut vous
prêter ſon appui : ſur le bien que je lui
ai dit de votre Seigneurie, il m'a promis
de parler pour vous au Comte d'Olivarès
ſon neveu, & je ne doute pas qu'il ne le
prévienne en votre faveur. Mon ami Navarro ne voulant pas me ſervir à demi,
me preſenta deux jours après à D. Baltazar, qui me dit d'un air gracieux : Seigneur de Santillane, votre ami Joſeph
m'a fait votre éloge dans des termes qui
m'ont mis dans vos intérêts. Je fis une
profonde réverence au Seigneur de Zuniga, & lui répondis que je ſentirois
vivement toute ma vie l'obligation que
j'avois à Navarro de m'avoir procuré la
protection d'un Miniſtre qu'on appelloit
à juſte titre *le Flambeau du Conſeil.* Dom
Baltazar, à cette réponſe flateuſe, me frapa
ſur l'épaule en riant, & reprit de cette
ſorte : Vous pouvez dès demain retourner
chez le Comte d'Olivarès, vous ſerez
plus content de lui.

Je reparus donc pour la troiſiéme fois
devant le premier Miniſtre, qui m'ayant
démêlé dans la foule, jetta ſur moi un

regard accompagné d'un foûris dont je tirai un bon augure. Cela va bien, dis je en moi-même, l'oncle a fait entendre raifon au neveu. Je ne m'attendis plus qu'à un accueil favorable, & mon attente fut remplie. Le Comte après avoir donné audience à tout le monde, me fit paſſer dans ſon cabinet, où il me dit d'un air familier : Ami Santillane, pardonne moi l'embarras où je t'ai mis pour me divertir ; je me ſuis fait un plaiſir de t'inquiéter pour éprouver ta prudence, & voir ce que tu ferois dans ta mauvaiſe humeur. Je ne doute pas que tu ne te ſois imaginé que tu me déplaiſois ; mais au contraire, mon enfant, je t'avoüerai que ta perſonne me revient. Quand le Roi mon maître ne m'auroit pas ordonné de prendre ſoin de ta fortune, je le ferois par ma propre inclination. D'ailleurs D. Baltazar de Zuñiga mon oncle, à qui je ne puis rien refuſer, m'a prié de te regarder comme un homme pour lequel il s'intereſſe ; il n'en faut pas davantage pour me déterminer à t'attacher à moi.

Ce début fit une ſi vive impreſſion ſur mes ſens, qu'ils en furent troublés. Je me proſternai aux pieds du Miniſtre, qui m'ayant dit de me relever, pourſuivit de

cette maniere : Reviens ici cette aprèsdî-
née, & demande mon Intendant ; il t'ap-
prendra les ordres dont je l'aurai chargé.
A ces mots, Son Excellence sortit de son
cabinet pour aller entendre la Messe ; ce
qu'elle avoit coutume de faire tous les
jours après avoir donné audience, ensuite
elle se rendoit au lever du Roi.

XXXXXXXXXXXXX XXXXXXXXXXXX

CHAPITRE IV.

Gil Blas se fait aimer du Comte d'Olivarès.

JE ne manquai pas de retourner l'après-
dînée chez le premier Ministre & de
demander son Intendant, qui s'appelloit
Dom Raimon Caporis. Je ne lui eûs pas
sitôt décliné mon nom, que me saluant
avec des marques de respect : Seigneur,
me dit-t-il, suivez-moi, s'il vous
plaît ; je vais vous conduire à l'appartement qui vous est destiné dans cet
Hôtel. Après avoir dit ces paroles, il me
mena par un petit escalier à une enfilade
de cinq à six piéces de plein pied, qui
composoient le second étage d'une aile
du logis, & qui étoient assez modestement

R iij

meublées. Vous voyez, reprit il, le logement que Monseigneur vous donne, & vous y aurez une table de six couverts entretenuë à ses dépens. Vous serez servi par ses propres Domestiques, & il y aura toujours un carosse à vos ordres. Ce n'est pas tout, ajouta t-il, Son Excellence m'a fortement recommandé d'avoir pour vous les mêmes attentions que si vous étiez de de la Maison de Guzman.

Que diable signifie tout ceci, dis-je en moi-même ? Comment dois-je prendre ces distinctions ? N'y auroit-il point de la malice là-dedans, & ne seroit-ce pas encore pour se divertir que le Ministre me feroit un traitement si honorable ? Pendant que j'étois dans cette incertitude, flottant entre la crainte & l'esperance, un Page vint m'avertir que le Comte me demandoit. Je me rendis dans le moment auprès de Monseigneur qui étoit tout seul dans son cabinet. Hé bien, Santillane, me dit-il, es-tu satisfait de ton appartement, & des ordres que j'ai donnés à Dom Raimon ? Les bontés de votre Excellence, lui répondis-je, me paroissent excessives, & je ne m'y prête qu'en tremblant. Pourquoi donc, repliqua-t-il ? Puis-je faire trop d'honneur à un homme que le Roi m'a confié, & dont il veut

que je prenne foin ? Non , fans doute ;
je ne fais que mon devoir en te traitant
honorablement. Ne t'étonne donc plus
de ce que je fais pour toi , & compte
qu'une fortune brillante & folide ne fçau-
roit t'échaper, fi tu m'es auffi attaché que
tu l'étois au Duc de Lerme.

Mais à propos de ce Seigneur, pourfuivit-il , on dit que tu vivois familierement avec lui. Je fuis curieux de fçavoir
comment vous fites tous deux connoiffance , & quel emploi ce Miniftre te fit
exercer. Ne me déguife rien , j'exige de
toi un récit fincere. Je me fouvins alors
de l'embarras où je m'étois trouvé avec
le Duc de Lerme en pareil cas, & de
quelle façon je m'en étois tiré : ce que je
pratiquai encore fort heureufement ; c'eft-
à dire , que dans ma narration j'adoucis
les endroits rudes , & paffai legerement
fur les chofes qui me faifoient peu d'honneur. Je menageai auffi le Duc de Lerme ,
quoiqu'en ne l'épargnant point du tout
j'euffe fait plus de plaifir à mon auditeur.
Pour D. Rodrigue de Calderone , je ne
lui fis grace de rien. Je détaillai tous les
beaux coups que je fçavois qu'il avoit faits
dans le trafic des Commanderies, des Be-
néfices & des Gouvernemens.

R iiij

Ce que tu m'apprens de Calderone,
interrompit le Ministre, est conforme à
certains Memoires qui m'ont été presen-
tés contre lui, & qui contiennent des
chefs d'accusation encore plus importans.
On va bientôt lui faire son procès; & si
tu souhaites qu'il succombe dans cette
affaire, je crois que tes vœux seront satisfaits. Je ne desire point sa mort,
lui dis-je, quoiqu'il n'ait point tenu à lui
que je n'aye trouvé la mienne dans la Tour
de Segovie, où il a été cause que j'ai fait
un assez long sejour. Comment, reprit
Son Excellence, c'est Dom Rodrigue qui
a causé ta prison? voilà ce que j'ignorois.
D. Baltazar, à qui Navarro a raconté ton
histoire, m'a bien dit que le feu Roi te
fit emprisonner, pour te punir d'avoir
mené la nuit le Prince d'Espagne dans un
lieu suspect; mais je n'en sçai pas davantage, & je ne puis deviner quel rôle Calderone a joüé dans cette piéce. Le rôle
d'un Amant qui se venge d'un outrage
reçu, lui répondis-je. En même tems je
lui fis un détail de l'aventure, qu'il trouva si divertissante, que tout grave qu'il
étoit, il ne put s'empêcher d'en rire ou
plûtôt d'en pleurer de plaisir. Catalina,
tantôt niéce & tantôt petite-fille, le ré-

joüit infiniment, auſſi-bien que la part qu'avoit euë à tout cela le Duc de Lerme.

Lorſque j'eus achevé mon récit, le Comte me renvoya en me diſant que le lendemain il ne manqueroit pas de m'oc-cuper. Je courus auſſitôt à l'Hôtel de Zu-niga pour remercier Dom Baltazar de ſes bons offices, & pour rendre compte à mon ami Joſeph de la diſpoſition favo-rable où le premier Miniſtre étoit pour moi.

CHAPITRE V.

De l'entretien ſecret que Gil Blas eut avec
Navarro, & de la premiere occupation
que le Comte d'Olivarès lui donna.

D'Abord que je vis Joſeph, je lui dis avec agitation que j'avois bien des choſes à lui apprendre. Il me mena dans un endroit particulier, où l'ayant mis au fait je lui demandai ce qu'il penſoit de ce que je venois de lui dire. Je penſe, me répondit-il, que vous êtes en train de faire une groſſe fortune ; tout vous rit : vous plaiſez au premier Miniſtre ; & ce qui ne

doit pas être compté pour rien, c'est que
je puis vous rendre le même service que
vous rendit mon oncle Melchior de la
Ronda, quand vous entrâtes à l'Archevêché de Grenade. Il vous épargna la peine
d'étudier le Prélat & ses principaux Officiers, en vous découvrant leurs differens
caractères ; je veux à son exemple vous
faire connoître le Comte, la Comtesse
son épouse & Dona Maria de Guzman
leur fille unique.

Le Ministre a l'esprit vif, pénetrant &
propre à former de grands projets. Il se
donne pour un homme universel, parce
qu'il a une legere teinture de toutes les
sciences ; & il se croit capable de décider
de tout. Il s'imagine être un profond Ju-
risconsulte, un grand Capitaine & un
Politique des plus rafinés. Ajoutez à cela
qu'il est si entêté de ses opinions, qu'il les
veut toujours suivre préferablement à
celles des autres, de peur de paroître
déferer aux lumieres de quelqu'un. Entre
nous, ce défaut peut avoir d'étranges suites dont le Ciel veuille preserver la Monarchie. Il brille dans le Conseil par une
éloquence naturelle, & il écriroit aussi-
bien qu'il parle, s'il n'affectoit pas, pour
donner plus de dignité à son stile, de le

rendre obfcur & trop recherché. Il penfe
fingulierement, il eft capricieux & chi-
merique. Tel eft le portrait de fon efprit,
& voici celui de fon cœur. Il eft genéreux
& bon ami. On le dit vindicatif, mais
quel Efpagnol ne l'eft pas ? De plus on
l'accufe d'ingratitude pour avoir fait
exiler le Duc d'Uzede & le Frere Loüis
Aliaga aufquels il avoit, dit-on, de grandes obligations ; c'eft ce qu'il faut encore
lui pardonner, l'envie d'être premier
Miniftre difpenfe d'être reconnoiffant.

Dona Agnez de Zuniga è Velafco,
Comteffe d'Olivarès, pourfuivit Jofeph,
eft une Dame à qui je ne connois que le
défaut de vendre au poids de l'or les graces qu'elle fait obtenir. Pour Dona Mariæ
de Guzman, qui fans contredit eft aujour-
d'hui le premier parti d'Efpagne, c'eft
une perfonne accomplie & l'idole de fon
pere. Reglez-vous là-deffus ; faites bien
votre cour à ces deux Dames, & paroiffez
encore plus devoüé au Comte d'Olivarès
que vous ne l'étiez au Duc de Lerme
avant votre voyage de Ségovie : vous
deviendrez un haut & puiffant Seigneur.

Je vous confeille encore, ajoûta-t-il,
de voir de tems en tems Dom Baltazar
mon Maître ; quoique vous n'ayez plus

besoin de lui pour vous avancer, ne laissez
pas de le ménager. Vous êtes bien dans
son esprit ; conservez son estime & son
amitié, il peut dans l'occasion vous servir.
Comme l'oncle & le neveu, dis-je à
Navarro, gouvernent ensemble l'Etat,
n'y auroit-il point un peu de jalousie
entre ces deux Collegues ? Au contraire,
me répondit-il, ils sont dans la plus parfaite union. Sans Dom Baltazar le Comte
d'Olivarès ne seroit peut-être pas premier
Ministre ; car enfin après la mort de Philippe III. tous les amis & les partisans
de la Maison de Sandoval se donnerent
de grands mouvemens les uns en faveur
du Cardinal, & les autres pour son fils ;
mais mon Maître le plus delié des Courtisans, & le Comte qui n'est guére moins
fin que lui, rompirent leurs mesures &
en prirent de si justes pour s'assurer cette
place, qu'ils l'emporterent sur leurs con-
currens.LeComte d'Olivarès étant devenu
premier Ministere, a fait part de son administration à Dom Baltazar son oncle, lui a
laissé le soin des affaires du dehors & s'est
reservé celles du dedans. De sorte que
resserrant par-là les nœuds de l'amitié qui
doit naturellement lier les personnes d'un
même sang, ces deux Seigneurs indépen-

dans l'un de l'autre , vivent dans une
intelligence qui me paroît inalterable.

Telle fut la converſation que j'eus avec
Joſeph , & dont je me promis bien de
profiter ; après quoi j'allai remercier le
Seigneur de Zuniga de ce qu'il avoit eu
la bonté de faire pour moi. Il me dit fort
poliment qu'il ſaiſiroit toujours les occa-
ſions où il s'agiroit de me faire plaiſir, &
qu'il étoit bien aiſe que je fuſſe ſatisfait
de ſon neveu , auquel il m'aſſura qu'il
parleroit encore en ma faveur : voulant
du moins, diſoit-il , me faire voir par là
que mes interêts lui étoient chers , &
qu'au lieu d'un protecteur j'en avois deux.
C'eſt ainſi que Dom Baltazar par amitié
pour Navarro prenoit ma fortune à
cœur.

Dès ce ſoir là même j'abandonnai mon
Hôtel garni pour aller loger chez le premier Miniſtre où je ſoupai avec Scipion
dans mon appartement. Nous y fumes
ſervis tous deux par des Domeſtiques du
logis qui pendant le repas , tandis que
nous affections une gravité impoſante,
rioient peut-être en eux-mêmes du reſpect de commande qu'ils avoient pour
nous. Lorſqu'après avoir deſſervi ils ſe
furent retirés , mon Secretaire ceſſant de

ſe contraindre me dit mille folies, que ſon humeur gaye & ſes eſperances lui inſpirerent. Pour moi, quoique ravi de la brillante ſituation où je commençois à me voir, je ne me ſentois encore aucune diſpoſition à m'en laiſſer ébloüir. Auſſi m'étant couché, je m'endormis tranquilement ſans livrer mon eſprit aux idées agréables dont je pouvois l'occuper, au lieu que l'ambitieux Scipion prit peu de répos. Il paſſa plus de la moitié de la nuit à theſauriſer pour marier ſa fille Seraphine.

J'étois à peine habillé le lendemain matin, qu'on me vint chercher de la part de Monſeigneur. Je fus bientôt auprès de ſon Excellence, qui me dit : Oh ça, Santillane, voyons un peu ce que tu ſçais faire. Tu m'as dit que le Duc de Lerme te donnoit des Mémoires à rediger ; j'en ai un que je te deſtine pour ton coup d'eſſai. Je vais t'en dire la matiere : Il eſt queſtion de compoſer un ouvrage qui prévienne le public en faveur de mon Miniſtere. J'ai déja fait courir le bruit ſecretement que j'ai trouvé les affaires fort dérangées, il s'agit preſentement d'expoſer aux yeux de la Cour & de la Ville le miſérable état où la Monarchie eſt réduite. Il faut faire

là-deſſus un tableau qui frappe le peuple &
l'empêche de regretter mon prédeceſſeur.
Après cela tu vanteras les meſures que
j'ai priſes pour rendre le regne du Roi
glorieux, ſes Etats floriſſans, & ſes Sujets
parfaitement heureux.

Après que Monſeigneur m'eût parlé
de cette ſorte, il me mit entre les mains
un papier qui contenoit les juſtes ſujets
qu'on avoit de ſe plaindre de l'adminiſtra-
tion précedente ; & je me ſouviens qu'il
y avoit dix articles dont le moins important étoit capable d'allarmer les bons
Eſpagnols ; puis m'ayant fait paſſer dans
un petit cabinet voiſin du ſien, il m'y
laiſſa travailler en liberté. Je commençai
donc à compoſer mon Mémoire le mieux
qu'il me fut poſſible. J'expoſai d'abord le
mauvais état où ſe trouvoit le Royaume :
des Finances diſſipées : les Revenus royaux
engagés à des Partiſans, & la Marine rui-
née. Je rapportai enſuite les fautes com-
miſes par ceux qui avoient gouverné
l'Etat ſous le dernier regne, & les ſuites
fâcheuſes qu'elles pouvoient avoir. Enfin
je peignis la Monarchie en péril, & cenſu-
rai ſi vivement le précedent Miniſtere,
que la perte du Duc de Lerme étoit, ſuivant mon Mémoire, un grand bonheur

pour l'Espagne. Pour dire la verité, quoique je n'eusse aucun ressentiment contre
ce Seigneur, je ne fus pas fâché de lui
rendre ce bon office : Voilà l'homme.

Enfin après une peinture effrayante des
maux qui ménacoient l'Espagne, je rassu-
rois les esprits en faisant avec art concevoir aux peuples de belles esperances
pour l'avenir. Je faisois parler le Comte
d'Olivarès comme un Restaurateur envoyé du Ciel pour le salut de la Nation ;
je promettois monts & merveilles. En un
mot, j'entrai si bien dans les vûës du nouveau Ministre, qu'il parut surpris de mon
ouvrage, lorsqu'il l'eut lû tout entier.
Santillane, me dit il, sçais tu bien que
tu viens de faire un morceau digne d'un
Secretaire d'Etat ? Je ne m'étonne plus si
le Duc de Lerme exerçoit ta plume. Ton
stile est concis & même élegant ; mais je
le trouve un peu trop naturel. En même
tems m'ayant fait remarquer les endroits
qui n'étoient pas de son goût, il les changea
& je jugeai par ses corrections qu'il aimoit,
comme Navarro me l'avoit dit, les expres-
sions recherchées & l'obscurité. Néanmoins quoiqu'il voulût de la noblesse ou
pour mieux dire du précieux dans la dic-
tion, il ne laissa pas de conserver les deux

tiers de mon Mémoire ; & pour me témoigner jufqu'à quel point il en étoit fatisfait, il m'envoya par Dom Raimon trois
cens piftoles à l'iffuë de mon dîner.

CHAPITRE VI.

De l'ufage que Gil Blas fit de fes trois cens
piftoles, & des foins dont il chargea
Scipion. Succès du Memoire dont on
vient de parler.

CE bienfait du Miniftre fournit à
Scipion un nouveau fujet de me féliciter d'être venu à la Cour : Vous voyez,
me dit-il, que la fortune a de grands
deffeins fur votre Seigneurie. Etes-vous
fâché préfentement d'avoir quitté votre
folitude ? Vive le Comte d'Olivarès !
c'eft bien un autre patron que fon pré-
deceffeur. Le Duc de Lerme, quoique
vous lui fuffiez fort attaché, vous laiffa
languir plufieurs mois fans vous faire
préfent d'une piftole ; & le Comte vous
a déja fait une gratification que vous
n'auriez ofé efperer qu'après de longs
fervices.

Je voudrois bien, ajoûta-t-il, que les
Tome IV.   S

Seigneurs de Leyva fuſſent témoins du
bonheur dont vous joüiſſez, ou du moins
qu'ils le ſçuſſent. Il eſt tems de les en informer, lui répondis-je, & c'eſt de quoi
j'allois te parler. Je ne doute pas qu'ils
n'ayent une extrême impatience d'apprendre de mes nouvelles ; mais j'attendois
pour leur en donner, que je me viſſe dans
un état fixe, & que je puſſe leur mander
poſitivement ſi je demeurerois ou non à
la Cour. A preſent que je ſuis ſûr de mon
fait, tu n'as qu'à partir pour Valence quand
il te plaira, pour aller inſtruire ces Seigneurs de ma ſituation préſente, que je
regarde comme leur ouvrage, puiſqu'il
eſt certain que ſans eux je ne me ſerois
jamais déterminé à faire le voyage de Madrid. Mon cher Maître, s'écria le fils de
la Coſcolina, que je vais leur cauſer de
joïe en leur racontant ce qui vous eſt
arrivé ! Que ne ſuis-je déja aux portes de
Valence ! mais j'y ſerai bientôt. Les deux
chevaux de Dom Alphonſe ſont tout prêts.
Je vais me mettre en chemin avec un
Laquais de Monſeigneur. Outre que je
ferai bien aiſe d'avoir un compagnon ſur
la route, vous ſçavez que la livrée d'un
premier Miniſtre jette de la poudre aux
yeux.

Je ne pus m'empêcher de rire de la
fotte vanité de mon Secretaire ; & cependant plus vain peut-être encore que lui, je
le laiſſai faire ce qu'il voulut : Pars, lui dis-
je, & reviens promptement ; car j'ai une
autre commiſſion à te donner. Je veux
t'envoyer aux Aſturies porter de l'argent
à ma mere. J'ai par négligence laiſſé paſſer
le tems auquel j'ai promis de lui faire tenir
cent piſtoles, que tu t'es obligé de lui remettre toi-même en main propre. Ces fortes de paroles doivent être ſi ſacrées pour un
fils, que je me reproche mon peu d'exacti-
tude à les garder. Monſieur, me répondit
Scipion, dans ſix ſemaines je vous rendrai
compte de ces deux commiſſions ; j'aurai
parlé aux Seigneurs de Leyva, fait un
tour à votre Château & revû la Ville
d'Oviedo dont je ne puis me rappeller le
ſouvenir ſans donner au Diable les trois
quarts & demi de ſes Habitans. Je comptai donc au fils de la Coſcolina cent piſtoles pour la penſion de ma mere avec cent
autres pour lui, voulant qu'il fît gracieuſe-
ſement le long voyage qu'il alloit entre-
prendre.

Quelques jours après ſon départ, Monſeigneur fit imprimer notre Mémoire, qui
ne fut pas plutôt rendu public, qu'il de-

vint le sujet de toutes les converfations
de Madrid. Le peuple ami de la nouveauté
fut charmé de cet écrit; l'épuifement des
finances qui étoit peint avec de vives
couleurs le révolta contre le Duc de Lerme; & fi les coups de griffe qu'y recevoit
ce Miniftre ne furent pas applaudis de
tout le monde, du moins ils trouverent
des approbateurs. Quant aux magnifiques
promeffes que le Comte d'Olivarès y
faifoit, & entr'autres celle de fournir par
une fage économie aux dépenfes de l'Etat
fans incommoder les Sujets, elles éblouï-
rent les Citoyens en général, & les
confirmerent dans la grande opinion
qu'ils avoient déja de fes lumieres: Si bien
que toute la Ville retentit de fes loüanges.

Ce Miniftre ravi de fe voir parvenu à
fon but, qui n'avoit été dans cet ouvrage
que de s'attirer l'affection publique, voulut
la mériter véritablement par une action
loüable, & qui fut utile au Roi. Pour cet
effet il eut recours à l'invention de l'Empereur Galba, c'eft-à-dire, qu'il fit rendre
gorge aux particuliers qui s'étoient enrichis, Dieu fçait comment, dans les Regies
royales. Quand il eut tiré de ces Sangfues
le fang qu'elles avoient fuccé, & qu'il en

eut rempli les coffres du Roi ; il entreprit
de l'y conserver, en faisant supprimer toutes les pensions, sans en excepter la sienne,
aussi bien que les gratifications qui se faisoient des deniers du Prince. Pour réussir
dans ce dessein, qu'il ne pouvoit exécuter
sans changer la face du Gouvernement,
il me chargea de composer un nouveau
Mémoire, dont il me dit la substance &
la forme. Ensuite il me recommanda de
m'élever autant qu'il me seroit possible
au-dessus de la simplicité ordinaire de
mon stile, pour donner plus de noblesse
à mes phrases. Cela suffit, Monseigneur,
lui dis-je, votre Excellence veut du sublime & du lumineux, elle en aura. Je
m'enfermai dans le même cabinet où j'a-
vois déja travaillé ; & là, je me mis à l'ouvrage, après avoir invoqué le génie élo-
quent de l'Archevêque de Grenade.

Je débutai par représenter qu'il falloit
garder avec soin tout l'argent qui étoit
dans le Trésor royal, & qu'il ne devoit
être employé qu'aux seuls besoins de la
Monarchie ; comme étant un fond sacré
qu'il étoit à propos de réserver pour
tenir en respect les ennemis de l'Espagne.
Ensuite je faisois voir au Monarque, car
c'étoit à lui que s'adressoit le Mémoire,

qu'en ôtant toutes les penſions & les gratifications qui ſe prenoient ſur ſes revenus
ordinaires, ils ne ſe priveroit point pour
cela du plaiſir de recompenſer ceux de ſes
Sujets qui ſe rendroient dignes de ſes graces, puiſque ſans toucher à ſon Tréſor,
il étoit en état de leur donner de grandes
récompenſes : qu'il avoit pour les uns des
Viceroyautés, des Gouvernemens, des
Ordres de Chevaleries, & des Emplois
militaires : pour les autres, des Commanderies & Penſions deſſus, des Titres avec
des Magiſtratures ; & enfin toutes ſortes
de Bénéfices pour les perſonnes conſa-
crées au culte des Autels.

Ce Mémoire, qui étoit beaucoup plus
long que le premier, m'occupa près de
trois jours ; mais heureuſement je le fis à
la fantaiſie de mon Maître, qui le trouvant
écrit avec emphaſe & farci de métapho-
res, m'accabla de loüanges. Je ſuis bien
content de cela, me dit-il en me montrant les endroits les plus enflés, voilà
des expreſſions marquées au bon coin :
Courage, mon ami, je prévois que tu
me ſeras d'une grande utilité. Cependant
malgré les applaudiſſemens qu'il me pro-
digua, il ne laiſſa pas de retoucher le Mémoire. Il y mit beaucoup du ſien & fit

une piece d'éloquence qui charma le Roi
& toute la Cour. La Ville y joignit son
approbation, augura bien pour l'avenir,
& se flatta que la Monarchie reprendroit
son ancien lustre sous le Ministere d'un si
grand personnage. Son Excellence voyant
que cet écrit lui faisoit beaucoup d'honneur, voulut, pour la part que j'y avois,
que j'en recueillisse quelque fruit : elle me
fit donner une pension de cinq cens écus sur
la Commanderie de Castille : Ce qui me fut
d'autant plus agréable, que ce n'étoit pas
un bien mal acquis, quoique je l'eusse
gagné bien aisément.

CHAPITRE VII.

Par quel hazard, dans quel endroit &
dans quel état Gil Blas retrouva son
ami Fabrice, & de l'entretien qu'ils
eurent ensemble.

RIEN ne faisoit plus de plaisir à
Monseigneur, que d'apprendre ce
qu'on pensoit à Madrid de la conduite qu'il
tenoit dans son Ministere. Il me demandoit tous les jours ce qu'on disoit de lui
dans le monde. Il avoit même des espions

qui pour son argent lui rendoient un
compte exact de tout ce qui se passoit
dans la Ville. Ils lui rapportoient jusqu'aux
moindres discours qu'ils avoient enten-
dus; & comme il leur ordonnoit d'être
sinceres, son amour propre en souffroit
quelquefois; car le peuple a une intempe-
rance de langue qui ne respecte rien.

Quand je m'apperçus que le Comte
aimoit qu'on lui fist des rapports, je me
mis sur le pied d'aller l'aprèsdîné dans des
lieux publics, & de me mêler à la conversation des honnêtes gens, quand il s'y en
trouvoit. Lorsqu'ils parloient du Gouvernement, je les écoutois avec attention, &
s'ils disoient quelque chose qui méritât
d'être redit à son Excellence, je ne man-
quois pas de lui en faire part. Mais il faut
observer que je ne lui rapportois rien qui
ne fût à son avantage.

Un jour en revenant de l'un de ces
endroits, je passai devant la porte d'un
Hôpital. Il me prit envie d'y entrer. Je
parcourus deux ou trois salles remplies
de Malades alités en promenant ma vûë
de toutes parts. Parmi ces malheureux,
que je ne regardois pas sans compassion,
j'en remarquai un qui me frappa; je crus
reconnoître en lui Fabrice mon ancien
Camarade

Camarade & mon Compatriote. Pour le
voir de plus près , je m'approchai de son
lit , & ne pouvant douter que ce ne fût le
Poëte Nugnez , je demeurai quelques
momens à le considerer sans rien dire.
De son côté, il me remit aussi, & m'envi-
sagea de la même façon. Enfin rompant
le silence : Mes yeux , lui dis-je , ne me
trompent-ils point ? est-ce en effet Fabrice que je rencontre ici ? C'est lui-même , répondit-il froidement ; & tu ne dois
pas t'en étonner. Depuis que je t'ai quitté,
j'ai toujours fait le métier d'Auteur ; j'ai
composé des Romans , des Comédies ,
toutes sortes d'ouvrages d'esprit. J'ai fait
mon chemin ; je suis à l'Hôpital.

Je ne pus m'empêcher de rire de ces
paroles , & encore plus de l'air sérieux
dont il les avoit accompagnées. Hé quoi!
m'écriai-je , ta Muse t'a conduit dans ce
lieu! elle t'a joué ce vilain tour là ! Tu le
vois, répondit-il , cette maison sert souvent de retraite aux Beaux-esprits. Tu as
bien fait, mon enfant, de prendre une
autre route que moi ; mais tu n'es plus,
ce me semble, à la Cour , & tes affaires
ont changé de face : je me souviens même
d'avoir ouï dire que tu étois en prison
par ordre du Roi. On t'a dit la vérité , lui

répliquai-je; la situation charmante où
tu me laissas quand nous nous séparâmes,
fut peu de tems après suivie d'un revers
de fortune qui m'enleva mes biens & ma
liberté. Cependant, mon ami, tu me re-
vois dans un état plus brillant encore que
celui où tu m'as vû. Cela n'est pas possible,
dit Nugnez, ton maintien est sage &
modeste; tu n'as pas l'air vain & insolent
que donne ordinairement la prosperité.
Les disgraces, repris-je, ont purifié ma
vertu; & j'ai appris à l'école de l'adver-
sité à joüir des richesses sans m'en laisser
posseder.

Di-moi donc, interrompit Fabrice en
se mettant avec transport à son séant,
quel peut être ton emploi. Que fais-tu
présentement? Ne serois-tu pas Intendant
d'un grand Seigneur ruiné, ou de quelque
veuve opulente? J'ai un meilleur poste,
lui repartis-je; mais dispense-moi, je te
prie, de t'en dire davantage à present, je
satisferai une autrefois ta curiosité. Je me
contente en ce moment de t'apprendre
que je suis en état de te faire plaisir, ou
plutôt de te mettre à ton aise pour le reste
de tes jours, pourvû que tu me promettes
de ne plus composer d'ouvrages d'esprit,
soit en vers, soit en prose. Te sens-tu

capable de me faire un si grand sacrifice ?
Je l'ai déja fait au Ciel , me dit - il ,
dans une maladie mortelle dont tu me
vois échappé. Un Pere de S. Dominique
m'a fait abjurer la Poësie , comme un
amusement qui, s'il n'est pas criminel, dé-
tourne du moins du but de la sagesse.

Je t'en félicite , lui répliquai-je , mon
cher Nugnez ; mais gare la rechute. C'est
ce que je n'apprehende point du tout,
repartit il ; j'ai pris une ferme resolution
d'abandonner les Muses : quand tu es
entré dans cette salle , je composois des
vers pour leur dire un éternel adieu.
Monsieur Fabrice , lui dis-je alors en
branlant la tête, je ne sçais si nous devons,
le Pere de S. Dominique & moi, nous
fier à votre abjuration : vous me paroissez
furieusement épris de ces doctes Pucelles.
Non non, me répondit-il , j'ai rompu
tous les nœuds qui m'attachoient à elles.
J'ai plus fait : j'ai pris le Public en aversion. Il ne mérite pas qu'il y ait des Auteurs qui veuillent lui consacrer leurs
travaux ; je serois fâché de faire quelque
production qui lui plût. Ne croi pas ,
continua-t-il , que le chagrin me dicte ce
langage ; je te parle de sang froid. Je me-
prise autant les applaudissemens du Public

que ses sifflets. On ne sçait qui gagne ou
qui perd avec lui. C'est un capricieux qui
pense aujourd'hui d'une façon, & qui demain pensera d'une autre. Que les Poëtes
dramatiques sont foux de tirer vanité
de leurs Piéces quand elles réussissent!
Quelque bruit qu'elles fassent dans leur
nouveauté, si on les remet au Théâtre
vingt ans après, elles sont pour la plûpart
assez mal reçuës. La génération présente
accuse de mauvais goût celle qui l'a préce-
dée ; & ses jugemens sont contredits à
leur tour par ceux de la génération suivante. D'où je conclus que les Auteurs
qui sont applaudis présentement, doivent
s'attendre à être siflés dans la suite. Il en
est de même des Romans & des autres
Livres amusans qu'on met au jour ; quoiqu'ils ayent d'abord une approbation gé-
nérale, ils tombent insensiblement dans
le mépris. L'honneur qui nous revient de
l'heureux succès d'un ouvrage n'est donc
qu'une pure chimere, qu'une illusion de
l'esprit, qu'un feu de paille dont la fumée
se dissipe bientôt dans les airs.

Quoique je jugeasse bien que le Poëte
des Asturies ne parloit ainsi que par mauvaise humeur ; je ne fis pas semblant de
m'en appercevoir. Je suis ravi, lui dis-je,

que tu fois dégoûté du bel efprit & radi-
calement guéri de la rage d'écrire. Tu
peux compter que je te ferai donner inceffamment un emploi où tu pourras t'enrichir fans être obligé de faire une grande
dépenfe de génie. Tant mieux, s'écria-t-il,
l'efprit me put, & je le regarde à l'heure
qu'il eft comme le prefent le plus funefte
que le Ciel puiffe faire à l'homme. Je fouhaite, repris-je, mon cher Fabrice, que
tu conferves toujours les fentimens où tu
es. Si tu perfiftes à vouloir quitter la
Poëfie, je te le répete, je te ferai obtenir
bientôt un pofte honnête & lucratif ;
mais en attendant que je te rende ce
fervice, ajoutai-je en lui préfentant une
bourfe où il y avoit une foixantaine
de piftoles, je te prie de recevoir cette
petite marque d'amitié.

O généreux ami, s'écria le fils du Barbier Nugnez tranfporté de joïe & de
reconnoiffance, quelles graces n'ai-je
pas à rendre au Ciel de t'avoir fait entrer
dans cet Hôpital, d'où je vais dès ce jour
fortir par ton affiftance ! comme effectivement il fe fit tranfporter dans une chambre garnie. Mais avant que de nous fépa-
rer, je lui enfeignai ma demeure, & l'invi-
tai à me venir voir auffitôt que fa fanté feroit

rétablie. Il fit paroître une extrême surprise, lorsque je lui dis que j'étois logé
chez le Comte d'Olivarès. O trop heureux Gil Blas, me dit-il, dont le sort
est de plaire aux Ministres; je me réjoüis
de ton bonheur, puisque tu en fais un
si bon usage.

XXXXXXXXXXXXX:X XXXXXXXXXXX

CHAPITRE VIII.

Gil Blas se rend de jour en jour plus cher
à son Maître. Du retour de Scipion à
Madrid, & de la relation qu'il fit de son
voyage à Santillane.

LE Comte d'Olivarès, que j'appellerai
desormais *le Comte-Duc*, parce qu'il
plut au Roi dans ce tems-là de l'honorer
de ce titre, avoit un foible que je ne dé-
couvris pas infructueusement; c'étoit de
vouloir être aimé. Dès qu'il s'appercevoit
que quelqu'un s'attachoit à lui par inclination, il le prenoit en amitié. Je n'eûs
garde de négliger cette observation. Je ne
me contentois pas de bien faire ce qu'il
me commandoit; j'executois ses ordres
avec des démonstrations de zele qui le
ravissoient. J'étudiois son goût en toutes

chofes, pour m'y conformer, & prévenois
fes defirs autant qu'il m'étoit poffible.

Par cette conduite, qui mene prefque
toujours au but, je devins infenfiblement
le favori de mon Maître, qui de fon côté,
comme j'avois le même foible que lui, me
gagna l'ame par les marques d'affection
qu'il me donna. Je m'infinuai fi avant
dans fes bonnes graces, que je parvins à
partager fa confiance avec le Seigneur Carnero, fon premier Secrétaire.

Carnero s'étoit fervi du même moyen
que moi pour plaire à Son Excellence ; &
il y avoit fi bien réuffi, qu'elle lui faifoit
part des myfteres du Cabinet. Nous étions
donc ce Secrétaire & moi les deux confi-
dens du premier Miniftre & les dépofitai-
res de fes fecrets : avec cette difference qu'il
ne parloit à Carnero que d'affaires d'Etat,
& qu'il ne m'entretenoit moi, que de fes
intérêts particuliers ; ce qui faifoit, pour
ainfi dire, deux départemens féparés, dont
nous étions également fatisfaits l'un &
l'autre. Nous vivions enfemble fans jaloufie comme fans amitié. J'avois fujet d'être
content de ma place, qui me donnant fans
ceffe occafion d'être avec le Comte-Duc,
me mettoit à portée de voir le fond de fon
ame, que, tout diffimulé qu'il étoit natu-

rellement, il cessa de me cacher, lorsqu'il
ne douta plus de la sincerité de mon attachement pour lui.

Santillane, me dit-il un jour, tu as vû
le Duc de Lerme joüir d'une autorité qui
ressembloit moins à celle d'un Ministre
favori, qu'à la puissance d'un Monarque
absolu: cependant je suis encore plus heureux qu'il n'étoit au plus haut point de sa
fortune. Il avoit deux ennemis redouta-
bles dans le Duc d'Uzede son propre fils
& dans le Confesseur de Philippes III.
au-lieu que je ne vois personne auprès du
Roi, qui ait assez de crédit pour me nuire,
ni même que je soupçonne de mauvaise
volonté pour moi.

Il est vrai, poursuivit-il, qu'à mon ave-
nement au Ministere j'ai eu grand soin de
ne souffrir auprès du Prince que des Sujets
à qui le sang ou l'amitié me lient. Je me
suis défait par des Viceroyautés, ou par des
Ambassades, de tous les Seigneurs qui par
leur mérite personnel auroient pû m'enlever quelque portion des bonnes graces
du Souverain, que je veux posseder entierement : de sorte que je puis dire à l'heure
qu'il est, qu'aucun Grand ne fait ombre à
mon crédit. Tu vois, Gil Blas, ajouta-t-il,
que je te découvre mon cœur. Comme j'ai

lieu de penser que tu m'es tout dévoüé, je t'ai choisi pour mon confident. Tu as de l'esprit; je te crois sage, prudent, discret: en un mot, tu me parois propre à te bien acquitter de vingt sortes de commissions qui demandent un garçon plein d'intelligence, & qui soit dans mes interêts.

Je ne suis point à l'épreuve des images flatteuses que ces paroles offrirent à mon esprit. Quelques vapeurs d'avarice & d'ambition me monterent subitement à la tête, & réveillerent en moi des sentimens dont je croyois avoir triomphé. Je protestai au Ministre, que je répondrois de tout mon pouvoir à ses intentions, & je me tins prêt à executer sans scrupule tous les ordres dont il jugeroit à propos de me charger.

Pendant que j'étois ainsi disposé à dresser de nouveaux autels à la fortune, Scipion revint de son voyage. Je n'ai pas, me dit-il, un long récit à vous faire: J'ai charmé les Seigneurs de Leyva, en leur apprenant l'accueil que le Roi vous a fait lorsqu'il vous a reconnu, & la maniere dont le Comte d'Olivarès en use avec vous.

J'interrompis Scipion: Mon ami, lui dis-je, tu leur aurois fait encore plus de plaisir, si tu leur avois pû dire sur quel pied je suis aujourd'hui auprès de Monseigneur.

C'eſt une choſe prodigieuſe que la rapidité
des progrès que j'ai faits depuis ton départ
dans le cœur de Son Excellence. Dieu en
ſoit loüé, mon cher Maître, me répondit-
il : Je preſſens que nous aurons de belles
deſtinées à remplir.

Changeons de matiere, lui dis-je ; parlons d'Oviedo : Tu as été aux Aſturies.
Dans quel état y as-tu laiſſé ma mere ? Ah !
Monſieur, me repartit-il en prenant tout-
à-coup un air triſte, je n'ai que des nouvelles affligeantes à vous annoncer de ce
côté-là. O Ciel, m'écriai-je, ma mere eſt
morte aſſurément ! Il y a ſix mois, dit mon
Sécrétaire, que la bonne Dame a payé le
tribut à la nature, auſſi-bien que le Seigneur Gil-Perez, votre oncle.

La mort de ma mere me cauſa une vive
affliction, quoique dans mon enfance je
n'euſſe point reçu d'elle ces careſſes dont
les enfans ont grand beſoin pour devenir
reconnoiſſans dans la ſuite. Je donnai auſſi
au bon Chanoine les larmes que je lui devois, pour le ſoin qu'il avoit eu de mon
éducation. Ma douleur à la verité ne fut
pas longue, & dégenera bientôt en un
ſouvenir tendre que j'ai toujours conſervé
de mes parens.

❦❦❦❦❦❦❦❦❦❦❦❦

CHAPITRE IX.

Comment & à qui le Comte-Duc maria sa
Fille unique ; & des fruits amers que
ce mariage produisit.

PEu de tems après le retour du fils de
la Coscolina, le Comte-Duc tomba
dans une rêverie où il demeura plongé
pendant huit jours. Je m'imaginois qu'il
méditoit quelque grand coup d'Etat ; mais
ce qui le faisoit rêver, ne regardoit que sa
famille. Gil Blas, me dit-il une aprèsdinée, tu dois t'être apperçu que j'ai l'esprit embarrassé. Oui, mon enfant, je suis
occupé d'une affaire d'où dépend le repos
de ma vie. Je veux bien t'en faire confidence.

Dona Maria ma fille, continua-t-il, est
nubile, & il se présente un grand nombre
de Seigneurs qui se la disputent. Le Comte
de Niéblès, fils aîné du Duc de Medina-
Sidonia, Chef de la Maison de Guzman,
& Dom Loüis de Haro, fils aîné du Marquis de Carpio & de ma sœur aînée, sont
les deux concurrens qui paroissent le plus
en droit d'obtenir la préférence. Le dernier

fur-tout a un mérite fi fuperieur à celui de
fes rivaux, que toute la Cour ne doute pas
que je ne faffe choix de lui pour mon
gendre. Néanmoins, fans entrer dans les
raifons que j'ai de lui donner l'exclufion,
de même qu'au Comte de Niéblès, je te
dirai que j'ai jetté les yeux fur Dom Ramire Nugnez de Guzman, Marquis de
Toral, Chef de la Maifon des Guzman
d'Abrados. C'eft à ce jeune Seigneur &
aux enfans qu'il aura de ma fille, que je
prétends laiffer tous mes biens, & les an-
nexer au titre de Comte d'Olivarès, auquel je joindrai la Grandeffe ; de manière
que mes petits-fils, & leurs defcendans
fortis de la branche d'Abrados & de celle
d'Olivarès, pafferont pour les aînés de la
Maifon de Guzman.

Hé-bien, Santillane, ajouta-t-il, n'ap-
prouves-tu pas mon deffein ? Pardonnez-
moi, Monfeigneur, lui répondis je, ce
projet eft digne du génie qui l'a formé ;
tout ce que je crains, c'eft que le Duc de
Medina Sidonia pourra bien en murmurer.
Qu'il en murmure s'il veut, reprit le Miniftre, je m'en mets fort peu en peine. Je
n'aime point fa branche, qui a ufurpé fur
celle d'Abrados le droit d'aîneffe & les
titres qui y font attachés. Je ferai moins

senfible à fes plaintes qu'au chagrin qu'aura
la Marquife de Carpio ma fœur, de voir
échapper ma fille à fon fils. Mais après tout
je veux me fatisfaire, & Dom Ramire l'em-
portera fur fes rivaux; c'eft une chofe décidée.

Le Comte-Duc ayant pris cette refolution, ne l'executa pas fans donner une
nouvelle marque de fa politique finguliere.
Il prefenta un Memoire au Roi, pour le
prier, auffi-bien que la Reine, de vouloir
bien marier eux-mêmes fa fille, en leur
expofant les qualités des Seigneurs qui la
recherchoient, & s'en remettant entierement au choix que feroient leurs Majeftés:
mais il ne laiffoit pas, en parlant du Marquis de Toral, de faire connoître que c'é-
toit celui de tous qui lui étoit le plus agréable. Auffi le Roi qui avoit une complaifance aveugle pour fon Miniftre, lui fit
cette Réponfe: *Je crois D. Ramire Nugnez
digne de Dona Maria; cependant choififfez
vous-même. Le parti qui vous conviendra le
mieux, fera celui qui me plaira davantage.*
                              LE ROI.

Le Miniftre affecta de montrer cette Réponfe; & feignant de la regarder comme
un ordre du Prince, il fe hâta de marier
fa fille au Marquis de Toral; ce qui piqua

vivement la Marquife de Carpio, de même que tous les Guzmans qui s'étoient
flattés de l'efperance d'époufer D. Maria.
Néanmoins les uns & les autres ne pouvant empêcher ce mariage, affecterent de
le célebrer avec les plus grandes démonf-
trations de joïe. On eût dit que toute la
famille en étoit charmée; mais les mécon-
tens furent bientôt vengés d'une maniere
très-cruelle pour le Comte-Duc. D. Maria
accoucha au bout de dix mois d'une fille
qui mourut en naiffant, & fut elle-même
peu de jours après la victime de fa couche.

Quelle perte pour un pere qui n'avoit,
pour ainfi dire, des yeux que pour fa fille,
& qui voyoit avorter par-là le deffein d'ôter
le droit d'aîneffe à la branche de Medina
Sidonia! Il en fut fi pénetré, qu'il s'enferma
pendant quelques jours & ne voulut voir
perfonne que moi, qui me conformant à
fa vive douleur, parus auffi touché que lui.
Il faut dire la verité, je me fervis de cette
occafion pour donner de nouvelles larmes
à la mémoire d'Antonia. Le rapport que
fa mort avoit avec celle de la Marquife de
Toral, rouvrit une plaïe mal fermée, &
me mit fi bien en train de m'affliger, que
le Miniftre, tout accablé qu'il étoit de fa
propre douleur, fut frappé de la mienne,

Il étoit étonné de me voir entrer si chau-
dement dans ses chagrins. Gil Blas, me dit-
il un jour que je lui parus plongé dans une
tristesse mortelle, c'est une assez douce
consolation pour moi, d'avoir un confident si sensible à mes peines. Ah! Monseigneur, lui répondis-je en lui faisant tout
l'honneur de mon affliction, il faudroit que
je fusse bien ingrat & d'un naturel bien dur
si je ne les sentois pas vivement. Puis-je
penser que vous pleurez une fille d'un mérite accompli, & que vous aimiez si tendrement, sans mêler mes pleurs aux vôtres?
Non, Monseigneur, je suis trop plein de
vos bontés, pour ne partager pas toute ma
vie vos plaisirs & vos ennuis.

❖❖❖❖❖❖❖❖❖❖❖❖❖❖❖❖❖❖❖❖❖❖

CHAPITRE X.

Gil Blas rencontre par hazard le Poëte
Nugnez, qui lui apprend qu'il a fait
une Tragedie qui doit être incessamment
representée sur le Théatre du Prince. Du
malheureux succès de cette Piéce, & du
bonheur étonnant dont il fut suivi.

LE Ministre commençoit à se consoler,
& moi par conséquent à reprendre ma
bonne humeur, lorsqu'un soir je sortis

tout seul en carosse pour aller à la prome-
nade. Je rencontrai en chemin le Poëte des
Asturies, que je n'avois pas revû depuis sa
sortie de l'Hôpital. Il étoit fort proprement
vêtu. Je l'appellai ; je le fis monter dans
mon carosse, & nous nous promenâmes
ensemble dans le Pré S. Jerôme.

Monsieur Nugnez, lui dis-je, il est heureux pour moi de vous avoir rencontré par
hazard ; sans cela je n'aurois pas le plaisir
que j'ai de .... Point de reproches, Santillane, interrompit-il avec précipitation ;
je t'avoüerai de bonne foi que je n'ai pas
voulu t'aller voir : je vais t'en dire la raison. Tu m'as promis un bon poste, pourvû
que j'abjure la Poësie ; & j'en ai trouvé un
très-solide, à condition que je ferai des
vers. J'ai accepté ce dernier comme le plus
convenable à mon humeur. Un de mes
amis m'a placé auprès de Dom Bertrand
Gomez del Ribero, Tresorier des Galeres
du Roi. Ce Dom Bertrand, qui vouloit
avoir un Bel-esprit à ses gages, ayant trouvé
ma versification très-brillante, m'a choisi
préferablement à cinq ou six Auteurs qui
se presentoient pour remplir l'emploi de
Secrétaire de ses Commandemens.

J'en suis ravi, mon cher Fabrice, lui
dis-je, car ce Dom-Bertrand est apparemment

ment fort riche. Comment riche ! me répondit-il ; on dit qu'il ignore lui-même
jufqu'à quel point il l'eft. Quoi qu'il en
foit, voici en quoi confifte l'emploi que
j'occupe chez lui. Comme il fe pique d'ê-
tre galant, & qu'il veut paffer pour homme
d'efprit, il eft en commerce de Lettres avec
plufieurs Dames fort fpirituelles, & je lui
prête ma plume pour compofer des Billets
remplis de fel & d'agrément. J'écris pour
lui à l'une en vers, à l'autre en profe, &
je porte quelquefois les Lettres moi-même
pour faire voir la multiplicité de mes talens.

Mais tu ne m'apprens pas, lui dis-je, ce
que je fouhaite le plus de fçavoir : Es-tu
bien payé de tes Epigrammes épiftolaires ?
Très-graffement, répondit-il ; les gens
riches ne font pas tous généreux, & j'en
connois qui font de francs vilains : mais
Dom Bertrand en ufe avec moi fort noblement. Outre deux cens piftoles de gages
fixes, je reçois de lui de tems en tems de
petites gratifications ; ce qui me met en
état de faire le Seigneur, & de bien paffer
mon tems avec quelques Auteurs, ennemis
comme moi du chagrin. Au refte, repris-
je, ton Treforier a-t-il affez de goût pour
fentir les beautés d'un ouvrage d'efprit, &
pour en appercevoir les défauts ? Oh que

non, me répondit Nugnez ; quoiqu'il
ait un babil imposant, ce n'est point un
connoisseur. Il ne laisse pas de le donner
pour un *Tarpa*. Il décide hardiment, &
soutient son opinion d'un ton si haut &
avec tant d'opiniâtreté, que le plus souvent, lorsqu'il dispute, on est obligé de
lui ceder, pour éviter une grêle de traits
desobligeans dont il a coutume d'accabler
ses contradicteurs.

Tu peux croire, poursuivit-il, que j'ai
grand soin de ne le contredire jamais,
quelque sujet qu'il m'en donne ; car outre
les épithetes desagréables que je ne man-
querois pas de m'attirer, je pourrois fort
bien me faire mettre à la porte. J'approuve
donc prudemment ce qu'il loüe, & je
desapprouve de même tout ce qu'il trouve
mauvais. Par cette complaisance qui ne
me coûte guére, possedant, comme je fais,
l'art de m'accommoder au caractere des
personnes qui me font utiles, j'ai gagné
l'estime & l'amitié de mon patron. Il m'a
engagé à composer une Tragedie, dont il
m'a donné l'idée. Je l'ai faite sous ses yeux ;
& si elle réussit, je devrai à ses bons avis
une partie de ma gloire.

Je demandai à notre Poëte le titre de sa
Tragedie : C'est, répondit-il, *le Comte de*

Saldagne. Cette Piéce sera representée dans trois jours sur le Théatre du Prince. Je souhaite, lui repliquai-je, qu'elle ait une grande réussite, & j'ai assez bonne opinion de ton génie pour l'esperer. Je l'espere bien aussi, me dit-il, mais il n'y a point d'esperance plus trompeuse que celle-là, tant les Auteurs sont incertains de l'évenement d'un Ouvrage dramatique.

Enfin le jour de la premiere representation arriva. Je ne pus aller à la Comedie, Monseigneur m'ayant chargé d'une commission qui m'en empêcha. Tout ce que je pus faire, fut d'y envoyer Scipion, pour sçavoir du moins dès le soir même le succès d'une Piéce à laquelle je m'interessois. Après l'avoir impatiemment attendu, je le vis revenir d'un air qui me fit concevoir un mauvais presage. Hé-bien, lui dis-je, comment *le Comte de Saldagne* a-t'il été reçu du Public ? Fort brutalement, répondit-il, jamais Piéce n'a été plus cruellement traitée : Je suis sorti indigné de l'insolence du Parterre. Et moi, je le suis, lui repliquai-je, de la fureur que Nugnez a de composer des Poëmes dramatiques. Ne faut-il pas qu'il ait perdu le jugement, pour preferer les huées ignominieuses des Spectateurs à l'heureux sort que je puis lui

faire. C'est ainsi que par amitié je peſtois
contre le Poëte des Aſturies, & que je
m'affligeois du malheur de ſa Piéce pendant qu'il s'en applaudiſſoit.

En effet, je le vis deux jours après entrer
chez moi, tout tranſporté de joïe. Santillane, s'écria-t-il, je viens te faire part du
raviſſement où je ſuis. J'ai fait ma fortune,
mon ami, en faiſant une mauvaiſe Piéce.
Tu ſçais l'étrange accueil qu'on a fait au
Comte de Saldagne. Tous les Spectateurs à
l'envi ſe ſont déchaînés contre lui ; & c'eſt
à ce déchaînement général que je dois le
bonheur de ma vie.

Je fus aſſez étonné d'entendre parler de
cette maniere le Poëte Nugnez. Comment
donc, Fabrice, lui dis-je, ſeroit-il poſſible
que la chûte de ta Tragedie eût de quoi
juſtifier ta joïe immoderée ? Oui ſans doute, répondit-il : Je t'ai déja dit que Dóm
Bertrand avoit mis du ſien dans ma Piéce ;
par conſéquent il la trouvoit excellente.
Il a été piqué vivement de voir les Spectateurs d'un ſentiment contraire au ſien.
Nugnez, m'a t il dit ce matin, *Victrix
cauſa Diis placuit, ſed victa Catoni :* Si ta
Piéce a déplu au Public, en récompenſe
elle me plaît à moi, & cela doit te ſuffire.
Pour te conſoler du mauvais goût du ſiécle,

je te donne deux mille écus de rente à prendre sur tous mes biens : allons de ce pas chez mon Notaire en passer le contrat. Nous y avons été sur le champ ; le Trésorier a signé l'acte de la donation, & m'a payé la premiere année d'avance.

Je félicitai Fabrice sur la malheureuse destinée du *Comte de Saldagne*, puisqu'elle avoit tourné au profit de l'Auteur. Tu as bien raison, continua-t-il, de me faire compliment là-dessus. Que je suis heureux d'avoir été sifflé à double carillon ! Si le Public plus bénévole m'eût honoré de ses applaudissemens, à quoi cela m'auroit-il mené ? A rien. Je n'aurois tiré de mon travail qu'une somme assez médiocre, au lieu que les sifflets m'ont mis tout-d'un-coup à mon aise pour le reste de mes jours.

CHAPITRE XI.

Santillane fait donner un Emploi à Scipion, qui part pour la Nouvelle Espagne.

MON Secrétaire ne regarda pas sans envie le bonheur inopiné du Poëte Nugnez : il ne cessa de m'en parler pendant huit jours. J'admire, disoit-il, le caprice de la Fortune, qui se plaît quelquefois à combler de biens un détestable Auteur, tandis qu'elle en laisse de bons dans la misère : Je voudrois bien qu'elle s'avisât de m'enrichir aussi du soir au lendemain. Cela pourra bien arriver, lui disois-je, & plutôt que tu ne penses. Tu es ici dans son temple ; car il me semble qu'on peut appeller le temple de la Fortune la maison d'un premier Ministre, où l'on accorde souvent des graces qui engraissent tout-à-coup ceux qui les obtiennent. Cela est véritable, Monsieur, me répondoit-il, mais il faut avoir la patience de les attendre. Encore une fois, Scipion, lui repliquois-je, sois tranquile ; peut-être es-tu sur le point d'avoir quelque bonne Commission. Effectivement il s'offrit peu de jours après une occasion de l'employer utilement au service du Comte-Duc, & je ne la laissai point échapper.

Je m'entretenois un matin avec Dom Raimon Caporis, Intendant de ce premier Ministre, & notre conversation rouloit sur les revenus de Son Excellence. Monseigneur joüit, disoit-il, des Commanderies de tous les Ordres Militaires, ce qui lui vaut par an quarante mille écus ; & il n'est obligé que de porter la Croix d'Al-

antara: De plus, ses trois Charges de Grand-
Chambellan, de Grand-Ecuyer & de
Grand-Chancelier des Indes lui rapportent
deux cens mille écus; & tout cela n'est rien
encore en comparaison des sommes im-
menses qu'il tire des Indes : Sçavez-vous
bien de quelle maniere? Lorsque les Vais-
seaux du Roi partent de Séville ou de Lisbonne pour ce païs-là, il y fait embarquer
du vin, de l'huile & des grains que lui
fournit sa Comté d'Olivarès; il ne paye
point de port. Avec cela il vend dans les
Indes ces marchandises quatre fois plus
qu'elles ne valent en Espagne; ensuite il
en employe l'argent à acheter des épiceries,
des couleurs, & d'autres choses qu'on a
presque pour rien dans le nouveau Monde,
& qui se vendent fort cher en Europe. Il
a déja par ce trafic gagné plusieurs millions
sans faire le moindre tort au Roi.

Ce qui ne vous paroîtra pas étonnant,
continua-t-il, c'est que les personnes em-
ployées à faire ce commerce, reviennent
toutes chargées de richesses; Monseigneur
trouvant bon qu'elles fassent leurs affaires
avec les siennes.

Le fils de la Coscolina, qui écoutoit
notre entretien, ne put entendre parler
ainsi Dom Raimon sans l'interrompre :

Parbleu, Seigneur Caporis, s'écria-t-il, je
serois ravi d'être une de ces personnes-là;
aussi-bien il y a long-tems que je souhaite
de voir le Mexique. Votre curiosité sera
bientôt satisfaite, lui dit l'Intendant, si
le Seigneur de Santillane ne s'oppose point
à votre envie. Quelque délicat que je sois
sur le choix des gens que j'envoye aux
Indes faire ce trafic (car c'est moi qui les
choisis,) je vous mettrai aveuglément sur
mon registre, si votre Maître le veut. Vous
me ferez plaisir, dis-je à Dom Raimon,
donnez-moi cette marque d'amitié. Scipion est un garçon que j'aime, d'ailleurs
très-intelligent, & qui se gouvernera de
façon qu'on n'aura pas le moindre reproche à lui faire. En un mot, j'en réponds
comme de moi-même.

Cela étant, reprit Caporis, il n'a qu'à
se rendre incessamment à Séville; les Vais-
seaux doivent mettre à la voile dans un
mois pour les Indes. Je le chargerai à son
départ d'une lettre pour un homme qui
lui donnera toutes les instructions nécessaires pour s'enrichir, sans porter aucun
préjudice aux interêts de Son Excellence,
qui doivent être sacrés pour lui.

Scipion, charmé d'avoir cet Emploi, se
hâta de partir pour Séville avec mille écus
que

que je lui comptai, pour acheter dans l'Andaloufie du vin & de l'huile, & le mettre
en état de trafiquer pour fon compte dans
les Indes. Cependant tout ravi qu'il étoit
de faire un voyage dont il efperoit tirer tant
de profit, il ne put me quitter fans répandre des pleurs, & je ne vis pas de fang froid
fon départ.

CHAPITRE XII.

Dom Alphonfe de Leyva vient à Madrid;
motif de fon voyage. De l'affliction qu'eut
Gil Blas, & de la joie qui la fuivit.

A Peine eus-je perdu Scipion, qu'un
Page du Miniftre m'apporta un bil-
let qui contenoit ces paroles : *Si le Seigneur*
de Santillane veut fe donner la peine de fe
rendre à l'Image faint Gabriel dans la rüe
de Tolede, il y verra un de fes meilleurs amis.

Quel peut être cet ami qui ne fe nomme
point, dis-je en moi-même ? pourquoi me
cache-t'il fon nom ? Il veut apparemment
me caufer le plaifir de la furprife. Je fortis
fur le champ, je pris le chemin de la rüe
de Tolede; & en arrivant au lieu marqué,
je ne fus pas peu étonné d'y trouver Dom

Alphonse de Leyva. Que vois-je, m'écriai-
je! Vous ici, Seigneur! Oui, mon cher
Gil Blas, répondit-il en me ferrant étroi-
tement entre ses bras, c'est D. Alphonse
lui-même qui s'offre à votre vûë. Hé! qui
vous amene à Madrid, lui dis-je? Je vais
vous surprendre, me repartit-il, & vous
affliger, en vous apprenant le sujet de mon
voyage. On m'a ôté le Gouvernement de
Valence, & le premier Ministre me mande
à la Cour pour rendre compte de ma conduite. Je demeurai un quart-d'heure dans
un stupide silence; puis reprenant la parole: De quoi, lui dis-je, vous accuse-t'on?
Je n'en sçai rien, répondit-il, mais j'im-
pute ma disgrace à la visite que j'ai faite,
il y a trois semaines, au Cardinal-Duc de
Lerme, qui depuis un mois est relegué dans
son Château de Denia.

Oh vraiment, interrompis-je, vous avez
raison d'attribuer votre malheur à cette
visite indiscrette: n'en cherchez point la
cause ailleurs; & permettez-moi de vous
dire que vous n'avez pas consulté votre
prudence ordinaire, lorsque vous avez été
voir ce Ministre disgracié. La faute en est
faite, me dit-il, & j'ai pris de bonne grace
mon parti: Je vais me retirer avec ma famille au Château de Leyva, où je passerai

dans un profond repos le reste de mes jours.
Tout ce qui me fait de la peine, ajouta-t-il,
c'est d'être obligé de paroître devant un
superbe Ministre qui pourra me recevoir
peu gracieusement. Quelle mortification
pour un Espagnol ! Cependant c'est une
nécessité ; mais avant que de m'y soumet-
tre, j'ai voulu vous parler. Seigneur, lui
dis-je, ne vous presentez pas devant le
Ministre, que je n'aye sçû auparavant de
quoi l'on vous accuse ; le mal n'est peut-
être pas sans remede. Quoi qu'il en soit,
vous trouverez bon, s'il vous plaît, que
je me donne pour vous tous les mouvemens qu'exigent de moi la reconnoissance
& l'amitié. A ces mots, je le laissai dans
son Hôtellerie, en l'assurant qu'il auroit
incessamment de mes nouvelles.

Comme je ne me mêlois plus d'affaires
d'Etat depuis les deux Memoires dont il
a été fait une si éloquente mention, j'allai trouver Carnero, pour lui demander
s'il étoit vrai qu'on eût ôté à Dom Alphonse de Leyva le Gouvernement de
la Ville de Valence. Il me répondit que
oui, mais qu'il en ignoroit la raison. Là-
dessus je pris, sans balancer, la resolution
de m'adresser à Monseigneur même, pour
apprendre de sa propre bouche les sujets

qu'il pouvoit avoir de se plaindre du fils
de Dom Cesar.

J'étois si pénetré de ce fâcheux évenement, que je n'eus pas besoin d'affecter un
air de tristesse pour paroître affligé aux yeux
du Comte-Duc. Qu'as-tu donc, Santillane,
me dit-il aussitôt qu'il me vit ? J'apperçois
sur ton visage une impression de chagrin ;
je vois même des larmes prêtes à couler de
tes yeux. Quelqu'un t'auroit-il fait quelqu'offense ? Parle, tu seras bientôt vengé.
Monseigneur, lui répondis-je en pleurant,
quand je voudrois vous cacher ma douleur, je ne le pourrois pas ; je suis au desespoir : On vient de me dire que Dom Alphonse de Leyva n'est plus Gouverneur de
Valence ; on ne pouvoit m'annoncer une
nouvelle plus capable de me causer une
mortelle affliction. Que dis-tu, Gil Blas,
reprit le Ministre étonné ? quel interêt
peux-tu prendre à ce Dom Alphonse & à
son Gouvernement ? Alors je lui fis un
détail des obligations que j'avois aux Seigneurs de Leyva : ensuite je lui racontai
de quelle façon j'avois obtenu du Duc de
Lerme, pour le fils de D. Cesar, le Gouvernement dont il s'agissoit.

Quand Son Excellence m'eut écouté
jusqu'au bout avec une attention pleine

de bonté pour moi, il me dit : Eſſuye tes
pleurs, mon ami. Outre que j'ignorois ce
que tu viens de m'apprendre, je t'avoüerai que je regardois D. Alphonſe comme
une créature du Cardinal de Lerme. Je te
mets à ma place : la viſite qu'il a faite à cette
Eminence, ne te l'auroit-il pas rendu ſuſ-
pect? Je veux bien croire pourtant qu'ayant
été pourvû de ſon Emploi par ce Miniſtre,
il peut avoir fait cette démarche par un pur
mouvement de reconnoiſſance. Je ſuis fâché d'avoir déplacé un homme qui te devoit ſon poſte ; mais ſi j'ai détruit ton ouvrage, je puis le réparer. Je veux même
encore plus faire pour toi que le Duc de
Lerme : Dom Alphonſe ton ami n'étoit
que Gouverneur de la ville de Valence, je
le fais Viceroi du Royaume d'Aragon :
c'eſt ce que je te permets de lui faire ſçavoir, & tu peux lui mander de venir prêter
ſerment.

Lorſque j'eus entendu ces paroles, je
paſſai d'une extrême douleur à un excès
de joie qui me troubla l'eſprit à un point,
qu'il y parut au remerciment que je fis à
Monſeigneur : mais le deſordre de mon
diſcours ne lui déplut point ; & comme je
lui appris que D. Alphonſe étoit à Madrid,
il me dit que je pouvois le lui preſenter

dès ce jour-là même. Je courus aussitôt à
l'Image saint Gabriël, où je ravis le fils de
Dom Cesar en lui annonçant son nouvel
Emploi. Il ne pouvoit croire ce que je lui
disois, tant il avoit de peine à se persuader
que le premier Ministre, quelqu'amitié
qu'il eût pour moi, fût capable de donner
des Viceroyautés à ma consideration. Je le
menai au Comte-Duc, qui le reçut très-
poliment, & lui dit qu'il s'étoit si bien
conduit dans son Gouvernement de la ville
de Valence, que le Roi le jugeant propre
à remplir une plus grande place, l'avoit
nommé à la Viceroyauté d'Aragon. D'ailleurs, ajouta-t-il, cette Dignité n'est point
au-dessus de votre naissance, & la Noblesse
Aragonoise ne sçauroit murmurer contre
le choix de la Cour.

Son Excellence ne fit aucune mention de
moi, & le Public ignora la part que j'avois
à cette affaire ; ce qui sauva D. Alphonse
& le Ministre, des mauvais discours qu'on
auroit pû tenir dans le monde sur un
Viceroi de ma façon.

Sitôt que le fils de Dom Cesar fut sûr
de son fait, il dépêcha un Exprès à Valence
pour en informer son pere & Seraphine,
qui se rendirent bientôt à Madrid. Leur
premier soin fut de me venir trouver pour

m'accabler de remercimens. Quel spectacle
touchant & glorieux pour moi, de voir
les trois personnes du monde qui m'étoient
les plus cheres m'embrasser à l'envi! Aussi
sensibles à mon zele & à mon affection,
qu'à l'honneur que le poste de Viceroi
alloit faire à leur Maison, ils ne pouvoient
se lasser de me tenir des discours recon-
noissans. Ils me parloient même comme
s'ils eussent parlé à un homme d'une condition égale à la leur. Il sembloit qu'ils
eussent oublié qu'ils avoient été mes maîtres. Ils croyoient ne pouvoir me témoigner assez d'amitié. Pour supprimer les circonstances inutiles, Dom Alphonse après
avoir reçu ses Patentes, remercié le Roi &
son Ministre, & prêté le serment ordinaire,
partit de Madrid avec sa famille, pour aller
établir son séjour à Saragosse. Il y fit son
entrée avec toute la magnificence imagi-
nable; & les Aragonois firent connoître
par leurs acclamations, que je leur avois
donné un Viceroi qui leur étoit fort agréable.

CHAPITRE XIII.

*Gil Blas rencontre chez le Roi Dom Gaſton
de Cogollos & Dom André de Tordeſillas.
Où ils allerent tous trois. Fin de l'hiſtoire.
de D. Gaſton & de D. Helena de Galiſteo.
Quel ſervice Santillane rendit à Tordeſil=
las.*

JE nageois dans la joïe d'avoir ſi heureuſement changé en Viceroi un
Gouverneur déplacé. Les Seigneurs de
Leyva même en étoient moins ravis que
moi. J'eus bientôt encore une autre occaſion d'employer mon credit pour un ami ;
ce que je crois devoir rapporter, pour faire
connoître à mes Lecteurs que je n'étois
plus ce même Gil Blas qui ſous le Miniſtere
précedent vendoit les graces de la Cour.

J'étois un jour dans l'antichambre du
Roi, où je m'entretenois avec des Seigneurs
qui me connoiſſant pour un homme chéri
du premier Miniſtre, ne dédaignoient pas
ma converſation. J'apperçus dans la foule
Dom Gaſton de Cogollos, ce priſonnier
d'Etat que j'avois laiſſé dans la Tour de Ségovie. Il étoit avec le Châtelain D. André

de Tordefillas. Je quittai volontiers ma
compagnie , pour aller embrasser ces deux
amis. S'ils furent étonnés de me revoir là ,
je le fus bien davantage de les y rencontrer. Après de vives accolades de
part & d'autre , Dom Gaston me dit : Seigneur de Santillane , nous avons bien des
questions à nous faire mutuellement , &
nous ne sommes pas ici dans un lieu com-
mode pour cela : permettez que je vous
emmene dans un endroit où le Seigneur
de Tordefillas & moi nous serons bien-
aise d'avoir avec vous un long entretien.
J'y consentis ; nous fendîmes la presse , &
nous sortîmes du Palais. Nous trouvâmes
le carosse de D. Gaston qui l'attendoit dans
la ruë ; nous y montâmes tous trois , &
nous nous rendîmes à la grande place du
Marché où se font les courses de Taureaux.
Là demeuroit Cogollos , dans un fort bel
Hôtel.

Seigneur Gil Blas , me dit Dom André
lorsque nous fumes dans une salle magnifiquement meublée , il me semble qu'à
votre départ de Ségovie vous haïssiez la
Cour , & que vous étiez dans la resolution
de vous en éloigner pour jamais. C'étoit
en effet mon dessein , lui répondis-je , &
tant qu'a vécu le feu Roi, je n'ai pas changé

de sentiment : mais quand j'ai sçû que le
Prince son fils étoit sur le Trône, j'ai voulu
voir si le nouveau Monarque me reconnoîtroit. Il m'a reconnu, & j'ai eu le bonheur d'en être reçu favorablement; il m'a
recommandé lui même au premier Ministre, qui m'a pris en amitié ; & avec qui
je suis beaucoup mieux que je ne l'ai jamais
été avec le Duc de Lerme. Voilà, Seigneur
D. André, ce que j'avois à vous apprendre;
& vous, dites-moi si vous êtes toujours
Châtelain de la Tour de Ségovie. Non
vraiment, me répondit-il ; le Comte-Duc
en a mis un autre à ma place. Il m'a crû
apparemment tout dévoüé à son prédécef-
seur. Et moi, dit alors Dom Gaston, j'ai
été remis en liberté par une raison contraire : Le premier Ministre n'a pas sitôt
sçû que j'étois dans les prisons de Ségovie
par ordre du Duc de Lerme, qu'il m'en
a fait sortir. Il s'agit à present, Seigneur
Gil Blas, de vous conter ce qui m'est arrivé depuis que je suis libre.

La premiere chose que je fis, poursuivit-
il, après avoir remercié Dom André des
attentions qu'il avoit euës pour moi pendant ma prison, fut de me rendre à Madrid.
Je me presentai devant le Comte-Duc
d'Olivarès, qui me dit : Ne craignez pas

que le malheur qui vous est survenu, fasse
le moindre tort à votre réputation ; vous
êtes pleinement justifié : je suis d'autant
plus assuré de votre innocence, que le
Marquis de Villareal dont on vous a soup-
çonné d'être complice, n'étoit pas coupable. Quoique Portugais, & parent même
du Duc de Bragance, ils est moins dans
ses interêts que dans ceux du Roi mon
maître. On n'a donc point dû vous faire
un crime de votre liaison avec ce Marquis ;
& pour réparer l'injustice qu'on vous a
faite en vous accusant de trahison, le Roi
vous donne une Lieutenance dans sa Garde
Espagnole. J'acceptai cet Emploi en sup-
pliant Son Excellence de me permettre,
avant que d'entrer en exercice, d'aller à
Coria pour y voir Dona Elenor de Laxarilla
ma tante. Le Ministre m'accorda un mois
pour faire ce voyage, & je partis accompagné d'un seul Laquais.

Nous avions déja passé Colmenar, &
nous étions engagés dans un chemin creux
entre deux montagnes, quand nous apperçûmes un Cavalier qui le défendoit vail-
lamment contre trois hommes qui l'at-
taquoient tous ensemble. Je ne balançai
point à le secourir ; je me hâtai de le joindre, & je me mis à son côté. Je remarquai

en me battant, que nos ennemis étoient
masqués, & que nous avions affaire à de
vigoureux Spadassins. Cependant malgré
leur force & leur adresse nous demeurâmes
vainqueurs : je perçai un des trois ; il tomba de cheval, & les deux autres prirent la
fuite à l'instant. Il est vrai que la victoire
ne nous fut guére moins funeste qu'au malheureux que j'avois tué, puisqu'après l'action nous nous trouvâmes, mon compagnon & moi, dangereusement blessés. Mais
representez-vous quelle fut ma surprise,
lorsque je reconnus dans ce cavalier Combados, le mari de Doña Helena. Il ne fut
pas moins étonné de voir que j'étois son
défenseur : Ah ! Dom Gaston, s'écria-t-il,
quoi, c'est vous qui venez me secourir ?
Quand vous avez si généreusement pris
mon parti, vous ignoriez que c'étoit celui
d'un homme qui vous a enlevé votre Maîtresse. Je l'ignorois en effet, lui répondis-
je ; mais quand je l'aurois sçû, pensez-vous
que j'eusse balancé à faire ce que j'ai fait ?
Jugeriez-vous assez mal de moi, pour me
croire une ame si basse ? Non, non, reprit-
il, j'ai meilleure opinion de vous ; & si je
meurs des blessures que je viens de recevoir, je souhaite que les vôtres ne vous
empêchent point de profiter de ma mort.

Combados, lui dis-je, quoique je n'aye pas
encore oublié D. Heléna, fçachez que je
ne defire-point fa poffeffion aux dépens de
votre vie ; je m'applaudis même d'avoir
contribué à vous fauver des coups de trois
affaffins, puifqu'en cela j'ai fait une action
agréable à votre époufe.

Pendant que nous nous parlions de cette
forte, mon Laquais defcendit de cheval ;
& s'étant approché du Cavalier qui étoit
étendu fur la pouffiere, il lui ôta fon mafque
& nous fit voir des traits que Combados
reconnut d'abord. C'eft Caprara, s'écria-
t-il, ce perfide coufin qui de dépit d'avoir
manqué une riche fucceffion qu'il m'avoit
injuftement difputée, nourriffoit depuis
long-tems le defir de m'affaffiner, & avoit
enfin choifi ce jour pour le fatisfaire : mais
le Ciel a permis qu'il ait été la victime de
fon attentat.

Cependant notre fang couloit à bon
compte, & nous nous affoibliffions à vûë
d'œil. Néanmoins tout bleffés que nous
étions, nous eûmes la force de gagner le
Bourg de Villarejo, qui n'eft qu'à deux
portées de fufil du champ de bataille. En
arrivant à la premiere Hôtellerie, nous
demandâmes des Chirurgiens. Il en vint
un, qu'on nous dit être fort habile. Il vifita

nos plaïes, qu'il trouva très-dangereuses :
il nous pensa ; & le lendemain il nous dit,
après avoir levé l'appareil, que les blessures de Dom Blas étoient mortelles. Il jugea
des miennes plus favorablement, & ses
pronostics ne furent point faux.

Combados se voyant condamné à la
mort, ne songea plus qu'à s'y préparer. Il
dépêcha un Exprès à sa femme, pour l'informer de ce qui s'étoit passé & du triste
état où il se trouvoit. D. Helena fut bientôt à Villarejo. Elle y arriva, l'esprit travaillé
d'une inquiétude qui avoit deux causes dif-
ferentes : le peril que couroit la vie de son
époux, & la crainte de sentir, en me re-
voyant, rallumer un feu mal éteint. Cela
lui causoit une agitation terrible. Madame,
lui dit D. Blas lorsqu'elle fut en sa presence,
vous arrivez assez à tems pour recevoir mes
adieux. Je vais mourir, & je regarde ma
mort comme une punition du Ciel, de
vous avoir par une tromperie arrachée à
Dom Gaston : bien loin d'en murmurer,
je vous exhorte moi-même à lui rendre
un cœur que je lui ai ravi. D. Helena ne lui
répondit que par des pleurs ; & véritablement c'étoit la meilleure réponse qu'elle
lui pût faire, n'étant pas encore assez dé-
tachée de moi pour avoir oublié l'artifice

dont il s'étoit servi pour la déterminer à me manquer de foi.

Il arriva, comme le Chirurgien l'avoit pronostiqué, qu'en moins de trois jours Combados mourut de ses blessures, au lieu que les miennes annonçoient une prochaine guérison La jeune Veuve uniquement occupée du soin de faire transporter à Coria le corps de son époux, pour lui rendre tous les honneurs qu'elle devoit à sa cendre, partit de Villarejo pour s'en retourner, après s'être informée, comme par pure politesse, de l'état où je me trouvois. Dès que je pus la suivre, je pris le chemin de Coria, où j'achevai de me rétablir. Alors D. Eleonor ma tante & Dom George de Galisteo résolurent de nous marier promptement Helene & moi, de peur que la fortune ne nous séparât encore par quelque nouvelle traverse. Ce mariage se fit sans éclat, à cause de la mort trop récente de D Blas; & peu de jours après je revins à Madrid avec D. Helena. Comme j'avois passé le tems prescrit par le Comte-Duc pour mon voyage, je craignois que ce Ministre n'eût donné à un autre la Lieutenance qu'il m'avoit promise: mais il n'en avoit point disposé, & il eut la bonté de recevoir les excuses que je lui fis de mon retardement.

Je suis donc, poursuivit Cogollos, Lieu-
tenant de la Garde Espagnole , & j'ai de
l'agrément dans mon Emploi. J'ai fait des
amis d'un commerce agréable , & je vis
content avec eux. Je voudrois pouvoir en
dire autant, s'écria D. André , mais je suis
bien éloigné d'être satisfait de mon sort :
j'ai perdu mon poste , qui ne laissoit pas
de m'être fort utile , & je n'ai point d'amis
qui ayent assez de crédit , pour m'en procurer un solide. Pardonnez-moi, Seigneur
Dom André , interrompis-je en souriant,
vous avez en moi un ami qui peut vous
être bon à quelque chose. Je vous ai déja
dit que je suis encore plus aimé du Comte-
Duc que je ne l'étois du Duc de Lerme,
& vous osez me dire en face que vous n'a-
vez personne qui puisse vous faire obtenir
un solide Emploi. Ne vous ai-je pas déja
rendu un pareil service ? Souvenez-vous
que par le crédit de l'Archevêque de Grenade je vous fis nommer pour aller remplir
au Mexique un poste , où vous auriez fait
votre fortune, si l'amour ne vous eût point
arrêté dans la ville d'Alicante. Je suis bien
plus en état de vous servir presentement
que j'ai l'oreille du premier Ministre. Je
m'abandonne donc à vous , répliqua Tordesillas ; mais, ajouta-t-il en souriant à son
tour

tour, ne m'envoyez pas de grace à la Nouvelle Espagne ; je n'y voudrois point aller quand on m'y voudroit faire Président de l'Audience même de Mexique.

Nous fumes interrompus dans cet endroit de notre entretien par Dona Helena, qui arriva dans la salle, & dont la personne toute gracieuse remplit l'idée charmante que je m'en étois formée. Madame, lui dit Cogollos, je vous presente le Seigneur de Santillane dont je vous ai parlé quelquefois, & dont l'aimable compagnie a souvent dans ma prison suspendu mes ennuis. Oui, Madame, dis-je à D. Helena, ma conversation lui plaisoit, car vous en faisiez toujours la matiere. La fille de Dom George répondit modestement à ma politesse ; après quoi je pris congé de ces deux époux, en leur protestant que j'étois ravi que l'hymen eût enfin succedé à leurs longues amours. Ensuite m'adressant à Tordesillas, je le priai de m'apprendre sa demeure ; & lorsqu'il me l'eut enseignée : Sans adieu, lui dis-je, D. André, j'espere qu'avant huit jours vous verrez que je joins le pouvoir à la bonne volonté.

Je n'en eus pas le démenti. Dès le lendemain même, le Comte-Duc me fournit une occasion d'obliger ce Châtelain. San-

tillane, me dit Son Excellence, la place
de Gouverneur de la Prison Royale de Valladolid est vacante, elle rapporte plus de
trois cens pistoles par an ; il me prend envie de te la donner. Je n'en veux point,
Monseigneur, lui répondis-je, valût-elle
dix mille ducats de rente : je renonce à
tous les postes que je ne puis occuper sans
m'éloigner de vous. Mais, reprit le Ministre, tu peux fort bien remplir celui-là
sans être obligé de quitter Madrid, que
pour aller de tems en tems à Valladolid
visiter la Prison. Vous direz, lui repartis-
je, tout ce qu'il vous plaira ; je ne veux de
cet Emploi qu'à condition qu'il me sera
permis de m'en démettre en faveur d'un
brave Gentilhomme, appellé Dom André
de Tordesillas, ci-devant Châtelain de la
Tour de Ségovie : j'aimerois à lui faire ce
present, pour reconnoître les bons traite-
mens qu'il m'a faits pendant ma prison.

Ce discours fit rire le Ministre, qui me
dit : A ce que je vois, Gil Blas, tu veux
faire un Gouverneur de Prison Royale
comme tu as fait un Viceroi. Hé bien soit,
mon ami, je t'accorde la place vacante
pour Tordesillas ; mais di-moi tout naturellement quel profit il doit t'en revenir :
car je ne te crois pas assez sot pour vouloir

employer ton credit pour rien. Monſeigneur, lui répondis-je, ne faut il pas payer
ſes dettes? Dom André m'a fait ſans interêt
tous les plaiſirs qu'il a pû, ne dois-je pas
lui rendre la pareille ? Vous êtes devenu
bien deſintereſſé, Monſieur de Santillane,
me répliqua Son Excellence; il me ſemble
que vous l'étiez beaucoup moins ſous le
dernier Miniſtere. J'en conviens, lui repartis-je, le mauvais exemple corrompit
mes mœurs : comme tout ſe vendoit alors,
je me conformai à l'uſage; & comme aujourd'hui tout ſe donne, j'ai repris mon
integrité.

Je fis donc pourvoir D. André de Tordeſillas du Gouvernement de la Priſon
Royale de Valladolid, & je l'envoyai bientôt dans cette Ville, auſſi ſatisfait de ſon
nouvel établiſſement, que je l'étois de
m'être acquitté envers lui des obligations
que je lui avois.

M iij

CHAPITRE XIV.

Santillane va chez le Poëte Nugnez: Quelles
personnes il y trouva, & quels discours
y furent tenus.

IL me prit envie une aprèsdinée d'aller
voir le Poëte des Asturies, me sentant
fort curieux de sçavoir de quelle façon il
étoit logé. Je me rendis à l'Hôtel du Seigneur Dom Bertrand Gomez del Ribero,
& j'y demandai Nugnez. Il ne demeure
plus ici, me dit un Laquais qui étoit à la
porte; c'est-là qu'il loge à present, ajouta-
t-il en me montrant une maison voisine;
il y occupe un corps-de-logis sur le derriere. J'y allai; & après avoir traversé une
petite cour, j'entrai dans une salle toute
nuë, où je trouvai mon ami Fabrice encore
à table, avec cinq ou six de ses confreres
qu'il régaloit ce jour-là.

Ils étoient sur la fin du repas, & par
conséquent en train de disputer; mais
aussitôt qu'ils m'apperçurent, ils firent suc-
ceder un profond silence à leurs bruïans
discours. Nugnez se leva d'un air empressé
pour me recevoir, en s'écriant : Messieurs,

voilà le Seigneur de Santillane, qui veut
bien m'honorer d'une de ses visites; rendez avec moi vos hommages au Favori du
premier Ministre. A ces paroles tous les
Convives se leverent aussi pour me saluer;
& en faveur du titre qui m'avoit été donné, ils me firent des civilités très respec-
tueuses. Quoique je n'eusse besoin ni de
boire ni de manger, je ne pus me défendre
de me mettre à table avec eux; & même
de faire raison à une *brinde* qu'ils me por-
terent.

Comme il me parut que ma présence
les empêchoit de continuer à s'entretenir
librement: Messieurs, leur dis-je, il me
semble que j'ai rompu votre entretien;
reprenez-le de grace, ou je m'en vais. Ces
Messieurs, dit alors Fabrice, parloient de
l'Iphigenie d'Euripides. Le Bâchelier Melchior de Villegas, qui est un Sçavant du
premier ordre, demandoit au Seigneur
D. Jacinte de Romarate ce qui l'interessoit
dans cette Tragedie. Oui, dit D. Jacinte,
& je lui ai répondu que c'etoit le peril où
se trouvoit Iphigenie. Et moi, dit le Bâchelier, je lui ai répliqué (ce que je suis
prêt à démontrer) que ce n'est point ce
peril qui fait le véritable interêt de la Piéce. Qu'est-ce que c'est donc, s'écria le vieux

Licencié Gabriël de Leon ? C'est le vent,
repartit le Bâchelier.

Toute la Compagnie fit un éclat de rire
à cette repartie que je ne crûs pas sérieuse ;
je m'imaginai que Melchior ne l'avoit faite
que pour égayer la conversation. Je ne connoissois pas ce Sçavant : c'étoit un homme
qui n'entendoit nullement raillerie. Riez
tant qu'il vous plaira, Messieurs, reprit-il
froidement ; je vous soutiens que c'est le
vent seul qui doit interesser, frapper, émou-
voir le Spectateur. Representez-vous, poursuivit-il, une nombreuse Armée qui s'est
assemblée pour aller faire le siége de Troye :
concevez toute l'impatience qu'ont les
Chefs & les Soldats d'executer leur entre-
prise, pour s'en retourner promptement
dans la Grece, où ils ont laissé ce qu'ils ont
de plus cher, leurs Dieux domestiques,
leurs femmes & leurs enfans ; cependant
un maudit vent contraire les retient en
Aulide, semble les cloüer au Port, & s'il
ne change point, ils ne pourront aller af-
siéger la ville de Priam. C'est donc le vent
qui fait l'interêt de cette Tragedie. Je
prends parti pour les Grecs, j'épouse leur
dessein ; je ne souhaite que le départ de
leur Flotte, & je vois d'un œil indifferent
Iphigenie dans le peril, puisque sa mort

est un moyen d'obtenir des Dieux un vent
favorable.

Sitôt que Villegas eut achevé de parler,
les ris se renouvellerent à ses dépens. Nugnez eut la malice d'appuyer son sentiment
pour donner encore plus beau jeu aux railleurs, qui se mirent à faire à l'envi de
mauvaises plaisanteries sur les vents. Mais
le Bâchelier les regardant tous d'un air
flegmatique & orgueilleux, les traita d'i-
gnorans & d'esprits vulgaires. Je m'attendois à tous momens à voir ces Messieurs
s'échauffer & se prendre au crin, fin ordinaire de leurs dissertations : cependant
je fus trompé dans mon attente ; ils se contenterent de se dire des injures réciproquement, & se retirerent quand ils eurent
bû & mangé à discrétion.

Après leur retraite, je demandai à Fabrice pourquoi il ne demeuroit plus chez
son Tresorier, & s'ils s'étoient brouillés
tous deux. Brouillés ! me répondit-il, le
Ciel m'en preserve : je suis mieux que jamais avec le Seigneur Dom Bertrand, qui
m'a permis de loger en mon particulier ;
ainsi j'ai loué ce corps-de-logis pour y recevoir mes amis, & me réjoüir avec eux
en toute liberté, ce qui m'arrive fort souvent : car tu sçais bien que je ne suis pas

d'humeur à vouloir laiſſer de grandes ri-
cheſſes à mes heritiers ; & ce qu'il y a
d'heureux pour moi, je ſuis preſentement
en état de faire tous les jours des parties
de plaiſir. J'en ſuis ravi, repris-je, mon
cher Nugnez ; & je ne puis m'empêcher
de te féliciter encore ſur le ſuccès de ta
derniere Tragedie : les huit cens Piéces
dramatiques du grand Lope ne lui ont pas
rapporté le quart de ce que t'a valu ton
Comte de Saldagne.

Fin de l'onziéme Livre.

HISTOIRE

HISTOIRE
DE
GIL BLAS
DE SANTILLANE.

LIVRE DOUZIEME.

CHAPITRE PREMIER.

Gil Blas est envoyé par le Ministre à Tolede.
Du motif & du succès de son voyage.

L y avoit déja près d'un mois que Monseigneur me disoit tous les jours : Santillane, le tems approche où je veux mettre ton adresse en œuvre ; & ce tems ne venoit point. Il arriva pourtant, & Son

Tome IV.   Z

Excellence enfin me parla dans ces termes:
On dit qu'il y a dans la Troupe des Comediens de Tolede une jeune Actrice qui
fait du bruit par ses talens; on prétend
qu'elle danse & chante divinement, &
qu'elle enleve le Spectateur par sa déclamation: on assure même qu'elle a de la
beauté. Un pareil sujet mérite bien de paroître à la Cour. Le Roi aime la Comedie,
la Musique & la Danse; il ne faut pas qu'il
soit privé du plaisir de voir & d'entendre
une personne d'un mérite si rare. J'ai donc
resolu de t'envoyer à Tolede, pour juger
par toi-même si c'est en effet une Actrice
si merveilleuse: je m'en tiendrai à l'impression qu'elle aura faite sur toi; je m'en
fie à ton discernement.

Je répondis à Monseigneur que je lui
rendrois bon compte de cette affaire, &
je me disposai à partir avec un seul Laquais,
à qui je fis quitter la livrée du Ministre
pour faire les choses plus mysterieusement;
ce qui fut fort du goût de Son Excellence.
Je pris donc le chemin de Tolede, où étant
arrivé, j'allai descendre à une Hôtellerie
près du Château. A peine eus-je mis pied
à terre, que l'Hôte me prenant sans doute
pour quelque Gentilhomme du Païs, me
dit: Seigneur Cavalier, vous venez appa-

remment dans cette Ville pour voir l'au-
guste cérémonie de l'*Auto da Fé* *, qui
doit se faire demain. Je lui répondis que
oui, jugeant plus à propos de le lui laisser
croire, que de lui donner occasion de me
questionner sur ce qui m'amenoit à Tolede.
Vous verrez, reprit-il, une des plus belles
Processions qui ayent jamais été faites : il
y a, dit-on, plus de cent prisonniers, parmi lesquels on en compte plus de dix qui
doivent être brûlés.

Véritablement le lendemain, avant le
lever du soleil, j'entendis sonner toutes les
cloches de la Ville; & l'on faisoit ce carillon pour avertir les peuples qu'on alloit
commencer l'*Auto da Fé*. Curieux de voir
cette fête, je m'habillai à la hâte & me
rendis à l'Inquisition. Il y avoit tout-au-
près, & le long des ruës par où la Procef-
sion devoit passer, des échaffauts, sur l'un
desquels je me plaçai pour mon argent.
J'apperçus bientôt les Dominicains qui
marchoient les premiers, précédés de la
banniere de l'Inquisition. Ces bons Peres
étoient immédiatement suivis des tristes
Victimes que le S. Office vouloit immoler
ce jour-là. Ces malheureux alloient l'un
après l'autre, la tête & les pieds nuds,

* *Acte de foi.*

Z ij

ayant chacun un cierge à la main, & fon
Parrain * à fon côté. Les uns avoient un
grand Scapulaire de toile jaune, parfemé
de croix de S. André peintes en rouge, &
appellé *Sambenito*; les autres portoient des
Carochas, qui font des bonnets de carton
élevés en forme de pain de fucre, & couverts de flâmes & de figures diaboliques.

Comme je regardois de tous mes yeux
ces Infortunés avec une compaffion que je
me gardois bien de laiffer paroître, de peur
qu'on ne m'en fift un crime, je crus reconnoître parmi ceux qui avoient la tête ornée
de *Carochas* le Reverend Pere Hilaire &
fon compagnon le Frere Ambroife. Ils paf-
ferent fi près de moi, que ne pouvant m'y
tromper: Que vois-je, dis-je en moi-même? Le Ciel, las des defordres de la vie de
ces deux fcelerats, les a donc livrés à la Juftice de l'Inquifition! En parlant de cette
forte, je me fentis faifir d'effroi; il me prit
un tremblement univerfel, & mes efprits
fe troublerent au point que je penfai m'é-
vanoüir. La liaifon que j'avois euë avec ces
fripons, l'aventure de Xelva, enfin toute ce

* On appelle Parains toutes les perfonnes que
l'Inquifiteur nomme pour accompagner les Pri-
fonniers dans l'Auto da Fé, & qui font obligés
d'en répondre.

que nous avions fait enfemble, vint dans
ce moment s'offrir à ma penfée, & je m'i-
maginai ne pouvoir affez remercier Dieu
de m'avoir prefervé du Scapulaire & des
Carochas.

Lorfque la cerémonie fut achevée, je
m'en retournai à mon Hôtellerie tout
tremblant du fpectacle affreux que je venois de voir; mais les images affligeantes
dont j'avois l'efprit rempli, fe diffiperent
infenfiblement, & je ne penfai plus qu'à
me bien acquitter de la commiffion dont
mon Maître m'avoit chargé. J'attendis
avec impatience l'heure de la Comedie
pour y aller, jugeant que c'étoit par-là que
je devois commencer; & fitôt qu'elle fut
venuë, je me rendis au Théatre, où je m'af-
fis auprès d'un Chevalier d'Alcantara. J'eus
bientôt lié converfation avec lui: Seigneur,
lui dis-je, eft-il permis à un Etranger d'ofer
vous faire une queftion ? Seigneur Cavalier, me répondit-il fort poliment, c'eft
de quoi je me tiendrai fort honoré. On m'a
vanté, repris-je, les Comediens de Tolede;
auroit-on eu tort de m'en dire du bien ?
Non, repartit le Chevalier, leur Troupe
n'eft pas mauvaife; il y a même parmi eux
de grands fujets : vous verrez entr'autres
la belle Lucrece, une Actrice de quatorze

ans, qui vous étonnera. Vous n'aurez pas
befoin, lorfqu'elle fe montrera fur la Scene,
que je vous la faffe remarquer, vous la dé-
mêlerez aifément. Je demandai au Chevalier fi elle joüeroit ce jour-là. Il me répondit que oui, & même qu'elle avoit un rôle
très-brillant dans la Piéce qu'on alloit re-
prefenter.

La Comedie commença. Il parut deux
Actrices qui n'avoient rien négligé de tout
ce qui pouvoit contribuer à les rendre char-
mantes; mais malgré l'éclat de leurs diamans, je ne pris ni l'une ni l'autre pour
celle que j'attendois. Enfin Lucrece fortit
du fond du Théatre, & fon arrivée fur la
Scene fut annoncée par un battement de
mains long & général. Ah! la voici, dis-je
en moi-même: Quel air de nobleffe! que
de graces! les beaux yeux! la piquante créature! Effectivement j'en fus fort fatisfait;
ou plutôt fa perfonne me frappa vivement.
Dès la premiere tirade de vers qu'elle ré-
cita, je lui trouvai du naturel, du feu, une
intelligence au-deffus de fon âge, & je
joignis volontiers mes applaudiffemens à
ceux qu'elle reçut de toute l'affemblée pendant la Piéce. Hé-bien, me dit le Chevalier, vous voyez comme Lucrece eft avec
le Public? Je n'en fuis pas furpris, lui ré-

pondis-je. Vous le seriez encore moins,
me répliqua-t-il, si vous l'eussiez entendu
chanter; c'est une Syrene: malheur à ceux
qui l'écoutent sans se boucher les oreilles.
Sa danse, poursuivit-il, n'est pas moins redoutable; ses pas aussi dangereux que sa
voix charment les yeux, & forcent les cœurs
à se rendre. Sur ce pied-là, m'écriai-je, il
faut avoüer que c'est un prodige: Quel
heureux mortel a le plaisir de se ruiner
pour une si aimable fille? Elle n'a point
d'Amant déclaré, me dit-il, & la médi-
sance même ne lui donne aucune intrigue
secrette: cependant, ajouta-t-il, elle pourroit en avoir; car Lucrece est sous la conduite de sa tante Estelle, qui sans contredit
est la plus adroite de toutes les Comediennes.

Au nom d'Estelle, j'interrompis avec
précipitation le Chevalier pour lui demander si cette Estelle étoit une Actrice de la
Troupe de Tolede. C'en est une des meilleures, me dit-il: Elle n'a pas joüé aujour-
d'hui, & nous n'y avons pas gagné; elle
fait ordinairement la Suivante, & c'est
un emploi qu'elle remplit admirablement
bien. Qu'elle fait voir d'esprit dans son jeu!
peut-être même en met-elle trop; mais
c'est un beau défaut qui doit trouver grace.

Z iiij

Le Chevalier me dit donc des merveilles
de cette Eſtelle ; & ſur le portrait qu'il me
fit de ſa perſonne , je ne doutai point que
ce ne fût Laure , cette même Laure dont
j'ai tant parlé dans mon hiſtoire , & que
j'avois laiſſée à Grenade.

Pour en être plus ſûr , je paſſai derriere
le Théatre après la Comedie. Je demandai
Eſtelle , & la cherchant des yeux par-tout ,
je la trouvai dans les foyers , où elle s'en-
trenoit avec quelques Seigneurs , qui ne re-
gardoient peut-être en elle que la tante de
Lucrece. Je m'avançai pour ſaluer Laure :
mais ſoit par fantaiſie , ſoit pour me punir
de mon départ précipité de la ville de Grenade , elle ne fit pas ſemblant de me connoître , & reçut mes civilités d'un air ſi ſec
que j'en fus un peu déconcerté. Au lieu de
lui reprocher en riant ſon accueil glacé , je
fus aſſez ſot pour m'en fâcher ; je me retirai même bruſquement , & je reſolus dans
ma colere de m'en retourner à Madrid dès
le lendemain. Pour me venger de Laure ,
diſois-je , je ne veux pas que ſa niéce ait
l'honneur de paroître devant le Roi : je n'ai
pour cela qu'à faire au Miniſtre le portrait
qu'il me plaira de Lucrece : je n'ai qu'à lui
dire qu'elle danſe de mauvaiſe grace , qu'il
y a de l'aigreur dans ſa voix , & qu'enfin

fes charmes ne confiftent que dans fa jeu-
neffe ; je fuis affuré que Son Excellence
perdra l'envie de l'attirer à la Cour.

Telle étoit la vengeance que je me promettois de tirer du procedé de Laure à mon
égard ; mais mon reffentiment ne fut pas
de longüe durée. Le jour fuivant, comme
je me préparois à partir, un petit Laquais
entra dans ma chambre, & me dit : Voici
un billet que j'ai à remettre au Seigneur
de Santillane. C'eft moi, mon enfant, lui
répondis je en prenant la lettre que j'ouvris & qui contenoit ces paroles : *Oubliez*
la maniere dont vous avez été reçu hier au
foir dans les Foyers comiques, & laiffez-vous
conduire où le Porteur vous menera. Je fuivis
auffitôt le petit Laquais, qui, quand nous
fumes auprès de la Comedie, m'introdui-
fit dans une fort belle maifon, où dans un
appartement des plus propres je trouvai
Laure à fa toilette.

Elle fe leva pour m'embraffer, en me
difant : Seigneur Gil Blas, je fçai bien que
vous n'avez pas fujet d'être content de la
reception que je vous ai faite quand vous
m'êtes venu faluer dans nos foyers ; un
ancien ami comme vous étoit en droit d'attendre de moi un accueil plus gracieux ;
mais je vous dirai pour m'excufer, que j'é-

tois de la plus mauvaise humeur du monde.
Lorsque vous vous êtes montré à mes yeux,
j'étois occupée de certains discours médi-
sans qu'un de nos Messieurs a tenus sur le
compte de ma niéce, dont l'honneur m'in-
teresse plus que le mien. Votre brusque retraite, ajouta-t-elle, me fit tout-à-coup
appercevoir de ma distraction, & dans le
moment je chargeai mon petit Laquais de
vous suivre pour sçavoir votre demeure,
dans le dessein de réparer aujourd'hui ma
faute. Elle est toute réparée, lui dis-je, ma
chere Laure; n'en parlons plus: apprenons-
nous plutôt mutuellement ce qui nous est
arrivé depuis le jour malheureux où la
crainte d'un juste châtiment me fit sortir
de Grenade avec précipitation. Je vous
laissai, s'il vous en souvient, dans un assez
grand embarras: comment vous en tirâtes-
vous? N'est-il pas vrai que vous eutes besoin de toute votre adresse pour appaiser
votre Amant Portugais? Point du tout,
répondit Laure; ne sçavez-vous pas bien
qu'en pareil cas les hommes sont si foibles,
qu'ils épargnent quelquefois aux femmes
jusqu'à la peine de se justifier.

Je soutins, continua-t-elle, au Marquis
de Marialva que tu étois mon frere. Pardonnez-moi, Monsieur de Santillane, si

je vous parle auſſi familierement qu'autrefois ; mais je ne puis me défaire de mes
vieilles habitudes. Je te dirai donc que je
payai d'audace. Ne voyez vous pas, dis-je
au Seigneur Portugais, que tout ceci eſt
l'ouvrage de la jalouſie & de la fureur :
Narciſſa ma camarade & ma rivale, enra-
gée de me voir poſſeder tranquilement un
cœur qu'elle a manqué, m'a joüé ce tour-
là ; elle a corrompu le Sous-moucheur de
chandelles, qui pour ſervir ſon reſſenti-
ment, a l'effronterie de dire qu'il m'a vuë
à Madrid Femme de Chambre d'Arſenie :
Rien n'eſt plus faux ; la Veuve de Dom Antonio Coello a toujours eu des ſentimens
trop relevés, pour vouloir ſe mettre au
ſervice d'une Fille de Théatre. D'ailleurs,
ce qui prouve la fauſſeté de cette accuſa-
tion, & le complot de mes accuſateurs,
c'eſt la retraite précipitée de mon frere :
s'il étoit preſent, il pourroit confondre la
calomnie ; mais Narciſſa ſans doute aura
employé quelque nouvel artifice pour le
faire diſparoître.

Quoique ces raiſons, pourſuivit Laure,
ne fiſſent pas trop bien mon apologie, le
Marquis eut la bonté de s'en contenter,
& ce débonnaire Seigneur continua de
m'aimer juſqu'au jour qu'il partit de Gre-

nade pour retourner en Portugal. Véritablement son départ suivit de fort près le tien, & la femme de Zapata eut le plaisir de me voir perdre l'Amant que je lui avois enlevé. Après cela je demeurai encore quelques années à Grenade ; ensuite la division s'étant mise dans notre Troupe (ce qui arrive quelquefois parmi nous,) tous les Comediens se séparerent : les uns s'en allerent à Séville, les autres à Cordoüe, & moi je vins à Tolede, où je suis depuis dix ans avec ma niéce Lucrece que tu as vû joüer hier au soir, puisque tu étois à la Comedie.

Je ne pûs m'empêcher de rire dans cet endroit. Laure m'en demanda la cause. Ne la devinez-vous pas bien, lui dis-je ? Vous n'avez ni frere ni sœur, par conséquent vous ne pouvez être tante de Lucrece. Outre cela, quand je calcule en moi-même le tems qui s'est écoulé depuis notre derniere séparation, & que je confronte ce tems avec l'âge de votre niéce, il me semble que vous pourriez être toutes deux encore plus proches parentes.

Je vous entends, Monsieur Gil Blas, reprit en rougissant un peu la Veuve de D. Antonio, comme vous saisissez les époques ! il n'y a pas moyen de vous en faire

accroire. Hé-bien oui, mon ami, Lucrece
est fille du Marquis de Marialva & la mienne : elle est le fruit de notre union ; je ne
sçaurois te le céler plus long-tems. Le grand
effort que vous faites, lui dis-je, ma Princesse, en me révelant ce secret après m'a-
voir fait confidence de vos équipées avec
l'Econome de l'Hopital de Zamora ! Je
vous dirai de plus que Lucrece est un sujet
d'un mérite si singulier, que le Public ne
peut assez vous remercier de lui avoir fait
ce present. Il seroit à souhaiter que toutes
vos Camarades ne lui en fissent pas de plus
mauvais.

Si quelque Lecteur malin, rappellant
ici les entretiens particuliers que j'eus à
Grenade avec Laure, lorsque j'étois Secrétaire du Marquis de Marialva, me soupçonne de pouvoir disputer à ce Seigneur
l'honneur d'être pere de Lucrece, c'est un
soupçon dont je veux bien à ma honte lui
avoüer l'injustice.

Je rendis compte à mon tour à Laure de
mes principales aventures, & de l'état present de mes affaires. Elle écouta mon récit
avec une attention qui me fit connoître
qu'il ne lui étoit pas indifferent. Ami Santillane, me dit-elle quand je l'eus achevé,
vous joüez à ce que je vois un assez beau

rôle sur le théatre du monde : vous ne sçauriez croire jusqu'à quel point j'en suis ravie.
Lorsque je menerai Lucrece à Madrid pour
la faire entrer dans la Troupe du Prince,
j'ose me flatter qu'elle trouvera dans le Seigneur de Santillane un puissant protecteur.
N'en doutez nullement, lui répondis-je,
vous pouvez compter sur moi : je ferai recevoir votre fille dans la Troupe du Prince
quand il vous plaira ; c'est ce que je puis
vous promettre sans trop presumer de mon
pouvoir. Je vous prendrois au mot, reprit
Laure, & je partirois dès demain pour
Madrid, si je n'étois pas liée ici par des
engagemens avec ma Troupe. Un ordre de
la Cour peut rompre vos liens, lui repartis-
je, & c'est de quoi je me charge : vous le
recevrez avant huit jours. Je me fais un
plaisir d'enlever Lucrece aux Toledans ;
une Actrice si jolie est faite pour les Gens
de Cour, elle nous appartient de droit.

Lucrece entra dans la chambre au moment que j'achevois ces paroles. Je crûs
voir la Déesse Hebé, tant elle étoit mignone & gracieuse. Elle venoit de se lever,
& sa beauté naturelle brillant sans le secours
de l'art, presentoit à la vûe un objet ravis-
sant. Venez, ma Niéce, lui dit sa mere ;
venez remercier Monsieur de la bonne vo-

lonté qu'il a pour nous : C'eſt un de mes anciens amis, qui a beaucoup de credit à la Cour, & qui ſe fait fort de nous mettre toutes deux dans la Troupe du Prince. Ce diſcours parut faire plaiſir à la petite fille, qui me fit une profonde réverence & me dit avec un ſouris enchanteur : Je vous rends de très humbles graces de vôtre obligeante intention ; mais en voulant m'ôter à un Public qui m'aime, êtes-vous ſûr que je ne déplairai point à celui de Madrid ? Je perdrai peut-être au change. Je me ſouviens d'avoir oüi dire à ma Tante qu'elle a vû des Acteurs briller dans une Ville, & révolter dans une autre ; cela me fait peur : craignez de m'expoſer au mépris de la Cour, & vous à ſes reproches. Belle Lucrece, lui répondis-je, c'eſt ce que nous ne devons apprehender ni l'un ni l'autre : je crains plutôt qu'enflammant tous les cœurs, vous ne cauſiez de la diviſion parmi nos Grands. La frayeur de ma niéce, me dit Laure, eſt mieux fondée que la vôtre ; mais j'eſpere qu'elles ſeront vaines toutes deux : ſi Lucrece ne peut faire de bruit par ſes charmes, en récompenſe elle n'eſt pas aſſez mauvaiſe Actrice pour devoir être mépriſée.

Nous continuâmes encore quelque tems cette converſation, & j'eus lieu de juger par tout ce que Lucrece y mit du sien, que c'étoit une fille d'un esprit superieur : ensuite je pris congé de ces deux Dames, en leur protestant qu'elles auroient incessamment un ordre de la Cour pour se rendre à Madrid.

CHAPITRE II.

Santillane rend compte de sa commission au Ministre, qui le charge du soin de faire venir Lucrece à Madrid. De l'arrivée de cette Comedienne, & de son début à la Cour.

A Mon retour à Madrid je trouvai le Comte-Duc fort impatient d'apprendre le succès de mon voyage. Gil Blas, me dit-il, as-tu vû la Comedienne en question; vaut-elle la peine qu'on la fasse venir à la Cour? Monseigneur, lui répondis-je, la Renommée qui louë ordinairement plus qu'il ne faut les belles personnes, ne dit pas assez de bien de la jeune Lucrece; c'est un sujet admirable, tant pour sa beauté que pour ses talens.

Est-il possible! s'écria le Ministre avec une satisfaction interieure que je lus dans ses

ſes yeux, & qui me fit penſer que c'étoit
pour ſon propre compte qu'il m'avoit envoyé à Tolede, eſt-il poſſible qu'elle ſoit
auſſi aimable que tu le dis ? Quand vous
la verrez, lui repartis je, vous avoüerez
qu'on ne peut faire ſon éloge qu'au rabais
de ſes charmes. Santillane, reprit Son Excellence, fais-moi une fidelle relation de
ton voyage ; je ſerai bien aiſe de l'entendre.
Alors prenant la parole pour contenter
mon Maître, je lui contai juſqu'à l'hiſtoire
de Laure incluſivément. Je lui appris que
cette Actrice avoit eu Lucrece du Marquis
de Marialva, Seigneur Portugais, qui s'é-
tant arrêté à Grenade en voyageant, étoit
devenu amoureux d'elle. Enfin, quand
j'eus fait à Monſeigneur un détail de ce
qui s'étoit paſſé entre ces Comediennes &
moi, il me dit : Je ſuis ravi que Lucrece
ſoit fille d'un homme de qualité ; cela m'intereſſe pour elle encore davantage, il faut
l'attirer ici. Mais continuë, ajouta-t-il,
comme tu as commencé ; ne me mêle
point là-dedans : que tout roule ſur Gil
Blas de Santillane.

J'allai trouver Carnero, à qui je dis que
Son Excellence vouloit qu'il expediât un
ordre par lequel le Roi recevoit dans ſa
Troupe Eſtelle & Lucrece, Actrices de la

Comedie de Tolede. Oui da', Seigneur de
Santillane, répondit Carnero avec un fouris malin ; vous ferez bientôt fervi, puifque felon toutes les apparences vous vous
intereffez pour ces deux Dames. En même
tems il dreffa l'ordre lui-même & m'en
délivra l'expedition, que j'envoyai fur le
champ à Eftelle par le même Laquais qui
m'avoit accompagné à Tolede. Huit jours
après, la Mere & la Fille arriverent à Madrid. Elles allerent loger dans un Hôtel
garni, à deux pas de la Troupe du Prince,
& leur premier foin fut de m'en donner
avis par un billet. Je me rendis dans le
moment à cet Hôtel, où après mille offres
de fervice de ma part, & autant de remercimens de la leur, je les laiffai fe préparer
à leur début, que je leur fouhaitai heureux
& brillant.

Elles fe firent annoncer au Public comme deux Actrices nouvelles, que la Troupe
du Prince venoit de recevoir par ordre de
la Cour. Elles débuterent par une Comedie
qu'elles avoient coutume de joüer à Tolede avec applaudiffement.

Dans quel endroit du monde n'aime-
t'on pas la nouveauté en fait de Spectacles?
Il fe trouva ce jour-là dans la falle des Comediens un concours extraordinaire de

Spectateurs. On jugè bien que je ne manquai pas cette représentation. Je souffris
un peu avant que la Piéce commençât.
Tout prévenu que j'étois en faveur des
talens de la Mere & de la Fille, je trem-
blai pour elles, tant j'étois dans leurs interêts. Mais à peine eurent-elles ouvert la
bouche, qu'elles m'ôterent toute ma crainte par les applaudissemens qu'elles reçu-
rent. On regarda Estelle comme une Actrice consommée dans le Comique, &
Lucrece comme un prodige pour les rôles
d'Amoureuses. Cette derniere enleya tous
les cœurs. Les uns admirerent la beauté
de ses yeux, les autres furent touchés de
la douceur de sa voix; & tous frappés de
ses graces & du vif éclat de sa jeunesse, sor-
tirent enchantés de sa personne.

Le Comte-Duc qui prenoit encore plus
de part que je ne croyois au début de cette
Actrice, étoit à la Comedie ce soir là. Je
le vis sortir sur la fin de la Piéce, fort satisfait, à ce qu'il me parut, de nos deux
Comediennes. Curieux de sçavoir s'il en
étoit véritablement bien affecté, je le suivis
chez lui; & m'introduisant dans son cabinet, où il venoit d'entrer: Hé-bien, Monseigneur, lui dis-je, Votre Excellence estelle contente de la petite Marialva? Mon-

Excellence, répondit il en souriant, seroit
bien difficile, si elle refusoit de joindre son
suffrage à celui du Public : Oui, mon enfant, je suis charmé de ta Lucrece, & je
ne doute pas que le Roi ne prenne plaisir
à la voir.

CHAPITRE III.

Lucrece fait grand bruit à la Cour & jouë
devant le Roi, qui en devient amoureux:
Suites de cet amour.

LE début des deux Actrices nouvelles
fit bientôt du bruit à la Cour ; dès le
lendemain il en fut parlé au lever du Roi.
Quelques Seigneurs venterent sur-tout la
jeune Lucrece : ils en firent un si beau portrait, que le Monarque en fut frappé ; mais
dissimulant l'impression que leurs discours
faisoient sur lui, il gardoit le silence &
sembloit n'y prêter aucune attention.

Cependant, d'abord qu'il se trouva seul
avec le Comte-Duc, il lui demanda ce que
c'étoit que certaine Actrice qu'on loüoit
tant. Le Ministre lui répondit que c'étoit
une jeune Comedienne de Tolede, qui

avoit débuté le foir précedent avec beaucoup de fuccès. Cette Actrice, ajouta-t-il,
fe nomme Lucrece, nom fort convenable
aux perfonnes de fa profeffion : elle eft de
la connoiffance de Santillane, qui m'a dit
d'elle tant de bien, que j'ai jugé à propos
de la recevoir dans la Troupe de Votre
Majefté. Le Roi fourit en entendant prononcer mon nom, peut-être parce qu'il fe
reffouvint dans ce moment que c'étoit moi
qui lui avois fait connoître Catalina, &
qu'il eut un preffentiment que je lui rendrois le même fervice dans cette occafion.
Comte, dit-il au Miniftre, je veux voir
joüer dès demain cette Lucrece ; je vous
charge du foin de le lui faire fçavoir.

Le Comte-Duc m'ayant rapporté cet
entretien & appris l'intention du Roi,
m'envoya chez nos deux Comediennes
pour les en avertir. Je viens, dis-je à Laure
que je rencontrai la premiere, vous annoncer une grande nouvelle : Vous aurez demain parmi vos Spectateurs le Souverain
de la Monarchie ; c'eft de quoi le Miniftre
m'a ordonné de vous informer. Je ne doute
pas que vous ne faffiez tous vos efforts,
votre Fille & vous, pour répondre à l'honneur que ce Monarque veut vous faire ;
mais je vous confeille de choifir une Piéce.

où il y ait de la danse & de la musique,
pour lui faire admirer tous les talens que
Lucrece possede. Nous suivrons votre
conseil, me répondit Laure, & il ne tiendra pas à nous que le Prince ne soit satisfait.
Il ne sçauroit manquer de l'être, lui dis-je
en voyant arriver Lucrece dans un desha-
billé qui lui prêtoit plus de charmes que
ses habits de Théatre les plus superbes : Il
sera d'autant plus content de votre aimable
Niéce, qu'il aime plus que toute autre chose
la danse & le chant ; il pourroit bien même
être tenté de lui jetter le mouchoir. Je ne
souhaite point du tout, reprit Laure, qu'il
ait cette tentation ; tout puissant Monarque
qu'il est, il pourroit trouver des obstacles
à l'accomplissement de ses desirs. Lucrece
quoiqu'élevée dans les coulisses d'un Théatre a de la vertu, & quelque plaisir qu'elle
prenne à se voir applaudie sur la Scene, elle
aime encore mieux passer pour honnête
fille, que pour bonne Actrice.

Ma Tante, dit alors la petite Marialva
en se mêlant à la conversation, pourquoi
se faire des monstres pour les combattre ?
Je ne serai jamais à la peine de repousser
les soupirs du Roi ; la délicatesse de son
goût le sauvera des reproches qu'il mérite-
roit, s'il abaissoit jusqu'à moi ses regards.

Mais, charmante Lucrece, lui dis-je, s'il
arrivoit que ce Prince voulût s'attacher à
vous & vous choisir pour sa Maîtresse, se-
riez-vous assez cruelle pour le laisser languir dans vos fers comme un Amant ordinaire? Pourquoi non, répondit-elle? Oui
sans doute; & vertu à part, je sens que
ma vanité seroit plus flattée d'avoir resisté
à sa passion, que si je m'y étois renduë.
Je ne fus pas peu étonné d'entendre parler
de cette sorte une Eleve de Laure, & je
quittai ces Dames, en loüant la derniere
d'avoir donné à l'autre une si belle éducation.

Le jour suivant, le Roi impatient de
voir Lucrece se rendit à la Comedie. On
joüa une Piéce entremêlée de chants & de
danses, & dans laquelle notre jeune Actrice
brilla beaucoup. Depuis le commencement
jusqu'à la fin, j'eus les yeux attachés sur le
Monarque, & je m'appliquai à démêler
dans les siens ce qu'il pensoit; mais il mit
en défaut ma pénétration, par un air de
gravité qu'il affecta de conserver toujours.
Je ne sçûs que le lendemain ce que j'étois
en peine de sçavoir. Santillane, me dit le
Ministre, je viens de quitter le Roi, qui
m'a parlé de Lucrece avec tant de vivacité,
que je ne doute pas qu'il ne soit épris de

cette jeune Comedienne ; & comme je lui
ai dit que c'eft toi qui l'as fait venir de Tolede , il m'a témoigné qu'il feroit bien aife
de t'entretenir là-deffus en particulier :
Va de ce pas te prefenter à la porte de fa
chambre , où l'ordre de te faire entrer eft
déja donné ; cours & revien promptement
me rendre compte de cette converfation.

Je volai d'abord chez le Roi , que je
trouvai feul. Il fe promenoit à grands pas
en m'attendant , & paroiffoit avoir la tête
embarraffée. Il me fit plufieurs queftions
fur Lucrece, dont il m'obligea de lui conter
l'hiftoire : enfuite il me demanda fi la petite perfonne n'avoit pas déja eu quelque
galanterie. J'affurai hardiment que non,
malgré la témerité de ces fortes d'affuran-
ces ; ce qui me parut faire au Prince un fort
grand plaifir. Cela étant , reprit-il , je te
choifis pour mon Agent auprès de Lucrece ; je veux que ce foit par ton entremife qu'elle apprenne fa victoire. Va la lui
annoncer de ma part, ajouta-t-il en me
mettant entre les mains un écrin où il y
avoit pour plus de cinquante mille écus
de pierreries , & di-lui que je la prie d'accepter ce prefent en attendant de plus folides marques de ma paffion.

Avant que de m'acquitter de cette commiffion

mission, j'allai rejoindre le Comte-Duc, à
qui je fis un fidele rapport de ce que le Roi
m'avoit dit. Je m'imaginois que ce Ministre en seroit plus affligé que réjoüi; car
je croyois, comme je l'ai déja dit, qu'il
avoit des vûës amoureuses sur Lucrece, &
qu'il apprendroit avec chagrin que son
Maître étoit devenu son rival : mais je me
trompois. Bien-loin d'en paroître mortifié,
il en eut une si grande joïe, que ne pouvant la contenir, il laissa échapper quelques
paroles qui ne tomberent point à terre :
Oh! parbleu, Philippe, s'écria-t-il, *je vous
tiens; c'est pour le coup que les affaires vont
vous faire peur.* Cette apostrophe me découvrit toute la manœuvre du Comte-
Duc : je vis par-là que ce Seigneur craignant
que le Prince ne voulût s'occuper de choses sérieuses, cherchoit à l'amuser par
les plaisirs les plus convenables à son
humeur. Santillane, me dit-il ensuite,
ne pers point de tems; hâte-toi, mon ami,
d'aller executer l'ordre important qu'on t'a
donné, & dont il y a bien des Seigneurs à
la Cour qui feroient gloire d'être chargés.
Songe, poursuivit-il, que tu n'as point ici de
Comte de Lemos qui t'enleve la meilleure
partie de l'honneur du service rendu ; tu
l'auras tout entier, & de plus tout le fruit.

C'eſt ainſi que Son Excellence me dora
la pilule, que j'avalai tout doucement, non
ſans en ſentir l'amertume ; car depuis ma
priſon je m'étois accoutumé à regarder les
choſes dans un point de vûë moral , & je
ne trouvois pas l'emploi de Mercure en
chef auſſi honorable qu'on me le diſoit ;
cependant ſi je n'étois point aſſez vicieux
pour m'en acquitter ſans remords , je n'a-
vois pas non plus aſſez de vertu pour refuſer de le remplir. J'obéis donc d'autant plus
volontiers au Roi, que je voyois en même
tems que mon obéiſſance ſeroit agréable
au Miniſtre, à qui je ne ſongeois qu'à plaire.

Je jugeai à propos de m'adreſſer d'abord
à Laure , & de l'entretenir en particulier.
Je lui expoſai ma miſſion en termes meſu-
rés , & lui preſentai l'écrin à la fin de mon
diſcours. A la vûë des pierreries , la Dame
ne pouvant cacher ſa joie , la fit éclater en
liberté : Seigneur Gil Blas , s'écria-t-elle,
ce n'eſt pas devant le meilleur & le plus
ancien de mes amis que je dois me contraindre ; j'aurois tort de me parer d'une fauſſe
ſéverité de mœurs & de faire des grimaces
avec vous. Oui, n'en doutez pas, continua-
t-elle, je ſuis ravie que ma fille ait fait une
conquête ſi précieuſe ; j'en conçois tous les
avantages , mais entre nous je crains que

Lucrece ne les regarde d'un autre œil que
moi : quoique Fille de Théatre, elle a la
sagesse si fort en recommandation, qu'elle
a déja rejetté les vœux de deux jeunes Seigneurs aimables & riches. Vous me direz,
poursuivit-elle, que ces deux Seigneurs ne
sont pas des Rois : J'en conviens, & vrai-
semblablement l'amour d'un Amant cou-
ronné doit étourdir la vertu de Lucrece ;
néanmoins je ne puis m'empêcher de vous
dire que la chose est incertaine, & je vous
déclare que je ne contraindrai pas ma fille :
si bien-loin de se croire honorée de la tendresse passagere du Roi, elle envisage cet
honneur comme une infamie, que ce grand
Prince ne lui sçache pas mauvais gré de s'y
dérober. Revenez demain, ajouta-t-elle,
je vous dirai s'il faut lui rendre une réponse favorable, ou ses pierreries.

Je ne doutois point du tout que Laure
n'exhortât plutôt Lucrece à s'écarter de son
devoir qu'à s'y maintenir, & je comptois
fort sur cette exhortation. Néanmoins j'appris avec surprise le jour suivant, que Laure
avoit eu autant de peine à porter sa fille au
mal, que les autres meres en ont à porter
les leurs au bien ; & ce qu'il y a de plus
étonnant encore, c'est que Lucrece, après
avoir eu quelques entretiens secrets avec

le Monarque, eut tant de regret de s'être
livrée à ses desirs, qu'elle quitta tout-à-
coup le monde & s'enferma dans le Monastere de l'Incarnation, où bientôt elle
tomba malade & mourut de chagrin. Laure
de son côté ne pouvant se consoler de la
perte de sa fille, & d'avoir sa mort à se reprocher, se retira dans le Convent des
Filles Pénitentes, pour y pleurer les plaisirs
de ses beaux jours. Le Roi fut touché de
la retraite inopinée de Lucrece ; mais ce
jeune Prince n'étant pas d'humeur à s'affliger long-tems, s'en consola peu-à-peu.
Pour le Comte-Duc, quoiqu'il ne parut
guéres sensible à cet incident, il ne laissa
pas d'en être très-mortifié ; ce que le Lecteur n'aura pas de peine à croire.

CHAPITRE IV.

Du nouvel Emploi que donna le Ministre
à Santillane.

JE sentis aussi très-vivement le malheur
de Lucrece, & j'eus tant de remords
d'y avoir contribué, que me regardant
comme un infâme malgré la qualité de
l'Amant dont j'avois servi les amours, je

refolus d'abandonner pour jamais le Ca-
ducée ; je témoignai même au Miniftre la
répugnance que j'avois à le porter, & je le
priai de m'employer à toute autre chofe.
Santillane, me dit-il, ta délicateffe me
charme ; & puifque tu es un fi honnête
garçon, je veux te donner une occupation
plus convenable à ta fageffe. Voici ce que
c'eft : écoute attentivement la confidence
que je vais te faire.

Quelques années avant que je fuffe en
faveur, continua-t il, le hazard offrit un
jour à ma vûë une Dame qui me parut fi
bien faite & fi belle, que je la fis fuivre.
J'appris que c'étoit une Genoife, nommée
D. Margarita Spinola, qui vivoit à Madrid
du revenu de fa beauté : on me dit même
que Dom Francifco de Valeafar, Alcade
de Cour, homme riche, vieux & marié,
faifoit pour cette Coquette une dépenfe
confiderable. Ce rapport qui n'auroit dû
m'infpirer que du mépris pour elle, me fit
concevoir un defir violent de partager fes
bonnes graces avec Valeafar. J'eus cette
fantaifie ; & pour la fatisfaire, j'eus recours
à une Médiatrice d'amour, qui eut l'a-
dreffe de me ménager en peu de tems une
fecrette entrevûë avec la Genoife, & cette
entrevûë fut fuivie de plufieurs autres ; fi

bien que mon rival & moi nous étions également bien traités pour nos presens. Peut-
être même avoit elle encore quelqu'autre
galant aussi heureux que nous.

Quoiqu'il en soit, Marguerite en rece-
vant tant d'hommages confus, devint insensiblement mere , & mit au monde un
garçon , dont elle voulut faire honneur à
chacun de ses Amans en particulier : mais
aucun ne pouvant en conscience se venter
d'être pere de cet enfant , ne voulut le reconnoître; de sorte que la Genoise fut obligée de le nourrir du fruit de ses galanteries:
ce qu'elle a fait pendant dix-huit années ,
au bout desquelles étant morte, elle a laissé
son fils sans bien, & , qui pis est , sans éducation.

Voilà , poursuivit Monseigneur, la confidence que j'avois à te faire , & je vais
presentement t'instruire du grand dessein
que j'ai formé : Je veux tirer du néant cet
enfant malheureux , & le faisant passer
d'une extrêmité à l'autre, l'élever aux honneurs & le reconnoître pour mon fils.

A ce projet extravagant il me fut impos-
sible de me taire. Comment, Seigneur ,
m'écriai-je , Votre Excellence peut-elle
avoir pris une resolution si étrange ? pardonnez-moi ce terme , il échappe à mon

zele. Tu la trouveras raisonnable, reprit-il avec précipitation, quand je t'aurai dit les raisons qui m'ont déterminé à la prendre : Je ne veux point que mes collateraux soient mes heritiers. Tu me diras que je ne suis point encore dans un âge assez avancé pour desesperer d'avoir des enfans de Madame d'Olivarès. Mais chacun se connoît : qu'il te suffise d'apprendre que la Chymie n'a pas de secrets que je n'aye inutilement mis en usage pour redevenir pere. Ainsi, puisque la fortune suppléant au défaut de la nature me presente un enfant, dont peutêtre dans le fond je suis le véritable pere, je l'adopte ; c'est une chose resoluë.

Quand je vis que le Ministre avoit en tête cette adoption, je cessai de la combattre, le connoissant pour un homme capable de faire une sottise plutôt que de démordre de son sentiment. Il ne s'agit plus, ajouta-t-il, que de donner de l'éducation à Dom Henri-Philippe de Guzman, (car c'est le nom que je prétends qu'il porte dans le monde, jusqu'à ce qu'il soit en état de posseder les Dignités qui l'attendent.) C'est toi, mon cher Santillane, que je choisis pour le conduire : Je me repose sur ton esprit, & sur ton attachement pour moi, du soin de faire sa Maison, de lui donner

toutes sortes de Maîtres, en un mot de le
rendre un Cavalier accompli. Je voulus
me défendre d'accepter cet Emploi, en
représentant au Comte-Duc qu'il ne me
convenoit guéres d'élever de jeunes Seigneurs, n'ayant jamais fait ce métier, qui
demandoit plus de lumieres & de mérite
que je n'en avois : mais il m'interrompit
& me ferma la bouche, en me disant qu'il
prétendoit absolument que je fusse le Gouverneur de ce Fils adopté qu'il destinoit
aux premieres Charges de la Monarchie.
Je me préparai donc à remplir cette place
pour contenter Monseigneur, qui pour
prix de ma complaisance grossit mon petit
revenu, d'une pension de mille écus qu'il
me fit obtenir, ou plutôt qu'il me donna
sur la Commanderie de Mambra.

CHAPITRE V.

Le Fils de la Genoise est reconnu par Acte
autentique & nommé D. Henri-Philippe
de Guzman. Santillane fait la Maison
de ce jeune Seigneur, & lui donne toutes
sortes de Maîtres.

EFFECTIVEMENT le Comte-Duc
ne tarda guéres à reconnoître le fils de
D. Margarita Spinola, & l'Acte de reconnoiſſance s'en fit avec l'agrément & ſous le
bon plaiſir du Roi. D. Henri-Philippe de
Guzman (c'eſt le nom que l'on donna à cet
enfant de pluſieurs peres) y fut déclaré
unique héritier de la Comté d'Olivarès &
du Duché de San-Lucar. Le Miniſtre, afin
que perſonne n'en ignorât, fit ſçavoir par
Carnero cette déclaration aux Ambaſſa-
deurs & aux Grands d'Eſpagne, qui n'en
furent pas peu ſurpris. Les rieurs de Madrid en eurent pour long-tems à s'égayer,
& les Poëtes ſatyriques ne perdirent pas
une ſi belle occaſion de faire couler le fiel
de leur plume.

Je demandai au Comte-Duc où étoit

le Sujet qu'il vouloit confier à mes soins.
Il est dans cette Ville, me répondit-il,
sous la conduite d'une tante, à qui je l'ôte-
rai d'abord que tu auras fait préparer une
maison pour lui ; ce qui fut bientôt executé. Je louai un Hôtel, que je fis meubler
magnifiquement. J'arrêtai des Pages, un
Portier, des Estafiers ; & à l'aide de Caporis, je remplis les places d'Officiers. Quand
j'eus tout mon monde, j'allai en avertir
Son Excellence, qui sur le champ envoya
chercher l'équivoque & nouveau rejetton
de la tige des Guzmans. Je vis un grand
garçon, d'une figure assez agréable. Dom
Henri, lui dit Monseigneur en me montrant du doigt, ce Cavalier que vous voyez
est le guide que j'ai choisi pour vous conduire dans la carriere du monde ; j'ai une
entiere confiance en lui, & je lui donne un
pouvoir absolu sur vous. Oui, Santillane,
ajouta-t-il en m'adressant la parole, je vous
l'abandonne, & je ne doute pas que vous
ne m'en rendiez bon compte. A ce discours
le Ministre en joignit encore d'autres pour
exhorter le jeune homme à se conformer
à mes volontés ; après quoi j'emmenai D.
Henri avec moi à son Hôtel.

Aussitôt que nous y fumes arrivés, je
fis passer en revûë devant lui tous ses Do-

meſtiques, en lui diſant l'emploi que chacun avoit dans ſa maiſon. Il ne parut point
étourdi du changement de ſa condition ;
& ſe prêtant volontiers au reſpect & aux
déférences attentives qu'on avoit pour lui,
il ſembloit avoir toujours été ce qu'il étoit
devenu par hazard. Il ne manquoit pas
d'eſprit, mais il étoit d'une ignorance
craſſe ; à peine ſçavoit-il lire & écrire. Je
mis auprès de lui un Précepteur pour lui
enſeigner les élemens de la Langue latine,
& j'arrêtai un Maître de Géographie, un
Maître d'Hiſtoire avec un Maître d'Eſcri-
me. On juge bien que je n'eus garde d'oublier un Maître à danſer : je ne fus embar-
raſſé que ſur le choix ; il y en avoit dans
ce tems-là un grand nombre de fameux à
Madrid, & je ne ſçavois auquel je devois
donner la préférence.

Tandis que j'étois dans cet embarras,
je vis entrer dans la cour de notre Hôtel
un homme richement vêtu. On me dit
qu'il demandoit à me parler. J'allai au-
devant de lui, m'imaginant que c'étoit
tout au moins un Chevalier de S. Jacques
ou d'Alcantara. Je lui demandai ce qu'il y
avoit pour ſon ſervice. Seigneur de Santillane, me répondit-il après m'avoir fait
pluſieurs réverences qui ſentoient bien ſon

métier, comme on m'a dit que c'est Votre Seigneurie qui choisit les Maîtres du Seigneur D. Henri, je viens vous offrir mes services : Je m'appelle Martin Ligero, & j'ai, graces au Ciel, quelque réputation. Je n'ai pas coutume d'aller mandier des Ecoliers ; cela ne convient qu'à de petits Maîtres à danser. J'attends ordinairement qu'on me vienne chercher : mais montrant au Duc de Medina Sidonia, à Dom Luis de Haro & à quelques autres Seigneurs de la Maison de Guzman, dont je suis en quelque façon le serviteur-né, je me fais un devoir de vous prévenir. Je vois par ce discours, lui répondis-je, que vous êtes l'homme qu'il nous faut : Combien prenez-vous par mois ? Quatre doubles-pistoles, reprit-il, c'est le prix courant, & je ne donne que deux leçons par semaine. Quatre doublons par mois ! m'écriai-je, c'est beaucoup. Comment beaucoup ! répliqua-t-il d'un air étonné ; vous donneriez bien une pistole par mois à un Maître de Philosophie.

Il n'y eut pas moyen de tenir contre une si plaisante réplique ; j'en ris de bon cœur, & je demandai au Seigneur Ligero s'il croyoit véritablement qu'un homme de son métier fût préferable à un Maître

de Philosophie. Je le crois sans doute, me
dit-il, nous sommes d'une plus grande utilité que ces Messieurs : Que sont les hommes avant qu'ils passent par nos mains ?
Des corps tout d'une piéce, des ours mal
léchés ; mais nos leçons les développent
peu-à-peu , & leur font prendre insensiblement une forme : en un mot nous leur
enseignons à se mouvoir avec grace ; nous
leur donnons des attitudes avec des airs
de noblesse & de gravité.

Je me rendis aux raisons de ce Maître à
danser , & je le retins pour montrer à Dom
Henri sur le pied de quatre doubles-pistoles par mois , puisque c'étoit un prix fait
par les grands Maîtres de l'Art.

❖❖❖❖❖❖❖❖❖❖❖❖❖❖❖❖❖❖❖

CHAPITRE VI.

Scipion revient de la Nouvelle Espagne.
Gil Blas le place auprès de Dom Henri.
Des études de ce jeune Seigneur : Des
honneurs qu'on lui fit , & à quelle Dame
le Comte-Duc le maria. Comment Gil Blas
fut fait Noble malgré lui,

JE n'avois point encore fait la moitié
de la Maison de Dom Henri , lorsque
Scipion revint du Mexique. Je lui deman-

dai s'il étoit satisfait de son voyage. Je dois
l'être, me répondit-il, puisqu'avec trois
mille ducats en especes j'ai apporté pour
deux fois autant en marchandises de défaite en ce païs-ci. Je t'en félicite, repris-
je, mon enfant : voilà ta fortune commen-
cée ; il ne tiendra qu'à toi de l'achever, en
retournant aux Indes l'année prochaine :
ou bien, si tu préferes à la peine d'aller si
loin amasser du bien, un poste agréable à
Madrid, tu n'as qu'à parler ; j'en ai un à
te donner. Oh parbleu, dit le fils de la
Coscolina, il n'y a point à balancer ; j'aime
mieux remplir un bon Emploi auprès de
Votre Seigneurie, que de m'exposer de
nouveau aux perils d'une longue naviga-
tion : expliquez-vous, mon Maître, quelle
occupation destinez-vous à votre serviteur?
Pour mieux le mettre au fait, je lui contai
l'histoire du petit Seigneur que le Comte-
Duc venoit d'introduire dans la maison de
Guzman. Après lui avoir fait ce détail curieux & lui avoir appris que ce Ministre
m'avoit nommé Gouverneur de D. Henri,
je lui dis que je voulois le faire Valet de
chambre de ce Fils adopté. Scipion qui ne
demandoit pas mieux, accepta volontiers
ce poste, & le remplit si bien, qu'en moins
de trois ou quatre jours il s'attira la con-

fiance & l'amitié de son nouveau Maître.

Je m'étois imaginé que les Pédagogues
dont j'avois fait choix pour endoctriner le
fils de la Genoise, y perdroient leur latin,
le croyant à son âge un sujet peu discipli-
nable; néanmoins il trompa mon attente.
Il comprenoit & retenoit aisément tout ce
qu'on lui enseignoit; ses Maîtres en étoient
très-contens. J'allai avec empressement annoncer cette nouvelle au Comte Duc, qui
la reçut avec une joïe excessive. Santillane,
s'écria-t-il avec transport, tu me ravis en
m'apprenant que Dom Henri a beaucoup
de mémoire & de pénétration : je reconnois en lui mon sang ; & ce qui acheve de
me persuader qu'il est mon fils, c'est que
je me sens autant de tendresse pour lui que
si je l'eusse eu de Madame d'Olivarès. Tu
vois par-là, mon ami, que la nature se déclare. Je n'eus garde de dire à Monseigneur
ce que je pensois là-dessus ; & respectant
sa foiblesse, je le laissai joüir du plaisir faux
ou véritable de se croire pere de D. Henri.

Quoique tous les Guzmans eussent une
haine mortelle pour ce jeune Seigneur de
fraîche datte, ils la dissimulerent par politique ; il y en eut même qui affecterent de
rechercher son amitié : les Ambassadeurs
& les Grands qui étoient alors à Madrid,

le viſiterent & lui firent tous les honneurs
qu'ils auroient rendus à un Enfant légitime
du Comte-Duc. Ce Miniſtre, ravi de voir
encenſer ſon idole, ne tarda guéres à la
parer de Dignités. Il commença par demander au Roi pour Dom Henri la Croix
d'Alcantara avec une Commanderie de dix
mille écus. Peu de tems après il le fit recevoir Gentilhomme de la Chambre; enſuite ayant pris la reſolution de le marier,
& voulant lui donner une Dame de la plus
noble Maiſon d'Eſpagne, il jetta les yeux
ſur D. Juanna de Velaſco, fille du Duc
de Caſtille, & il eut aſſez d'autorité pour
la lui faire épouſer en dépit de ce Duc &
de ſes parens.

Quelques jours avant ce mariage, Monſeigneur m'ayant envoyé chercher, me dit
en me mettant des papiers entre les mains:
Tien, Gil Blas, voici des Lettres de Nobleſſe que j'ai fait expedier pour toi. Monſeigneur, lui répondis-je aſſez ſurpris de
ces paroles, Votre Excellence ſçait que je
ſuis fils d'une Duegne & d'un Ecuyer; ce
ſeroit, ce me ſemble, profaner la Nobleſſe
que de m'y aggreger; & c'eſt de toutes les
graces que Sa Majeſté me peut faire, celle
que je mérite & que je deſire le moins. Ta
naiſſance, reprit le Miniſtre, eſt un obſta-
cle

ele facile à lever : Tu as été occupé des
affaires de l'Etat fous le Miniftere du Duc
de Lerme & fous le mien ; d'ailleurs, ajouta-t-il avec un fouris, n'as-tu pas rendu au
Monarque des fervices qui méritent une
récompenfe ? En un mot, Santillane, tu
n'es pas indigne de l'honneur que j'ai voulu
te faire : de plus le rang que tu tiens auprès
de mon fils, demande que tu fois noble ;
c'est à caufe de cela que je t'ai donné des
Lettres de Nobleffe. Je me rends, Monfeigneur, lui répliquai-je, puifque Votre
Excellence le veut abfolument. En achevant ces mots, je fortis avec mes Patentes
que je ferrai dans ma poche.

Je fuis donc préfentement Gentilhomme,
dis-je en moi-même lorfque je fus dans la
ruë, me voilà noble fans que j'en aye l'o-
bligation à mes parens : je pourrai, quand il
me plaira, me faire appeller Dom Gil Blas ;
& fi quelqu'un de ma connoiffance s'avife
de me rire au nez en me nommant ainfi,
je lui ferai fignifier mes Lettres : mais li-
fons-les, continuai-je en les tirant de ma
poche, voyons un peu de quelle façon on
y décraffe le vilain. Je lûs donc mes Patentes, qui portoient en fubftance : Que le
Roi, pour reconnoître le zele que j'avois
fait paroître en plus d'une occafion pour

son service & pour le bien de l'Etat, avoit jugé à propos de me gratifier de Lettres de Nobleſſe. J'oſe dire à ma loüange qu'elles ne m'inſpirerent aucun orgueil. Ayant toujours devant les yeux la baſſeſſe de mon origine, cet honneur m'humilioit, au lieu de me donner de la vanité : auſſi je me promis bien de renfermer mes Patentes dans un tiroir, ſans me venter d'en être pourvû.

CHAPITRE VII.

Gil Blas rencontre encore Fabrice par hazard. De la derniere converſation qu'ils eurent enſemble, & de l'avis important que Nugnez donna à Santillane.

LE Poëte des Aſturies, comme on a dû le remarquer, me négligeoit aſſez volontiers. De mon côté, mes occupations ne me permettoient guéres de l'aller voir. Je ne l'avois point revû depuis le jour de la diſſertation ſur l'Iphigenie d'Euripide, lorſque le hazard me le fit encore rencontrer près de la Porte du Soleil. Il ſortoit d'une Imprimerie. Je l'abordai en lui diſant : Ho, ho! Monſieur Nugnez, vous venez de chez un Imprimeur : cela femble menacer le Public d'un nouvel Ouvrage de votre compofition.

C'eſt à quoi il doit en effet s'attendre, me répondit-il, j'ai fous la preſſe actuellement une brochure qui doit faire du bruit dans la République des Lettres. Je ne doute pas du mérite de ta production, lui répliquai-je ; mais je m'étonne que tu t'amuſes à compoſer des brochures : il me femble que ce font des colifichets qui ne font pas grand honneur à l'eſprit. Je le ſçai bien, repartit Fabrice, & je n'ignore pas qu'il n'y a que les gens qui liſent tout, qui s'amuſent à lire des brochures : cependant en voilà une qui m'échappe, & je t'avoüerai que c'eſt un enfant de la néceſſité. La faim, comme tu ſçais, fait fortir le loup hors du bois.

Comment! m'écriai-je, eſt-ce l'Auteur du *Comte de Saldagne* qui me tient ce diſcours ? Un homme qui a deux mille écus de rente peut-il parler ainſi ? Doucement, mon ami, interrompit Nugnez ; je ne ſuis plus ce Poëte fortuné qui joüiſſoit d'une penſion bien payée. Le deſordre s'eſt mis ſubitement dans les affaires du Treſorier D. Bertrand : il a manié, diſſipé les deniers du Roi ; tous ſes biens font faiſis, & ma

penſion eſt allée à tous les diables. Cela eſt
triſte , lui dis-je , mais ne te reſte-t'il pas
encore quelqu'eſperance de ce côté - là ?
Pas la moindre , me répondit-il ; le Seigneur Gomez del Ribero , auſſi gueux que
ſon Bel-eſprit, eſt abîmé : il ne reviendra ,
dit-on , jamais ſur l'eau.

Sur ce pied-là , lui répliquai je , mon
enfant, il faut que je te cherche quelque
poſte qui te conſole de la perte de ta penſion. Je te diſpenſe de ce ſoin-là , me dit-
il ; quand tu m'offrirois dans les bureaux
du Miniſtere un Emploi de trois mille écus
d'appointemens , je le refuſerois : Des occupations de Commis ne conviennent pas
au génie d'un nourriſſon des Muſes; il me
faut des amuſemens litteraires. Que te dirai-je enfin ? Je ſuis né pour vivre & mourir en Poëte , & je veux remplir mon ſort.

Au reſte, continua-t-il, ne t'imagine pas
que nous ſoyons fort malheureux ; outre
que nous vivons dans une parfaite indépendance, nous ſommes des gaillards ſans ſou-
ci : on croit que nous faiſons ſouvent des
repas de Democrite , & l'on eſt là deſſus
dans l'erreur. Il n'y a pas un de mes Confreres , ſans en excepter les faiſeurs d'Almanachs , qui ne ſoit commenſal dans quelque bonne maiſon; pour moi, j'en ai deux

où l'on me reçoit avec plaisir. J'ai deux
couverts assurés : l'un chez un gros Directeur des Fermes , à qui j'ai dédié un Ro-
man ; & l'autre chez un riche Bourgeois
de Madrid , qui a la rage de vouloir toujours avoir à sa table de Beaux-esprits :
heureusement il n'est pas fort délicat sur
le choix , & la Ville lui en fournit autant
qu'il en veut.

Je cesse donc de te plaindre , dis-je au
Poëte des Asturies , puisque tu es content
de ta condition. Quoiqu'il en soit , je te
proteste de nouveau que tu as toujours dans
Gil Blas un ami à l'épreuve de ta négligence
à le cultiver ; si tu as besoin de ma bourse ,
vien hardiment à moi : Qu'une mauvaise
honte ne te prive point d'un secours infail-
lible , & ne me ravisse pas le plaisir de t'o-
bliger.

A ce sentiment généreux , s'écria Nugnez , je te reconnois Santillane , & je te
rends mille graces de la disposition favorable où je te vois pour moi ; il faut , par
reconnoissance , que je te donne un avis
salutaire : Pendant que le Comte Duc peut
tout encore , & que tu possedes ses bonnes
graces , profite du tems : hâte-toi de t'enrichir ; car ce Ministre , à ce qu'on m'a dit ,
branle dans le manche. Je demandai à Fa-

brice s'il ſçavoit cela de bonne part , & il
me répondit : Je tiens cette nouvelle d'un
vieux Chevalier de Calatrave , qui a un
talent tout particulier pour découvrir les
choſes les plus ſecrettes ; on écoute cet
homme comme un Oracle , & voici ce que
je lui ai entendu dire hier : Le Comte-Duc
diſoit-il , a un grand nombre d'ennemis
qui ſe réuniſſent tous pour le perdre ; il
compte trop ſur l'aſcendant qu'il a ſur l'eſprit du Roi : ce Monarque , à ce qu'on
prétend , commence à prêter l'oreille aux
plaintes qui déja vont juſqu'à lui. Je re-
merciai Nugnez de ſon avertiſſement ;
mais j'y fis peu d'attention , & je m'en retournai au logis , perſuadé que l'autorité
de mon Maître étoit inébranlable , le regardant comme un de ces vieux chênes
qui ont pris racine dans une forêt , & que
les orages ne ſçauroient abattre.

CHAPITRE VIII.

Comment Gil Blas apprit que l'avis de Fabrice
n'étoit point faux. Du voyage que le Roi
fit à Saragoce.

CEPENDANT ce que le Poëte des Asturies
m'avoit dit n'étoit pas sans fonde-
ment. Il y avoit au Palais une confederation
furtive contre le Comte-Duc, de laquelle
on prétendoit que la Reine étoit le Chef,
& toutefois il ne tranfpiroit rien dans le
public des mefures que les Confederés prenoient pour déplacer ce Miniftre. Il s'écou-
la même depuis ce tems-là plus d'une année, sans que je m'apperçuffe que fa faveur
eût reçu la moindre atteinte.

Mais la révolte des Catalans foutenus
par la France, & les mauvais fuccès de la
guerre contre ces Rebeles, exciterent les
murmures du Peuple, qui fe plaignit du
Gouvernement. Ces plaintes donnerent
lieu à la tenuë d'un Confeil en prefence
du Roi, qui voulut que le Marquis de Grana, Ambaffadeur de l'Empereur à la Cour
d'Efpagne, s'y trouvât. Il y fut mis en dé-
liberation s'il étoit plus à propos que le Roi

demeurât en Castille , ou qu'il passât en
Aragon pour se faire voir à ses Troupes.
Le Comte-Duc , qui avoit envie que ce
Prince ne partît point pour l'Armée , parla
le premier : il representa qu'il étoit plus
convenable à la Majesté Royale de ne pas
sortir du centre de ses Etats , & il appuya
son sentiment de toutes les raisons que son
éloquence put lui fournir. Il n'eut pas plutôt achevé son discours , que son avis fut
généralement suivi de toutes les personnes
du Conseil , à la reserve du Marquis de
Grana , qui n'écoutant que son zele pour
la Maison d'Autriche , & se laissant aller à
la franchise de sa Nation , combattit le sentiment du premier Ministre & soutint l'avis
contraire avec tant de force , que le Roi
frappé de la solidité de ses raisonnemens ,
embrassa son opinion , quoiqu'elle fût op-
posée à toutes les voix du Conseil , & mar-
qua le jour de son départ pour l'Armée.

C'étoit pour la premiere fois de sa vie
que ce Monarque avoit osé penser autrement que son Favori , qui regardant cette
nouveauté comme un sanglant affront , en
fut très-mortifié. Dans le tems que ce Ministre alloit se retirer dans son cabinet pour
y ronger en liberté son frein, il m'apperçut,
m'appella , & m'ayant fait entrer avec lui ,

il

il me raconta d'un air agité ce qui s'étoit
paſſé au Conſeil, enſuite comme un homme qui ne pouvoit revenir de ſa ſurpriſe :
Oui, Santillane, continua-t il, le Roi qui
depuis plus de vingt ans ne parle que par
ma bouche, & ne voit que par mes yeux,
a préferé l'avis de Grana au mien, & de
quelle maniere encore ? en comblant d'éloges cet Ambaſſadeur, & ſur-tout en loüant
ſon zele pour la Maiſon d'Autriche, comme ſi cet Allemand en avoit plus que moi.

Il eſt aiſé de juger par-là, pourſuivit le
Miniſtre, qu'il y a un parti formé contre
moi,& que la Reine eſt à la tête. Hé, Monſeigneur, lui dis-je, de quoi vous inquié-
tez-vous ? La Reine depuis plus de douze
ans n'eſt-elle pas accoutumée à vous voir
maître des affaires, & n'avez-vous pas mis
le Roi dans l'habitude de ne la pas conſulter ? A l'égard du Marquis de Grana, le
Monarque peut s'être rangé de ſon ſentiment, par l'envie qu'il a de voir ſon Armée
& de faire une Campagne. Tu n'y es pas,
interrompit le Comte-Duc; di plutôt que
mes ennemis eſperent que le Roi étant
parmi ſes Troupes, ſera toujours environné des Grands qui l'auront ſuivi, & qu'il
s'en trouvera plus d'un aſſez mécontent de
moi pour oſer lui tenir des diſcours inju-

rieux à mon Miniftere. Mais ils fe trom-
pent, ajouta-t-il, je fçaurai bien pendant
le voyage rendre ce Prince inacceffible à
tous les Grands : ce qu'il fit en effet d'une
maniere qui mérite bien d'être détaillée.

Le jour du départ du Roi étant venu,
ce Monarque après avoir chargé la Reine
du foin du Gouvernement en fon abfence,
fe mit en chemin pour Saragoce ; mais
avant que d'y arriver, il paffa par Aranjuez,
dont il trouva le féjour fi délicieux, qu'il
s'y arrêta près de trois femaines. D'Aranjuez le Miniftre le fit aller à Cuença, où il
l'amufa encore plus long-tems par les di-
vertiffemens qu'il lui donna. Enfuite les
plaifirs de la Chaffe occupèrent ce Prince
à Molina d'Aragon ; après quoi il fut conduit à Saragoce. Son Armée n'étoit pas loin
de-là, & il fe préparoit à s'y rendre ; mais
le Comte-Duc lui en ôta l'envie, en lui
faifant accroire qu'il fe mettroit en danger
d'être pris par les François qui étoient maîtres de la plaine de Monçon : de forte que
le Roi épouvanté d'un peril qu'il n'avoit
nullement à craindre, prit le parti de demeurer enfermé chez lui comme dans une
prifon. Le Miniftre profitant de fa terreur,
& fous prétexte de veiller à fa fûreté, le
garda, pour ainfi dire, à vûë ; fi bien que

les Grands qui avoient fait une excessive
dépense pour se mettre en état de suivre
leur Souverain, n'eurent pas même la satisfaction d'obtenir de lui une audience
particulie Philippe enfin s'ennuyant d'ê-
tre mal logé à Saragoce, d'y passer encore
plus mal son tems, ou, si vous voulez,
d'être prisonnier, s'en retourna bientôt à
Madrid. Ce Monarque finit ainsi sa Campagne, laissant au Marquis de los Velez,
Général de ses Troupes, le soin de soutenir
l'honneur des armes d'Espagne.

CHAPITRE IX.

De la révolution de Portugal, & de la dis-
grace du Comte-Duc.

PEu de jours après le retour du Roi,
il se répandit à Madrid une fâcheuse
nouvelle : On apprit que les Portugais regardant la révolte des Catalans comme une
belle occasion que la fortune leur offroit
de secoüer le joug Espagnol, avoient pris
les armes & choisi pour leur Roi le Duc
de Braganze; qu'ils étoient dans la résolution de le maintenir sur le Trône, & qu'ils
comptoient bien de n'en pas avoir le dé-

menti, l'Espagne ayant alors sur les bras
des ennemis en Allemagne, en Italie, en
Flandres & en Catalogne. Ils ne pouvoient
effectivement trouver une conjoncture
plus favorable pour s'affranchir d'une do-
mination qu'ils détestoient.

Ce qu'il y a de singulier, c'est que le
Comte-Duc, dans le tems que la Cour &
la Ville paroissoient consternées de cette
nouvelle, en voulut plaisanter avec le Roi
aux dépens du Duc de Braganze; mais
Philippe, bien-loin de se prêter à ses mauvaises plaisanteries, prit un air sérieux qui
le déconcerta & lui fit pressentir sa disgrace.
Ce Ministre ne douta plus de sa chûte,
quand il apprit que la Reine s'étoit ouver-
tement déclarée contre lui, & qu'elle l'ac-
cusoit hautement d'avoir par sa mauvaise
administration causé la révolte du Portugal. La plûpart des Grands, & sur-tout ceux
qui avoient été à Saragoce, ne s'apperçurent pas plutôt qu'il se formoit un orage
sur la tête du Comte-Duc, qu'ils se joi-
gnirent à la Reine; & ce qui porta le dernier coup à sa faveur, c'est que la Duchesse
Doüairiere de Mantoüe, ci-devant Gouvernante de Portugal, revint de Lisbonne
à Madrid, & fit voir clairement au Roi que
la révolution de ce Royaume n'étoit arri-

vée que par la faute de son premier Ministre.

Les discours de cette Princesse firent
toute l'impression qu'ils pouvoient faire
sur l'esprit du Monarque, qui revenant enfin de son entêtement pour son Favori, se
dépoüilla de toute l'affection qu'il avoit
pour lui. Lorsque ce Ministre fut informé
que le Roi écoutoit ses ennemis, il lui écrivit un billet pour lui demander la permission de se démettre de son Emploi & de
s'éloigner de la Cour, puisqu'on lui faisoit
l'injustice de lui imputer tous les malheurs
arrivés à la Monarchie pendant le cours de
son ministere. Il croyoit que cette lettre
feroit un grand effet, & que le Prince con-
servoit encore pour lui assez d'amitié pour
ne vouloir pas consentir à son éloigne-
ment ; mais toute la réponse que lui fit
Sa Majesté, fut qu'elle lui accordoit la permission qu'il demandoit, & qu'il pouvoit
se retirer où bon lui sembleroit.

Ces paroles écrites de la main du Roi
furent un coup de tonnerre pour Monseigneur, qui ne s'y étoit nullement attendu.
Néanmoins, quoiqu'il en fût étourdi, il
affecta un air de constance, & me demanda
ce que je ferois à sa place. Je prendrois,
lui dis-je, aisément mon parti ; j'abandon-

nerois la Cour, & j'irois à quelqu'une de
mes Terres passer tranquilement le reste
de mes jours. Tu penses sainement, répliqua mon Maître, & je prétends bien aller
finir ma carriere à Loeches après que j'aurai seulement une fois entretenu le Monarque: je suis bien aise de lui remontrer
que j'ai fait humainement tout ce que j'ai
pû pour bien soutenir le pesant fardeau
dont j'étois chargé, & qu'il n'a pas dépendu
de moi de prévenir les tristes évenemens
dont on me fait un crime; n'étant point
en cela plus coupable qu'un habile Pilote
qui, malgré tout ce qu'il peut faire, voit
son Vaisseau emporté par les vents & par
les flots. Ce Ministre se flattoit encore
qu'en parlant au Prince il pourroit rajuster
les choses, & regagner le terrain qu'il avoit
perdu; mais il ne put en avoir audience,
& de plus on lui envoya demander la clef
dont il se servoit pour entrer, quand il lui
plaisoit, dans l'appartement de Sa Majesté.

Jugeant alors qu'il n'y avoit plus d'esperance pour lui, il se détermina tout de
bon à la retraite. Il visita ses papiers, dont
il brûla prudemment une grande quantité;
ensuite il nomma les Officiers de la Maison
& les Valets dont il vouloit être suivi,
donna des ordres pour son départ, & en

xa le jour au lendemain. Comme il crai-
gnoit d'être insulté par la populace en sor-
tant du Palais, il s'échappa de grand matin
par la porte des Cuisines, monta dans un
méchant carosse avec son Confesseur &
moi, & prit impunément la route de
Loeches, village dont il étoit Seigneur,
& où la Comtesse son épouse a fait bâtir
un magnifique Convent de Religieuses de
l'Ordre de S. Dominique. Nous nous y
rendîmes en moins de quatre heures, &
toutes les personnes de sa suite y arriverent
peu de tems après nous.

CHAPITRE X.

*De l'inquiétude & des soins qui troublerent
d'abord le repos du Comte-Duc, & de
l'heureuse tranquilité qui leur succeda.
Des occupations de ce Ministre dans sa
retraite.*

MAdame d'Olivarès laissa partir son
mari pour Loeches, & demeura
quelques jours après lui à la Cour, dans
le dessein d'essayer si par ses prieres & par
ses larmes elle ne pourroit pas le faire rap-

peller ; mais elle eut beau se prosterner
devant Leurs Majestés, le Roi n'eut aucun
égard à ses remontrances quoique prépa-
rées avec art, & la Reine, qui la haïssoit
mortellement, vit avec plaisir couler ses
pleurs. L'Epouse du Ministre ne se rebuta
point ; elle s'humilia jusqu'à implorer les
bons offices des Dames de la Reine : mais
le fruit qu'elle recueillit de ses bassesses,
fut de s'appercevoir qu'elles excitoient le
mépris plutôt que la pitié. Desolée d'avoir
fait en vain tant de démarches humiliantes,
elle alla rejoindre son Epoux, pour s'affliger avec lui de la perte d'une place qui
sous un regne tel que celui de Philippe IV.
étoit peut-être la premiere de la Monarchie.

Le rapport que cette Dame fit de l'état
où elle avoit laissé Madrid, redoubla le
chagrin du Comte-Duc : Vos ennemis,
lui dit-elle en pleurant, le Duc de Medina-
Cœli & les autres Grands qui vous haïssent,
ne cessent de loüer le Roi de vous avoir ôté
du Ministere, & le peuple célebre votre
disgrace avec une joïe insolente, comme
si la fin des malheurs de l'Etat étoit attachée à celle de votre administration. Madame, lui dit-mon Maître, suivez mon
exemple, dévorez vos chagrins ; il faut

céder à l'orage qu'on ne peut détourner. J'avois crû, il est vrai, que je pourrois perpétuer ma faveur jusqu'à la fin de ma vie : Illusion ordinaire des Ministres & des Favoris, qui oublient que leur sort dépend de leur Souverain. Le Duc de Lerme n'y a-t'il pas été trompé aussi-bien que moi, quoiqu'il s'imaginât que la Pourpre dont il étoit revêtu fût un sûr garant de l'éter-nelle durée de son autorité ?

C'est de cette façon que le Comte-Duc exhortoit son Epouse à s'armer de patien-ce, pendant qu'il étoit lui-même dans une agitation qui se renouvelloit tous les jours par les dépêches qu'il recevoit de D. Henri, lequel étant demeuré à la Cour pour ob-server ce qui s'y passeroit, avoit soin de l'en informer exactement. C'étoit Scipion qui apportoit les lettres de ce jeune Sei-gneur, auprès de qui il étoit encore, & avec qui je ne demeurois plus depuis son mariage avec D. Juanna. Les dépêches de ce Fils adopté étoient toujours remplies de fâcheuses nouvelles, & malheureusement on n'en attendoit pas d'autres de lui. Tan-tôt il mandoit que les Grands ne se conten-toient pas de se réjoüir publiquement de la retraite du Comte-Duc, qu'ils s'étoient tous réunis pour faire chasser ses créatures

des Charges & des Emplois qu'elles poſſe-
doient, & les faire remplacer par ſes ennemis. Une autre fois il écrivoit que D. Luis
de Haro commençoit d'entrer en faveur,
& que ſuivant toutes les apparences il alloit
devenir premier Miniſtre. De toutes les
choſes chagrinantes que mon Maître apprit, celle qui parut l'affliger davantage,
fut le changement qui ſe fit dans la Viceroyauté de Naples, que la Cour, pour le
mortifier ſeulement, ôta au Duc de Medina de las Torrès qu'il aimoit, pour la
donner à l'Amirante de Caſtille qu'il avoit
toujours haï.

On peut dire que pendant trois mois
Monſeigneur ne ſentit dans la ſolitude que
trouble & que chagrin; mais ſon Confeſ-
ſeur, qui étoit un Religieux de l'Ordre de
S. Dominique, & qui joignoit à une ſolide
piété une mâle éloquence, eut le pouvoir
de le conſoler. A force de lui repreſenter
avec énergie qu'il ne devoit plus penſer
qu'à ſon ſalut, il eut, avec le ſecours de la
Grace, le bonheur de détacher ſon eſprit
de la Cour. Son Excellence ne voulut plus
ſçavoir de nouvelles de Madrid, & n'eut
plus d'autre ſoin que de ſe diſpoſer à bien
mourir. Madame d'Olivarès de ſon côté
faiſant auſſi un bon uſage de ſa retraite,

trouva dans le Convent dont elle étoit
Fondatrice, une confolation préparée par
la Providence : Il y eut parmi les Reli-
gieufes de faintes filles dont les difcours
pleins d'onction tournerent infenfiblement en douceur l'amertume de fa vie.
A mefure que mon Maître détournoit fa
penfée des affaires du monde, il devenoit
plus tranquile. Voici de quelle maniere il
regloit fa journée : Il paffoit prefque toute
la matinée à entendre des Meffes dans l'E-
glife des Réligieufes, enfuite il revenoit
dîner ; après quoi il s'amufoit pendant deux
heures à joüer à toutes fortes de jeux avec
moi & quelques-uns de fes plus affection-
nés Domeftiques : puis il fe retiroit ordinairement tout feul dans fon cabinet, où
il demeuroit jufqu'au coucher du Soleil ;
alors il faifoit le tour de fon jardin, ou bien
il alloit en caroffe fe promener aux environs de fon Château, accompagné tantôt
de fon Confeffeur & tantôt de moi.

Un jour que j'étois feul avec lui, & que
j'admirois la ferénité qui brilloit fur fon
vifage, je pris la liberté de lui dire : Monfeigneur, permettez-moi de laiffer éclater
ma joïe ; à l'air de fatisfaction que je vous
vois, je juge que Votre Excellence commence à s'accoutumer à la retraite. J'y fuis

déja tout accoutumé, me répondit-il; &
quoique je sois depuis long-tems dans l'habitude de m'occuper d'affaires, je te proteste, mon enfant, que je prends de jour
en jour plus de goût à la vie douce & pai-
sible que je mene ici.

CHAPITRE XI.

Le Comte-Duc devient tout-à-coup triste &
rêveur. Du sujet étonnant de sa tristesse,
& de la suite fâcheuse qu'elle eut.

MONSEIGNEUR, pour varier ses
occupations, s'amusoit aussi quelquefois à cultiver son jardin. Un jour que
je le regardois travailler, il me dit en plai-
santant: Tu vois, Santillane, un Ministre
banni de la Cour, devenu jardinier à Loeches. Monseigneur, lui répondis je sur le
même ton, je m'imagine voir Denis de Si-
racuse Maître d'Ecole à Corinthe. Mon
Maître sourit de ma réponse, & ne me sçut
pas mauvais gré de la comparaison.

　Nous étions tous ravis au Château de
voir le Patron supérieur à sa disgrace trouver des charmes dans une vie si différente

de celle qu'il avoit toujours menée , lorfque nous nous apperçûmes avec douleur
qu'il changeoit à vûë d'œil. Il devint fom-
bre , rêveur , & tomba dans une mélancolie
profonde. Il ceffa de joüer avec nous , &
ne parut plus fenfible à tout ce que nous
pouvions inventer pour le divertir. Il s'en-
fermoit après fon dîner dans fon cabinet ,
où il demeuroit tout feul jufqu'au foir.
Nous nous imaginions que fa trifteffe étoit
caufée par des retours de fa grandeur paf-
fée ; & dans cette opinion nous lâchions
après lui le Pere Dominicain , dont pourtant l'éloquence ne pouvoit triompher de
la mélancolie de Monfeigneur ; laquelle ,
au lieu de diminuer , fembloit aller en
augmentant.

Il me vint dans l'efprit que la trifteffe
de ce Miniftre pouvoit avoir une caufe
particuliere qu'il ne vouloit pas dire ; ce
qui me fit former le deffein de lui arracher
fon fecret. Pour y parvenir , j'épiai le moment de lui parler fans témoins , & l'ayant
trouvé : Monfeigneur , lui dis-je d'un air
mêlé de refpect & d'affection , eft-il permis à Gil Blas d'ofer faire une queftion à
fon Maître ? Tu peux parler , me répondit-
il , je te le permets. Qu'eft devenu , repris-
je , cet air content qui paroiffoit fur le

visage de Votre Excellence ? N'auriez-vous
plus l'ascendant que vous aviez pris sur la
Fortune ? Votre faveur perduë exciteroit-
elle en vous de nouveaux regrets ? Seriez-
vous replongé dans cet abîme d'ennuis
d'où votre vertu vous avoit tiré ? Non,
graces au Ciel, repartit le Ministre, ma
mémoire n'est plus occupée du personnage
que j'ai fait à la Cour, & j'ai pour jamais
oublié les honneurs qu'on m'y a rendus.
Hé pourquoi donc, lui répliquai-je, si vous
avez la force de n'en plus rappeller le souvenir, avez-vous la foiblesse de vous abandonner à une mélancolie qui nous allarme
tous ? Qu'avez-vous, mon cher Maître ?
poursuivis-je en me jettant à ses genoux ;
vous avez sans doute un secret chagrin qui
vous dévore : pouvez - vous en faire un
mystere à Santillane, dont vous connoissez
la discretion, le zele & la fidelité ? Par quel
malheur ai-je perdu votre confiance ?

Tu la possedes toujours, me dit Monseigneur, mais je t'avoüerai que j'ai de la
répugnance à te réveler ce qui fait le sujet
de la tristesse où tu me vois enseveli : cependant je ne puis tenir contre les instances
d'un serviteur & d'un ami tel que toi. Apprens donc ce qui fait ma peine ; ce n'est
qu'au seul Santillane que je puis me resou-

dre à faire une pareille confidence. Oui, continua-t-il, je fuis la proïe d'une noire mélancolie qui confume peu à peu mes jours : Je vois prefqu'à tout moment un fpectre qui fe préfente devant moi fous une forme effroyable. J'ai beau me dire à moi-même que ce n'eft qu'une illufion, qu'un phantôme qui n'a rien de réel, fes appari-tions continuelles me bleffent la vûe & m'inquiétent. Si j'ai la tête affez forte pour être perfuadé qu'en voyant ce fpectre je ne vois rien, je fuis affez foible pour m'affli-ger de cette vifion. Voilà ce que tu m'as forcé de te dire, ajouta-t-il ; juge à préfent fi j'ai tort de vouloir cacher à tout le monde la caufe de ma mélancolie.

J'appris avec autant de douleur que d'é-tonnement une chofe fi extraordinaire & qui fuppofoit un dérangement dans la ma-chine. Monfeigneur, dis-je au Miniftre, cela ne viendroit-il point du peu de nour-riture que vous prenez ? car votre fobriété eft exceffive. C'eft ce que j'ai penfé d'abord, répondit-il ; & pour éprouver fi c'étoit à la diette que je m'en devois prendre, je mange depuis quelques jours plus qu'à l'or-dinaire, & tout cela eft inutile, le phan-tôme ne difparoît point. Il difparoîtra, re-pris-je pour le confoler ; & fi Votre Excel-

lence vouloit un peu se dissiper, en jouant
encore avec ses fideles serviteurs, je crois
qu'elle ne tarderoit guéres à se voir déli-
vrée de ses noires vapeurs.

Peu de tems après cet entretien Monseigneur tomba malade, & sentant que
l'affaire deviendroit sérieuse, il envoya
chercher deux Notaires à Madrid pour
leur faire faire son testament. Il fit venir
aussi trois fameux Medecins qui avoient la
réputation de guérir quelquefois leurs malades. Aussitôt que le bruit de l'arrivée de
ces derniers se répandit dans le Château,
on n'y entendit que des plaintes & des gémissemens; on y regarda la mort du Maître
comme prochaine, tant on y étoit prévenu
contre ces Messieurs. Ils avoient amené
avec eux un Apotiquaire & un Chirurgien
ordinaires executeurs de leurs ordonnan-
ces. Ils laisserent d'abord les Notaires faire
leur métier, après quoi ils se disposerent à
faire le leur. Comme ils étoient dans les
principes du Docteur Sangrado, dès la
premiere consultation ils ordonnerent des
gnées sur saignées; ensorte qu'au bout de
six jours ils réduisirent le Comte-Duc à
l'extrêmité, & le septiéme ils le délivrerent
de sa vision.

Après la mort de ce Ministre il regna
dans

Bercelle In. et Fecit.

dans le Château de Loeches une vive &
sincere douleur. Tous ses Domestiques le
pleurerent amerement. Bien-loin de se
consoler de sa perte par la certitude d'être
compris dans son testament, il n'y en avoit
pas un qui n'eût volontiers renoncé à son
legs pour le rappeller à la vie. Pour moi,
qu'il avoit le plus cheri & qui m'étois attaché à lui par pure inclination pour sa personne, j'en fus encore plus touché que les
autres. Je doute qu'Antonia m'ait coûté
plus de larmes que le Comte-Duc.

CHAPITRE XII.

De ce qui se passa au Château de Loeches
après la mort du Comte-Duc; & du parti
que prit Santillane.

LE Ministre, ainsi qu'il l'avoit ordonné, fut inhumé sans pompe & sans
éclat dans le Monastere des Religieuses,
au bruit de nos lamentations. Après les
funerailles, Madame d'Olivarès nous fit
lire le testament, dont tous les Domestiques eurent sujet d'être satisfaits. Chacun
avoit un legs proportionné à la place qu'il
occupoit, & le moindre legs étoit de deux

Tome. IV. E e

mille écus : le mien étoit le plus confidé-
rable de tous ; Monseigneur me laissoit
dix mille pistoles pour marquer l'affection
singuliere qu'il avoit euë pour moi. Il
n'oublia pas les Hôpitaux , & fonda des
Services annuels dans plusieurs Convents.

Madame d'Olivarès renvoya tous les
Domestiques à Madrid toucher leurs legs
chez l'Intendant D. Raimon Caporis, qui
avoit ordre de les leur délivrer ; mais je ne
pûs partir avec eux : une grosse fiévre, fruit
de mon affliction , me retint au Château
sept à huit jours. Pendant ce tems-là, le
Pere de S. Dominique ne m'abandonna
point. Ce bon Religieux m'avoit pris en
amitié ; & s'interessant à mon salut, il me
demanda , quand il me vit convalescent,
ce que je voulois devenir. Je n'en sçai rien,
lui répondis-je , mon Réverend Pere ; je
ne suis point encore d'accord avec moi-
même là-dessus : il y a des momens où je
suis tenté de m'enfermer dans une cellule
pour y faire pénitence. Momens précieux !
s'écria le Dominicain ; Seigneur de Santillane , vous feriez bien d'en profiter : Je
vous conseille en ami , sans que vous ces-
siez pour cela d'être séculier, de vous retirer dans notre Convent de Madrid, par
exemple ; de vous en rendre bienfaicteur

par une donation de tous vos biens, &
d'y mourir fous l'habit de S. Dominique.
Il y a bien des perfonnes qui expient une
vie mondaine par une pareille fin.

Dans la difpofition où étoit mon efprit,
le confeil du Religieux ne me révolta
point, & je répondis à fa Révérence que
je ferois fur cela mes réflexions. Mais ayant
confulté là-deffus Scipion, que je vis un
moment après le Moine, il s'éleva contre
cette penfée, qui lui parut une idée de
malade. Fi donc, Seigneur de Santillane,
me dit-il, une femblable retraite peut-elle
vous flatter? Votre Château de Llirias ne
vous en offre-t'il pas une plus agréable? Si
vous en étiez autrefois charmé, vous en
gouterez encore mieux les douceurs préfentement que vous êtes dans un âge plus
propre à vous laiffer toucher des beautés
de la nature.

Le fils de la Cofcolina n'eut pas de peine
à me faire changer de fentiment. Mon ami,
lui dis-je, tu l'emportes fur le Pere de S.
Dominique. Je vois bien en effet que je
ferai mieux de retourner à mon Château;
je m'arrête à ce parti. Nous regagnerons
Llirias auffitôt que je ferai en état d'en reprendre le chemin : ce qui arriva bientôt;
car n'ayant plus de fièvre, je me fentis en

peu de tems affez fort pour executer cette
refolution. Nous nous rendîmes à Madrid,
Scipion & moi. La vûë de cette Ville ne
me fit plus autant de plaifir qu'elle m'en
avoit fait auparavant. Comme je fçavois
que prefque tous fes habitans avoient en
horreur la mémoire d'un Miniftre dont je
confervois le plus tendre fouvenir, je ne
pouvois la regarder de bon œil : auffi je
n'y demeurai que cinq ou fix jours, que
Scipion employa aux préparatifs de notre
départ pour Llirias. Pendant qu'il fongeoit
à notre équipage, j'allai trouver Caporis,
qui me donna mon legs en doublons. Je
vis auffi les Receveurs des Commanderies
fur lefquelles j'avois des penfions ; je pris
des arrangemens avec eux pour le paye-
ment : en un mot je mis ordre à toutes mes
affaires.

La veille de notre départ, je demandai
au fils de la Cofcolina s'il avoit pris congé
de D. Henri. Oui, me répondit-il, nous
nous fommes féparés ce matin tous deux
à l'amiable : il m'a pourtant témoigné qu'il
étoit fâché que je le quittaffe ; mais s'il
étoit content de moi, je ne l'étois guéres
de lui. Ce n'eft point affez que le Valet
plaife au Maître, il faut en même tems que
le Maître plaife au Valet ; autrement ils

font l'un & l'autre fort mal enfemble.
D'ailleurs, ajouta-t-il, Dom Henri ne fait
plus à la Cour qu'une pitoyable figure ; il
y eft tombé dans le dernier mépris : on le
montre au doigt dans les rües, & on ne
l'appelle plus que le Fils de la Genoife.
Jugez s'il eft gracieux pour un garçon
d'honneur de fervir un homme deshonoré.

Nous partîmes enfin de Madrid un beau
jour au lever de l'Aurore, & nous prîmes
la route de Cuença ; voici dans quel ordre
& dans quel équipage : Nous étions mon
confident & moi dans une chaife tirée par
deux mules conduites par un Poftillon ;
trois mulets chargés de nos hardes & de
notre argent, & menés par deux Palfreniers, nous fuivoient immédiatement ; &
deux grands Laquais, choifis par Scipion,
venoient enfuite montés fur deux mules
& armés jufqu'aux dents : les Palfreniers
de leur côté portoient des fabres, & le
Poftillon avoit deux bons piftolets à l'ar-
çon de fa felle. Comme nous étions fept
hommes, dont il y en avoit fix fort refolus, je me mis gayement en chemin, fans
apprehender pour mon legs. Dans les villages par où nous paffions, nos mulets
faifoient orgueilleufement entendre leurs
fonnettes ; les Païfans accouroient à leurs

portes pour voir défiler notre équipage; qui leur paroissoit tout au moins celui d'un Grand qui alloit prendre possession d'une Viceroyauté.

※※※※※※※※※※※

CHAPITRE XIII.

Du retour de Gil Blas dans son Château.
De la joie qu'il eut de trouver Seraphine
sa filleule, nubile; & de quelle Dame il
devint amoureux.

J'EMPLOYAI quinze jours à me rendre à Llirias, rien ne m'obligeant d'y aller à grandes journées; tout ce que je souhaitois, c'étoit d'y arriver heureusement, & mon souhait fut exaucé. La vûe de mon Château m'inspira d'abord quelques pensées tristes, en me rappellant le souvenir d'Antonia: mais je sçûs bientôt m'en distraire, ne voulant m'occuper que de ce qui pouvoit me faire plaisir; outre que vingt-deux ans, qui s'étoient écoulés depuis sa mort, en avoient fort affoibli le sentiment.

Sitôt que je fus entré dans le Château, Beatrix & sa fille vinrent me saluer d'un air empressé; ensuite le pere, la mere &

la fille s'accablerent d'accolades avec des transports de joïe qui me charmerent. Après tant d'embraffemens, je dis en regardant avec attention ma Filleule : Eft-il poffible que ce foit-là cette Seraphine que je laiffai au berceau quand je partis de Llirias ? Je fuis ravi de la revoir fi grande & fi jolie : il faut que nous fongions à l'établir. Comment donc, mon cher Parain, s'écria ma Filleule en rougiffant un peu de mes dernieres paroles, il n'y a qu'un inftant que vous me voyez & vous fongez déja à vous défaire de moi ! Non, ma fille, lui répliquai-je, nous ne prétendons point vous perdre en vous mariant : nous voulons un mari qui vous poffede fans qu'il vous enleve à vos parens, & qui vive,pour ainfi dire, avec nous.

Il s'en préfente un de cette efpece, dit alors Beatrix : Un Gentilhomme de ce païsci a vû Seraphine un jour à la Meffe, dans la Chapelle de ce Hameau, & en eft devenu amoureux. Il m'eft venu voir, m'a déclaré fa paffion & demandé mon aveu. Quand vous l'auriez, lui ai-je dit, vous n'en feriez pas plus avancé ; Seraphine dépend de fon pere & de fon parain, qui feuls peuvent difpofer d'elle : Tout ce que je puis pour vous, c'eft de leur écrire pour les informer

de votre recherche, qui fait honneur à ma
fille. Effectivement, Meſſieurs, pourſui-
vit-elle, c'eſt ce que j'allois inceſſamment
vous mander; mais vous voilà revenus,
vous ferez ce que vous jugerez à propos.

Au reſte, dit Scipion, de quel caractere
eſt cet *Hidalgo* ? ne reſſemble-t'il pas à la
plûpart de ſes pareils ? n'eſt-il pas fier de ſa
nobleſſe & inſolent avec les roturiers ? Oh
pour cela, non, répondit Beatrix; c'eſt un
garçon d'une douceur & d'une politeſſe
achevée, de bonne mine d'ailleurs, & qui
n'a pas encore trente ans accomplis. Vous
nous faites, dis-je à Beatrix, un aſſez beau
portrait de ce Cavalier; comment s'ap-
pelle-t'il ? Dom Juan de Jutella, repartit
la femme de Scipion: il n'y a pas long-tems
qu'il a recueilli la ſucceſſion de ſon pere,
& il vit dans ſon Château éloigné d'ici
d'une lieuë, avec une ſœur cadette qu'il a
ſous ſa conduite. J'ai autrefois, repris-je,
entendu parler de la famille de ce Gentilhomme; c'eſt une des plus nobles du
Royaume de Valence. J'eſtime moins la
nobleſſe, s'écria Scipion, que les qualités
du cœur & de l'eſprit, & ce Dom Juan
nous conviendra ſi c'eſt un honnête homme. Il en a la réputation, dit Seraphine
en ſe mêlant à l'entretien; les Habitans de
                                        Llirias

Llirias qui le connoissent, en disent tous les biens du monde. A ces paroles de ma Filleule, je regardai avec un souris son pere, qui les ayant saisies aussi-bien que moi, jugea que le Galant ne déplaisoit point à sa fille.

Ce Cavalier apprit bientôt notre arrivée à Llirias, puisque deux jours après nous le vîmes paroître au Château. Il nous aborda de bonne grace; & bien-loin de démentir par sa presence ce que Beatrix nous avoit dit de lui, il nous fit concevoir une haute opinion de son mérite. Il nous dit qu'en qualité de voisin il venoit nous féliciter sur notre heureux retour. Nous le reçûmes le plus gracieusement qu'il nous fut possible; mais cette visite ne fut que de pure civilité : elle se passa toute en complimens de part & d'autre; & D. Juan, sans nous dire un mot de son amour pour Seraphine, se retira en nous priant seulement de lui permettre de nous revenir voir, & de profiter d'un voisinage qu'il prévoyoit lui devoir être d'un grand agrément. Lorsqu'il nous eut quittés, Beatrix nous demanda ce que nous pensions de ce Gentilhomme. Nous lui répondîmes qu'il nous avoit prévenus en sa faveur, & qu'il nous sembloit que la Fortune ne pouvoit offrir à Seraphine un meilleur parti.

Tome IV. F f

Dès le jour suivant, je sortis après le dîner avec le fils de la Coscolina pour aller
rendre la visite que nous devions à Dom
Juan. Nous prîmes la route de son Château
conduits par un Guide, qui nous dit après
trois quarts d'heure de chemin : Voici le
Château du Seigneur D. Juan de Jutella.
Nous eûmes beau regarder de tous nos
yeux dans la campagne, nous fumes long-
tems sans l'appercevoir ; nous ne le décou-
vrîmes qu'en y arrivant, attendû qu'il étoit
situé au pied d'une montagne, au milieu
d'un Bois dont les arbres élevés le déro-
boient à notre vûë. Il avoit un air antique
& délabré, qui prouvoit moins l'opulence
de son Maître, que sa noblesse. Néanmoins
quand nous y fumes entrés, nous trouvâmes la caducité du bâtiment compensée
par la propreté des meubles.

D. Juan nous reçut dans une salle bien
ornée, où il nous presenta une Dame qu'il
appella devant nous sa sœur Dorothée, &
qui pouvoit avoir dix-neuf à vingt ans.
Elle étoit fort parée, comme une personne
qui s'étant attenduë à notre visite avoit
envie de nous paroître aimable ; & s'offrant
à ma vûë avec tous ses charmes, elle fit sur
moi la même impression qu'Antonia, c'est-
à-dire que je fus troublé ; mais je cachai si

bien mon trouble, que Scipion même ne
le remarqua pas. Notre converfation roula
comme celle du jour précedent, fur le plaifir mutuel que nous nous faifions de nous
voir quelquefois & de vivre enfemble en
bons voifins. Il ne nous parla point encore
de Seraphine, & nous ne lui dîmes rien qui
pût l'engager à nous déclarer fon amour ;
nous étions bien aife de le voir venir là-
deffus. Pendant notre entretien je jettois
fouvent la vûë fur Dorothée, quoique j'af-
fectaffe de l'envifager le moins qu'il m'étoit
poffible ; & toutes les fois que mes regards
rencontroient les fiens, c'étoient autant de
traits nouveaux qu'elle me lançoit dans le
cœur. Je dirai pourtant, pour rendre une
exacte juftice à l'objet aimé, que ce n'étoit
point une beauté parfaite ; fi elle avoit la
peau d'une blancheur ébloüiffante & la
bouche plus vermeille que la rofe, fon
nez étoit un peu trop long & fes yeux trop
petits : cependant le tout enfemble m'en-
chantoit.

Enfin je ne fortis point du Château de
Jutella comme j'y étois entré ; & m'en retournant à Llirias l'efprit rempli de Dorothée, je ne voyois qu'elle, je ne parlois
que d'elle. Comment donc, mon Maître,
me dit Scipion en me confiderant d'un air

étonné, vous êtes bien occupé de la ſœur
de Dom Juan! vous auroit-elle inſpiré de
l'amour? Oui, mon ami, lui répondis-je,
& j'en rougis de honte: O Ciel! moi qui
depuis la mort d'Antonia ai regardé mille
jolies perſonnes avec indifference, faut-il
que j'en rencontre une qui m'enflamme à
mon âge, ſans que je puiſſe m'en défendre?
Hé-bien, Monſieur, reprit le fils de la
Coſcolina, vous devez vous applaudir de
l'aventure, au lieu de vous en plaindre;
vous êtes encore dans un âge où il n'y a
point de ridicule à brûler d'une amoureuſe
ardeur, & le tems n'a point aſſez flétri
votre front pour vous ôter l'eſperance de
plaire. Croyez-moi, quand vous reverrez
Dom Juan, demandez-lui hardiment ſa
ſœur : il ne peut la refuſer à un homme
comme vous; & d'ailleurs, s'il faut abſo-
lument être Gentilhomme pour épouſer
Dorothée, ne l'êtes-vous pas? Vous avez
des Lettres de Nobleſſe, cela ſuffit pour
votre poſterité : lorſque le tems aura mis
ſur ces Lettres le voile épais dont il couvre
l'origine de toutes les Maiſons, après quatre ou cinq générations la race des Santil-
lanes ſera des plus illuſtres.

CHAPITRE DERNIER.

Du double Mariage qui fut fait à Llirias,
& qui finit enfin l'Histoire de Gil Blas
de Santillane.

SCIPION m'encouragea par ce discours
à me déclarer Amant de Dorothée,
sans songer qu'il m'exposoit à essuyer un
refus. Je ne m'y déterminai néanmoins
qu'en tremblant. Quoique je ne parusse pas
avoir mon âge & que je pusse me donner
dix bonnes années moins que je n'en avois,
je ne laissois pas de me croire bien fondé à
douter que je plusse à une jeune Beauté. Je
pris pourtant la resolution d'en risquer la
demande sitôt que je verrois son frere, qui
de son côté n'étant pas sûr d'obtenir ma
Filleule, n'étoit pas sans inquiétude.

Il revint à mon Château le lendemain
matin dans le tems que j'achevois de m'habiller. Seigneur de Santillane, me dit-il,
je viens aujourd'hui à Llirias pour vous
parler d'une affaire sérieuse. Je le fis passer
dans mon cabinet, où d'abord entrant en
matiere : Je crois, continua-t-il, que vous

F f. iij

n'ignorez pas le sujet qui m'amène : J'aime
Seraphine. Vous pouvez tout sur son Pere ;
je vous prie de me le rendre favorable ;
faites-moi obtenir l'objet de mon amour :
Que je vous doive le bonheur de ma vie.
Seigneur D. Juan, lui répondis-je, comme
vous allez d'abord au fait, vous ne trouverez pas mauvais que je suive votre exemple, & qu'après vous avoir promis mes
bons offices auprès du Pere de ma filleule,
je vous demande les vôtres auprès de votre
sœur.

A ces derniers mots D. Juan laissa éclater une agréable surprise, dont je tirai un
augure favorable. Seroit-il possible, s'écria-
t-il ensuite, que Dorothée eût fait hier la
conquête de votre cœur ? Elle m'a charmé,
lui dis-je, & je me croirai le plus heureux
de tous les hommes, si ma recherche vous
plaît à l'un & à l'autre. C'est de quoi vous
devez être assuré, me répliqua-t-il ; tout
nobles que nous sommes, nous ne dédai-
gnerons pas votre alliance. Je suis bien aise,
lui repartis-je, que vous ne fassiez pas dif-
ficulté de recevoir pour beau-frere un
roturier : je vous en estime davantage,
vous montrez en cela votre bon esprit ;
mais quand vous seriez assez vain pour ne
vouloir accorder la main de votre sœur

Dubercelle In. et Fecit.

qu'à un Noble , fçachez que j'ai de quoi
contenter votre vanité : J'ai travaillé vingt
ans dans les Bureaux du Miniftere , & le
Roi , pour récompenfer les fervices que
j'ai rendus à l'Etat , m'a gratifié des Lettres
de Nobleffe que je vais vous faire voir. En
achevant ces paroles , je tirai mes Patentes
d'un tiroir où je les tenois cachées , & je
les prefentai au Gentilhomme , qui les lut
d'un bout à l'autre attentivement avec une
extrême fatisfaction. Voilà qui eft bon ,
reprit-il en me les rendant , Dorothée eft
à vous. Et vous , m'écriai-je , comptez fur
Seraphine.

Ces deux Mariages furent donc ainfi
refolus entre nous. Il ne fut plus queftion
que de fçavoir fi les futures y confentiroient
de bonne grace ; car D. Juan & moi également délicats nous ne prétendions point
les obtenir malgré elles. Ce Gentilhomme
retourna donc au Château de Jutella pour
me propofer à fa fœur ; & moi j'affemblai
Scipion, Beatrix & ma Filleule , pour leur
faire part de l'entretien que je venois d'a-
voir avec ce Cavalier. Beatrix fut d'avis
qu'on l'accepta pour Epoux fans hefiter ;
& Seraphine fit connoître par fon filence
qu'elle étoit du fentiment de fa mere. Pour
le pere , il ne fut pas à la verité d'une autre

F f iiij

opinion; mais il témoigna quelqu'inquiétude fur la dot qu'il faudroit, difoit-il,
donner à un Gentilhomme dont le Château avoit un fi preffant befoin de réparations. Je fermai la bouche à Scipion, en
lui difant que cela me regardoit, & que je
faifois prefent à ma Filleule de quatre mille
piftoles pour payer fa dot.

Je revis D. Juan dès le foir même. Vos
affaires, lui dis-je, vont à merveilles; je
fouhaite que les miennes ne foient pas dans
un plus mauvais état. Elles vont auffi le
mieux du monde, me répondit-il; je n'ai
pas été à la peine d'employer l'autorité
pour avoir le confentement de Dorothée:
votre perfonne lui revient, & vos manieres
lui plaifent. Vous apprehendiez de n'être
pas de fon goût, & elle craint avec plus
de raifon que n'ayant à vous offrir que fon
cœur & fa main.... Que voudrois-je de
plus? interrompis-je tout tranfporté de
joïe; puifque la charmante Dorothée n'a
point de répugnance à lier fon fort au
mien, je n'en demande pas davantage: je
fuis affez riche pour l'époufer fans dot,
& fa feule poffeffion comblera tous mes
vœux.

D. Juan & moi fort fatisfaits d'avoir
heureufement amené les chofes jufques-là,

nous refolumes, pour hâter nos noces,
d'en fupprimer les cérémonies fuperfluës.
J'abouchai ce Gentilhomme avec les Parens de Seraphine ; & après qu'ils furent
convenus des conditions du Mariage, il
prit congé de nous, en nous promettant
de revenir le lendemain avec Dorothée.
L'envie que j'avois de paroître agréable à
cette Dame, me fit employer trois bonnes
heures pour le moins à m'ajuster, à m'ado-
nifer ; encore ne pûs-je parvenir à me
rendre content de ma perfonne. Pour un
Adolefcent qui fe prépare à voir fa Maîtreffe, ce n'eft qu'un plaifir ; mais pour un
homme qui commence à vieillir, c'eft une
occupation. Cependant je fus plus heureux
que je ne le méritois : je revis la fœur de
Dom Juan, & j'en fus regardé d'un œil fi
favorable, que je m'imaginai valoir encore
quelque chofe. J'eus avec elle un long entretien. Je fus charmé du caractere de fon
efprit, & je jugeai qu'avec de bonnes façons & beaucoup de complaifance je de-
viendrois un Epoux cheri. Plein d'une fi
douce efperance, j'envoyai chercher deux
Notaires à Valence, qui firent le contrat
de mariage : puis nous eûmes recours au
Curé de Paterna, qui vint à Llirias & nous
maria D. Juan & moi à nos Maîtreffes.

Je fis donc allumer pour la seconde fois le flambeau de l'Hymenée, & je n'eus pas sujet de m'en repentir. Dorothée en femme vertueuse se fit un plaisir de son devoir ; & sensible au soin que je prenois d'aller au-devant de ses desirs, elle s'attacha bientôt à moi comme si j'eusse été jeune. D'une autre part, Dom Juan & ma Filleule s'enflammerent d'une ardeur mutuelle ; & ce qu'il y a de singulier, les deux belles-sœurs conçurent l'une pour l'autre la plus vive & la plus sincere amitié. De mon côté, je trouvai dans mon beau-frere tant de bonnes qualités, que je me sentis naître pour lui une véritable affection, qu'il ne paya point d'ingratitude. Enfin l'union qui regnoit entre nous tous étoit telle, que le soir lorsqu'il falloit nous quitter, pour nous rassembler le lendemain, cette séparation ne se faisoit pas sans peine ; ce qui fut cause que des deux familles nous resolumes de n'en faire qu'une, qui demeureroit tantôt au Château de Llirias, & tantôt à celui de Jutella, auquel pour cet effet on fit de grandes réparations des pistoles de Son Excellence.

Il y a déja trois ans, ami Lecteur, que je mene une vie délicieuse avec des personnes si cheres. Pour comble de satisfac-

tion , le Ciel a daigné m'accorder deux
Enfans dont l'éducation va devenir l'amusement de mes vieux jours , & dont je crois
pieusement être

Fin de douzieme & dernier Livre.

✤✤✤✤✤✤✤✤✤✤✤✤✤✤✤✤✤✤ ✤✤✤✤✤

APPROBATION.

J'AI lû par l'ordre de Monseigneur le Garde des Sceaux le *quatriéme Tome de l'Histoire de Gil Blas de Santillane*, par *M. LE SAGE*; & je crois qu'étant donné au Public, il soutiendra toute la réputation que l'Auteur s'est acquise par les trois premiers Tomes. Fait à Paris, ce 19 Octobre 1733. DANCHET.

PRIVILEGE DU ROI.

LOUIS par la Grace de Dieu Roi de France & de Navarre, à nos amés & féaux Conseillers les Gens tenans nos Cours de Parlement, Maîtres des Requêtes ordinaires de notre Hôtel, Grand Conseil, Prévôt de Paris, Baillifs, Sénéchaux, leurs Lieutenans Civils & autres nos Justiciers qu'il appartiendra, SALUT. Notre bien-amé PIERRE-JACQUES RIBOU, Libraire à Paris, Nous ayant fait remontrer qu'il souhaiteroit continuer à faire réimprimer & donner au Public l'*Histoire de Gil Blas de Santillane*, avec la continuation, par *M. Le Sage*; l'Ecole parfaite des Officiers de bouche; les Secrets d'Emery, qui regardent la Nature & l'Art; s'il Nous plaisoit lui accorder nos Lettres de continuation de Privilege sur ce nécessaires, offrant pour cet effet de les faire réimprimer en beau papier & beaux caracteres, suivant la feuille imprimée & attachée pour modele sous le contrescel des Presentes. A CES CAUSES, voulant traiter favorablement ledit Exposant, Nous lui avons permis & permettons par ces Presentes de faire réimprimer lesdits Livres ci-dessus specifiés, en un ou plusieurs volumes, conjointement ou séparément & autant de fois que bon lui semblera, sur papier & caracteres conformes à lad. feuille imprimée & attachée sous notredit contrescel, & de les vendre, faire vendre & débiter par tout notre Royaume, pendant le tems de six années consécutives, à compter du jour de la datte desd. Presentes. Faisons défenses à toutes sortes de personnes de quelque qualité & condition qu'elles soient, d'en introduire d'impression étrangere dans aucun lieu de notre obéissance; comme aussi à tous Libraires, Imprimeurs & autres, d'imprimer, faire imprimer, vendre, faire vendre, débiter ni contrefaire aucuns desd. Livres ci dessus exposés, en tout ni en partie, ni d'en faire aucuns extraits sous quelque prétexte que ce soit, d'augmentation, correction, changement de titre, ou autrement, sans la permission expresse & par écrit dudit Exposant, ou de ceux qui auront droit de lui, à peine de confiscation des Exemplaires contrefaits, de six mille livres d'amende contre chacun des contrevenans; dont un tiers à Nous, un tiers à l'Hôtel-Dieu de Paris, l'autre tiers audit Exposant, & de tous dépens, dommages & interêts: à la charge que ces Presentes seront enregistrées tout au long sur le Registre de la Communauté des Libraires & Imprimeurs de Paris dans trois mois de la datte d'icelles; que l'impression desdits Livres sera faite dans notre Royaume, & non ailleurs; & que l'Impetrant se conformera en tout aux Reglemens de la Librairie, & notamment à celui du 10 Avril 1725, & qu'avant que de l'exposer en vente, les Ma-

nuſcrits ou Imprimés qui auront ſervi de copies à l'impreſſion deſdits Livres, ſeront remis
dans le même état où l'approbation y aura été
donnée, ès mains de notre très-cher & féal Chevalier Garde des Sceaux de France, le Sieur
Chauvelin; & qu'il en ſera enſuite remis deux
Exemplaires de chacun dans notre Bibliotheque
publique, un dans celle de notre Château du
Louvre, & un dans celle de notredit très-cher
& féal Chevalier Garde des Sceaux de France
le Sieur Chauvelin; le tout à peine de nullité
des Preſentes : Du contenu deſquelles vous man-
dons & enjoignons de faire jouïr l'Expoſant,
ou ſes ayans cauſe, pleinement & paiſiblement,
ſans ſouffrir qu'il leur ſoit fait aucun trouble ou
empêchement. Voulons que la copie deſdites Preſentes, qui ſera imprimée tout au long, au commencement ou à la fin deſdits Livres, ſoit tenuë
pour duëment ſignifiée, & qu'aux copies colla-
tionnées par l'un de nos amés & féaux Conſeil-
lers & Secrétaires foi ſoit ajoutée comme à l'original. Commandons au premier notre Huiſſier
ou Sergent de faire pour l'exécution d'icelles
tous actes requis & néceſſaires, ſans demander
autre permiſſion, & nonobſtant clameur de Haro,
Charte Normande & Lettres à ce contraires.
Car tel eſt notre plaiſir. Donné à Verſailles, le
huitième jour d'Avril, l'An de Grace mil ſept
cens trente-quatre, & de notre Regne le dix-
neuvième. Par le Roi en ſon Conſeil, SAINSON.

*Regiſtré ſur le Regiſtre VIII de la Chambre
Royale des Libraires & Imprimeurs de Paris,
n. 699, fol. 699, conformément aux anciens
Reglemens, confirmés par celui du 28 Février
1723. A Paris le 10 Avril 1734.*
Signé, G. MARTIN, Syndic.

www.ingramcontent.com/pod-product-compliance
Lightning Source LLC
Chambersburg PA
CBHW050322030726
47505CB00003B/813